ni de
feng qing
wo de yan

你的风情
我的眼

▲
姜琍敏——著
▼

中国书籍出版社
China Book Press

图书在版编目（CIP）数据

你的风情我的眼 / 姜琍敏著 . —北京 : 中国书籍出版社 , 2017.6
ISBN 978-7-5068-6208-0

Ⅰ . ①你… Ⅱ . ①姜… Ⅲ . ①散文集—中国—当代 Ⅳ . ① I267

中国版本图书馆 CIP 数据核字（2017）第 126920 号

你的风情我的眼

姜琍敏　著

图书策划	牛　超　崔付建	
责任编辑	张　娟　牛　超	
责任印制	孙马飞　马　芝	
出版发行	中国书籍出版社	
地　　址	北京市丰台区三路居路 97 号（邮编：100073）	
电　　话	（010）52257143（总编室）　（010）52257140（发行部）	
电子邮箱	eo@chinabp.com.cn	
经　　销	全国新华书店	
印　　刷	三河市华东印刷有限公司	
开　　本	650 毫米 ×940 毫米　1/16	
字　　数	310 千字	
印　　张	18.5	
版　　次	2017 年 9 月第 1 版　　2021 年 1 月第 2 次印刷	
书　　号	ISBN 978-7-5068-6208-0	
定　　价	46.00 元	

目录

第二辑　性　情

第三辑　漫　谈

第一辑

意　韵

远方的呼唤

其实我一直不太清楚"乡愁"究竟为何物，虽然我经常会觉得自己在品味着它。如果说，它是一种对故乡或家国眷恋的情感状态，那么，这种情感或许有点像空气，呼吸它时你感觉不到它，一刻或缺就顿觉憋闷。它也像极了恋人关系：失去了才意识到是你的。有人以为游子或戍边将士才最珍视乡愁，其实并不尽然，我的记忆中就有许多时候，几乎是在不经意中便与它撞了个满怀。

印象最深的是：小学 6 年级时，有天夜里我听父亲对母亲说：我们申请回山东老家种地去吧——"老家"这两个字眼突然像黄钟大吕，重重地撞开了我的心扉。原来我们还有个血脉之地可以投奔。那里长眠着我的列祖列宗，还有疼我怜我的父老乡亲，他们都在热切地呼唤着我们：回来吧，这里是你们永远的避风港！好些天我都在巴望着回老家的时候快点到来——莫非，这份情怀就是乡愁？虽然，回老家的心愿直到许多年后才得以实现，但"老家"给我的某种感动却成了永不消逝的烙印。

那时交通还很不方便，初次回老家探亲的我，被村前那虽浅却宽的大沙河挡住了脚步。一个素不相识的中年汉子说了声"俺背你过去"，鞋一脱就背上我，喘息着蹚过冰冷刺骨的河水，连支烟也不接又蹚回去赶路。别一回，同样是年关，正漫天飞雪。我探亲回返，亲戚让一个才15岁的女孩挑着我几十斤的包包送我去乡里汽车站。原以为不远，谁知竟有十多里路，我一步一滑，自顾不暇，小女孩因怕我误车，埋头咬牙，怎么劝也不肯歇一下。到站时扁担上落满积雪，她却满头热汗，敞开的袄襟上湿了一大片，那是被热汗融化的雪水……

某些特殊的地域、状态，也是乡愁的催化剂。比如，余光中若非孤悬海外、饱尝家国阻隔之苦，未必能写出那愁肠百结、脍炙人口的《乡愁》吧？而某些特殊的时段，比如黄昏，也是乡愁的酵母。尤其对于独在异乡、对新环境充满陌生、疏离感的过客，黄昏莫凭栏，凭栏欲断肠。为何断肠？黄昏那熟悉的氛围，多么轻易地勾起我们对故土、家人的那份亲切而沉郁的乡愁呵！早年一个黄昏，我在青海德令哈城边漫步，忽见身边驰过一辆泥污疲惫的卡车，眼光掠过尾牌时，我竟忘情欢呼，追着汽车一顿傻跑，直到听不见的汽车绝尘而去，才发觉自己竟湿了眼眶。只因我邂逅的是一辆江苏来的车！此时此地，这平素漠不关心的汽车竟成了亲切多情的乡愁之载体！

儿子在巴黎定居，我去那儿长住。那地方可谓风情万种、事事俱足，我却渐渐陷入某种迷离而不知其所以然的状态中。直到有天我在塞纳河的桥上，极目凝望着水上缓缓流淌的烂漫晚霞，心头突地一下，竟跳出崔颢的诗句："日暮乡关何处是，烟波江上使人愁。"

乡愁呵，莫非你是在呼唤我，不要忘了生于斯、长于斯的国和家？

家，无疑是乡愁最典型的象征。别看人类强大，实质与蜗牛或寄居蟹差不多，走到哪都少不了一只有形无形的壳。盖因家乃人生的精神脊梁，既是生命发源地，更是滋育其成长、寄托其情怀和希望的温床。为什么偏道月是故乡明？只因那儿有我们的家。所有的家都有个共性：白天我们四处谋生，晚来则同枕共寝；都是社会细胞，都靠亲缘维系。没有家，灵魂将飘若野鬼，血脉将断如残简；国家也将荒凉无凭。而乡愁，更是无从附丽。即便那些浪迹天涯的孤儿，他今日独栖的那一树绿荫，那一领破席，于他而言，亦是个不可或缺的家呀！

怪不得冰心会说："在她频频回顾的飞翔里，总带着乡愁。"

诚然！

归老林泉

　　曾几何时，大街上常见一辆卡车，喜气洋洋，锣鼓锵锵，送那些胸带斗大红花的苍苍老者，谓之光荣退休。我到现在也没整明白，这船到码头车到站，退休不过是人人必经的生命站点，谈何光荣不光荣？既然光荣，请问我不要这份光荣，不退成不？显然是不成的。

　　中国有句老话，"有子万事足，无官一身轻"。这话貌似有理，但通常不会在人仕途通达之时说起，多半是在不太如意或变生肘腋、致仕之际，给人以某种安慰。实际而言，此话有一半道理，另一半则要分什么人说。如果你从无一官半职，或是鸡肋般破官，此言无疑正确。但别忘了，中国还有句著名老话，叫做"笑骂由他笑骂，好官我自为之"。如果你头戴的是顶好乌纱，也跟我说什么"无官一身轻"，恐怕我会以为你多少有些矫情，甚至怀疑你是不是被人举报了。段子不也说吗？有个"好官"退下来，成天郁郁寡欢。其妻深明其心，遂常召集全家会议，请此公"讲话"。此公果然精神大振，我就说三点，三点里面又有三点，一气狂欢下来，就此重振雄风云云……

　　所以，凡事都有个视角、立场和对象问题，比如有些专家疾呼延长退休年龄。专家同类，或那些"好官为之"者，多半会对此高论竖大拇指。而那些"一身轻"，或成天在流水线挥汗苦熬，并经年难捞几天休假者，恐怕会冲专家瞪上一眼，甚至吼一声破"砖家"吧？！

　　扯了半天，恐怕你早已猜到，我唠叨这一套，或许已到退休这一站了。没错。我亦归老林泉矣。而无论先前如何揣摩，想要知道"梨子"的滋味，还真得亲口尝了才行。退休这事，至少一年前我就在"未雨绸缪"了。而当终于"赋闲"，感觉完全不像想象得那么缠绵、失落；却又经常会习惯性地挟起包包去"上班"。这首先还是个适应新生活的问题，其次也有个感情因素。我这辈子虽没混得"好官"，职业还是比较满意的。而时日久了，"倦勤"之感常有，恋栈之情却也不乏。人总是这样"失去的才是你的"，"道一声珍重"时才知道，早有根无形的情丝在，一朝挣脱，还真有点揪扯之感呢。

　　其实，退休最根本在于，尽管我们可以潇洒地说是开始了人生第二春，毕竟生命是条只能前移的直线；60年过去了，谁也不可能再迎得一个甲子。故退休实质昭示着生命的冬天更近了。不然，古代官僚怎会称退休为"告老还田""乞赐骸骨"？然冬天就冬天吧，以宗教视角看，它不是离"春天"也不远了吗？即以自然眼光来看，"功遂身退，天之道"也（老子）。凡事只要符合宇宙法则，何乐而不为？再积极点看，庄子老婆死了，他"鼓盆而歌"。面对惠施质疑，他坦然应曰：生老病死，不就如四季变化吗？我妻子循着这条路，安静踏实地睡在了天地间。我若哭哭啼啼，岂非太不懂生命真谛了吗？

　　没错。凡事皆在你怎么看。试想这庄老儿，死且不悲，又岂会虑什么退休呢？我们做不到大哲的明智与豁达，做一半总可以吧？起码，明乎适者生存之理，顺乎天地自然之律，到什么山，砍什么柴，最好还争取多砍些，总是可以做到的吧？

2014 年

虽然说，人生的每一个日子都是富有意义的，但是总有一些时间节点，让我们特别在意，别有一番滋味在心头。比如，2014 年。

首先，我于这年 11 月下旬到鲁迅文学院参加了"第二届高研班"学习十周年纪念活动。看到那几乎一如故往的旧校区，和自己曾住过半年的宿舍，望着那些亲切而熟悉却又明显布满沧桑的老师、同学的面孔，真不敢相信，整整十一年光阴就这么溜走了。好在，同学们都没有虚度自己宝贵的年华。回眸远眺，十一年前的"鲁二期"，恰如一个助推器，将我们推向了人生和创作的加速期……

提到创作，就在这次会上，老同学红孩告知我，到 2014 年，中国散文学会成立 30 周年了，命我写点感想。而我屈指一算，虽然我是从 1976 年开始发表文章的，但起先主要是写诗，后涉足小说创作。我的散文创作，则恰是从 1984 年起步，至今也已耕耘了三十周年了。我在这一年应江苏省报之约，发表了第一篇散文。此后便一发不可收，完全停止了诗歌创作，专以小说和散文作为我创作生涯的两翼。随着马齿渐增，我益发喜欢轻便不羁、灵动多情且可直抒胸臆的散文随笔写作。迄今，我已在各国及省以上报刊包括《人民文学》、《人民日报》等，香港《大公报》、马来西亚《南洋商报》等，发表了数百篇大小散文，结集出版了五部散文著作。其中第二部《禅边浅唱》一书，还曾获得中国散文学会第二届冰心散文奖——这个日子，距今年刚好又是十周年。而这次获奖，对我益发热爱并坚持的散文写作，无疑是一剂良好的激素。由此也可见，中国散文学会的存在及其工作，对许多作家个人乃至中国散文事业的成长、壮大，有着不可低估的重要意义。

新近，有个文友发短信问我，说要去作一个散文讲座，问我对散文写作有什么高见。我回他曰：没有高见，更无秘诀，唯有八字心得：真诚为文，见性见情。

是的。我始终这么认知来着。某种程度上说，这也是我欣赏和写作散文的一个基本原则。虽然散文是一种最为自由宽泛和便利（以致常常被人误解为好写）的文体，散文方家们也是高家庄的地道，各有各的招；但不论你艺术上是什么主义什么派，风格上是婉约还是豪放，拿出来的东西却必得是有着鲜明个性和丰沛情感、真实自如而有些实实在在的体悟的。如果还要再说得具体一些的话，我想强调的是：散文不能沦为任何工具，不能为所谓"正能量"背书。散文不能人云亦云，无病呻吟，更不能跟风撒娇，装疯卖傻。散文应是特立独行者的歌吟，先天长着一双慧眼。散文的脊梁上插着风骨的标签。散文浑身洋溢着"真性情"。即：表露着真实的题材和挚诚；吟咏着作者的个性和特识；饱蕴着歌者的深情与大义。

这种认识，也与我这次重回鲁院，与同学们纪念学习十周年时的感悟有关。座谈中，我发现每个同学的言谈、所有的回顾与感慨，都真挚、深情、朴实且不事雕饰，因而也都像极了一篇篇即兴的散文。听来令人动容。而实际上，这流逝的十年，又何尝不是每个同学在用生命挥洒着一篇篇既有共性又富有个性的"大散文"？同学们尽管有的已升任司局级干部，有的已著作等身，却都脱不开"喜怒哀乐、阅尽沧桑"之规律。各人有各人的苦与乐、各人有各人的收获与付出，甚至还有过生命之虞！如在翻滚多圈的出事车中侥幸生还的董立勃，在几乎毫无反应时间的手术台上被粗暴切去一侧乳房的向春，还有亦曾与癌症和心梗殊死拼争的王玉芳、梁琴；而我自己，也在一年前因突如其来的重症肺炎而差一点命归黄泉——我们的命运与生存轨迹，虽然并不起眼，反映的却是人类生存的大波折，大历练。如果我们的散文创作不能如生活本身一样真实、曲折而深沉，那写得再多，又有什么意义，又能算什么文章？

眼下，当我敲打此文的时候，忽然又意识到，新的一年又在天边闪现了。而过去的无论是十年，还是三十年，我们跨越的与其说是时间，不如说是文化、心理、社会、年龄的鸿沟。陡然神圣起来的是我们的感觉，而非真正的时间。自然的、本质的一切依然是旧时风采。花不会更红，草不会更绿，风不会更劲，雨不会更猛；然而，想到这是又一个风风雨雨、充满悲欢离合的十年、三十年之端，想到那创造、勾画我们生命的时日将永不再来，谁的心不怦然而动，如花绽放？

在过去的时日里，我们像托尔斯泰笔下的"一兜鞑鞑花，长在尘土飞扬的灰色大道旁。她有三个枝丫：一枝被折断，上头吊着一朵沾满泥浆的小白花。另一枝也被折断，上面溅满污泥，断茎压在泥里。第三枝奄拉在一旁，也因落满尘土而发黑。但她依旧顽强地活下去，枝叶间开了一朵小花，火红耀眼。"

活着，是一个多么简单却又多么了不起的事实！活着挥别旧日的人们，我们有福了！活着拥抱新时代的人们，愿我们都好自为之！

浪漫与现实

有首禅诗流传甚广。即无门慧开禅师的"春有百花秋有月，夏有凉风冬有雪，若无闲事挂心头，便是人间好时节。"

到底是开悟之人，豁达、开朗、睿智，还不无浪漫情怀。凡夫俗子，几人堪比？禅师道得也确实在理。生而在世，如果你到了夏日就哀叹"赤日炎炎似火烧"而觉不着习习凉风的舒畅；进入冬天就畏惧"风刀霜剑严相逼"而看不到漫天飞雪的飘逸，显然是无法快活的。西方谚语也有类似意思，所谓有人能看到杯子里还有半杯水，有人看到的却是杯子里只剩半杯水了。显然，前者是乐观主义者，或曰开悟之人，而后者，无疑是悲观主义者了。

谁不想开悟？谁不知道乐观主义者活得潇洒快乐，因而"日日是好日"呢？然而，这世上究竟是乐观主义者多一些，还是悲观主义者多一些呢？我不得而知。我能确信，我自己似乎更像是个矛盾主义者，或者美其名曰现实主义者吧。即我时而是个乐观主义者，比如夏日里若得闲于树荫下高卧片刻，我会由衷地赞叹凉风好爽；时而又是个悲观主义者，比如昨夜，我就被一只该死的蚊子折腾得几乎一夜无眠。想扑它遍寻无影，灯一关它即刻哼哼于耳。此时让我想象习习凉风（空调就开着呢）非但无济于事，徒增心头的无名怒火。最终我不得放弃了歼灭这个坏蛋的念头，（其实也困乏绝望了），总算勉强入梦。

说到蚊子，不禁又想到禅师。到底是开悟悲悯之士，据说许多和尚对蚊子是采取共处政策的。顶多驱赶出帐，甚至还以身饲之。这显然与他们的信仰有关。问题是他们睡得安稳吗？我想或许是的。另一种情状似可佐证这个看法。比如我常见露宿街头的民工呼呼酣睡——虽然时不时会于梦中抓头挠耳，毕竟他们是睡着了的。当然，这是一种无奈。白日的劳顿和条件的限制让他们被动地取了一种顺其自然的原则，只要你咬不死我，权以我血换睡眠吧。如此看来，他们似乎也可算得上现实主义者。虽然是被动的现实主义者。

而人生里岂止蚊扰这种小小的烦恼呢？张爱玲就有言：人生是一袭华丽的旗袍，只是上面长满了虱子。虱子可不比蚊子，蚊子仅仅在夏日里扰人，虱子可不管你春天是不是有百花，秋天是不是有月亮的，它的哲学只有一个词：那就是吸血。何况，人生里何止只有吸血的虱子？较之烦人百倍的"虱子"都多了去了。此时你就是把春有百花秋有月当经念，恐怕也未必乐观或潇洒得起来！

当然，乐观主义本身是没错的。但有时，恐怕还得再来点"现实主义"为宜。比如对付蚊子，能扑你就扑，而且力求除恶务尽。扑不到你就承受它，或者多喷点药水、多点个灭蚊器什么的，尽管我们也不得不因此而吸点毒雾，其效果终究要比光念叨几句百花或秋月来得实用得多。

其实，无论是春有百花还是倒春寒，秋有明月还是叶凋零，都是自然和人生不以个人意志为转移的客观规律。因之，最明智的态

度应是顺乎其规律，顺乎自己的才智、机遇和境况；不以晴喜，不
以阴忧。今天下雨就过雨天，明天天晴就过晴日。该做什么做什
么，能做什么做什么，可做多好做多好。逆境无须多悲观，顺境不
要太陶醉——能如此，未始不就是一种浪漫，一份充满禅意的福分
了。

欣赏"哭年"

记得，季羡林先生曾经谈及中国人和印度人的历史观念之差异。他说："印度人的时间观念是很有意思的，与我们的大不一样。我们可以为玄奘西天取经起程的年代争得不亦乐乎，是贞观元年，还是贞观三年？我们争得津津有味，但印度人却十分不理解，不就是两三年的事嘛。就是一两千年，印度人也不放在眼中。关于世界名剧《沙恭达罗》作者的出生年代，在印度有两种意见，这两种意见之间，相差了1000年。在他们心目中，差个1000年又有什么关系呢？因此，马克思说，印度没有历史。这是很深刻的……"

——1000年光阴哪！这都不放在眼里，印度人确乎够潇洒的。不过，这种时间观恐怕不是整个印度国的特色。我就看到过另外一种报道，相比而言，其反映的时间观就更为另类了。

说得是，全球无论哪个国家或民族，都有庆贺新年的传统。而到了新年这一天，又无不载歌载舞或张灯结彩，极尽喜庆欢快之能事。偏偏又是那个印度，却有一个民族，是以号啕来迎新年的。个中缘由也简单直白：他们的哲学认为，新年到来，意味着生命又少了一年，是为一哭。

对此，闻者无不引为滑稽，俱道旧的不去，新的不来，一笑了之。而我笑则笑矣，却又欣赏之情油然。

我笑的是：这个民族未免太不够浪漫，朗朗乾坤之下，谁不明白过一年便少一年？以笑贺年，以乐度年原不过是浪漫加乐观，可谓明智又超脱。胡为在新年，儿女共沾巾？

我欣赏的也恰恰在于我意识到，若论浪漫、乐观与明智，这个"哭年"的民族实际比谁都有过之而无不及。首先是他们的逆向思维可嘉，凭什么过年时候只能笑？而别人笑时我又凭什么不能哭？且他们哭得极有板眼，恰如庄子，老婆死去，鼓盆而歌，谁能说这不是一种难能可贵之大乐观、真乐观？其次是他们正视现实之勇气可嘉，人生苦短，谁无此慨？爽爽快快为一哭，未必比掩耳盗铃之狂欢来得悲观；睁大眼睛看现实，至少比眯着眼睛之浪漫显得坦率些。

当然，这么说，并不等于我从今开始亦将邯郸学步，以哭度年。或哭或笑，一样过年，生命不会因此或多或少，本质原也是殊途同归。赞赏几句"哭年"，不过希望世人不可轻易嘲讽自己不习惯的思维或风俗。某些逆向思维看似不合常伦，实质大有深意存焉。而我倒希望自己能得乐且乐，这未尝不是一种有价值的哲学。何况我绝不敢在新年里，去冒那被人当疯子的风险。

未见面的女房东

请容我先给互联网点个赞：租赁私人之家住两天，一直到离开，都没和房东见过面。网上订房，网上转账，一切 OK！

是在法国，拉罗谢尔市，我们自驾游的中途。快到时，儿子去了通电话，便按动密码，带我们进了幢现代化的公寓楼。在五楼一户人家门前地毡下摸出钥匙，便顺利进了屋。应该说，这楼盘质量不低。乌亮闪光的电梯间，公共过道全铺着长条木地板。屋里也非想象的那种简易装修的出租房，而是一应俱全、几口大衣柜都挂得满满当当的自住房。也就是说，没人租住时，女房东一家还住这里。

不仅大衣柜、壁橱，这家人的每个房间包括卫生间、过道里都可谓满满当当。当然，满而不乱。如走道里沿墙打着好几口立柜，下层整齐码着大大小小的鞋子，中上层排满碟片、小摆设和坛坛罐罐。厨房里油盐酱醋瓶靠墙排开十来个；锅碗瓢盆、刀叉碗碟还有十几双筷子塞满了上下八个大柜子。最有意思的是，我住的房东女儿的房间里，凡有空墙几乎都贴满女儿稚气的彩笔画和她的各种照片。照片大多是这个估摸 5、6 岁的小女孩穿着芭蕾服的形象。除了默然就是微笑着的小女孩未免显得老成，几乎没一张照片是咧开大嘴的。莫非她母亲就是个内敛的人？她床头两个大大的柳条筐里，冒着尖地堆满各种显然早已不玩的旧玩具。沿墙直到天花板还一排排码满大大小小玩具盒。看看里面竟有不少是空的。地下则像保龄球柱一样，竖着一长溜五彩饮料瓶，拧开看个个都是空的！冰箱上除了密集的冰箱贴，还有多张笔迹不一的大小纸条，细看是以前租客们留下的。写着的都是对女房东"热情周到、设施齐全，环境舒适"的感谢。

我相信这些赞誉都是真心的。因为虽未谋面，但女房东却让你时时感觉到她贴心的存在。她每天要来一两个电话，问我们有没有不便或问题。告诉我们哪里停车方便、哪里购物实惠，哪里值得去看看；电磁炉、咖啡机、烘干机怎么使用；冰箱里的牛奶、果汁和鸡蛋尽管取用，不另算钱云云，一说就是十来分钟……

感觉我们进入一个不设防的城堡。屋里的点点滴滴，都像是女房东隐约的心迹。我揣摩这是个热诚、能干却多少缺失某种情感甚或安全感的人。因为我从满屋不见一件男士衣物推测出，这应是一个单亲家庭。这么看的话，她那可爱的女儿为什么多少有些不舒展，她们为何连空瓶空盒也爱收着，或许下意识想填充些什么？而且，女房东的经济恐怕也有些吃力，否则，谁愿将自己的住房出租给陌生人？

临走时，正对门墙上那半人多高的大幅油画再一次引起我注意。画面上那个身穿米黄色长风衣，一手提个大皮箱，一手拎着好几个马甲袋的年轻女子，正侧仰着脸，倔强地望向远方。天边的风把她头发吹得那么蓬乱，那么沧桑——这不是女房东自况，至少也是她钟情的意象。不然，她不会把这么一幅作品挂在如此显眼的地方吧？

鸽 子

鸽子，是大多欧洲国家特有的风情。中心广场不必说，城中几乎每条街道都有鸽子。我居住在巴黎时，住所周边、房前屋后，一抬头就能看见飞翔在空中或栖息在屋顶的鸽影，一招手就会有几只鸽子以为我要喂食而飞落脚边——由于没人伤害，它们几乎不防人。平时常在街上或人群中大摇大摆地漫步，姿态优雅而雍容，模样漂亮而精神。这些毛色大多呈亮丽的灰绿色的精灵们，或专心致志地东啄啄、西叼叼，或睁着那双亮晶晶的绿豆眼，东张张、西望望。一见我真洒下面包屑，顿时一涌而至，四面八方都响着扑簌簌的振翅声，有时竟多达几十只。不过它们都很斯文，互相间并不争食或扑咬、挤兑。

"举翼凌空碧，依人到大邦。粉翎栖画阁，雪影拂琼窗。"

我喜欢这些小家伙，它们给城市平添祥和、安宁的气息。因此我每天都去喂喂它们。只是时日一长，却又发现喂不胜喂，感觉国外的鸽子也未免太多。难怪在俄罗斯时，听说他们给鸽子喂避孕药以控制其数量。在巴黎虽然也常见别人喂食，毕竟是少数游客或长椅上闲坐的老人，与鸽子的数量完全不成比例。那它们平时都靠什么吃呀？尤其冰天雪地时，四望一片萧瑟，地上毫无虫子或草籽迹象。而这些鸽子成天都在飞上飞下、走来走去地四处觅食，其体能消耗显然很大，有时见它们啄食处只有些细小的砂粒，根本没有食物，居然还繁殖得这么多。想想这些小生灵们，表面看活得潇洒自在，实质要比人类辛苦和顽强得多呢。从这个角度上说，它们在都市的存在，对我们也很有启迪和励志意义。而且比起国内的同类来，这些鸽子真可谓幸运儿了。上百度搜下鸽子的词条，前面好几条介绍的是鸽子的营养价值及烹调方法。菜市铁笼里关着的，也有蔫头耷脑的待宰鸽子。我在餐厅里也曾满口流油地赞美过烤乳鸽的美味。无怪我们的广场上难觅鸽子的倩影，否则它们也难保不成为人们的盘中餐。

　　不过我并不想因此过责我的同胞。饮食习惯和文化、审美乃至信仰密切相关。西人多信基督教，而圣经中的鸽子，可不是一般的生灵。耶稣受洗时，鸽子曾被当作传下来的圣灵。而大洪水时期，诺亚方舟派出去寻求陆地的，就是鸽子。第一次没成功，七天后再次见放出鸽子，这次它嘴里衔着橄榄叶飞回来。诺亚由此判断，地上的水已消退。后世的人们就用鸽子和橄榄枝来象征和平。既神圣又是和平的使者，纪念和爱戴还来不及呢，谈何吃它？当然，咱虽然没有尊崇鸽子的传统，仅从审美、竞赛、军事作用来看，美丽的鸽子也值得我们高看一眼。何况一切生命本质上都是平等的地球子民，人类并不像有些人自诩的是什么宇宙精华、万物灵长云云。能不杀就不杀，能不吃就不吃一切生灵吧。这不仅是善的要求，也是同为生命所应有的惺惺相惜呀！

它的一生

有天见工人在修剪屋后的石楠丛时，惊出一只拳头大的幼猫。一般而言，流浪猫尤其幼小的，都会畏人。这只走路还晃晃悠悠的小猫，却毫不知惧地缠在工人脚边喵喵叫。它的母亲呢？怎么不管它？

我心有所动，便绕到屋后将小猫抱起来。这是只灰黄毛色间杂的幼猫，看年龄不超过一个月，浑身的毛蓬乱干枯，摸着脊背像条刀背，叫声也嘶哑无力，显然是饿的。我想我得救救它。尽管小区里流浪猫很多，每年新生的小猫不计其数，但物竞天择，自然淘汰，最终成活的总是少数。而你不在意也罢，在意到，则觉得它们怪可怜的。

我把它抱到门前，倒了些牛奶给它。它像饿汉扑向面包一样，头几乎埋在小碟里，吧唧吧唧地狠舔一气。于是我又喂它些鱼肉，它歪着头飞快地吃光了。再抓点猫粮给它，照样吃掉。这小子胃口这么好，应该没啥病吧？我觉宽慰。邻居是个爱猫人士，她拿了两包幼猫营养液过来，说这是进口的，里面是鱼、豆、面和益生菌混合物，特适合为这种猫恢复体质。于是又给它倒了半包，这小子也不客气地舔了个干净。我找了个纸盒给它当窝，想让它住在阳台上。毕竟它可能有什么病，我可不想让它进屋里来。问题是这小子或许把我当母亲了，我不在它就叽哇乱叫，见了我就往我身上爬，还经常拱我家纱门想进屋。而这季节白天热了，晚上还蛮有些凉意，它却死活不肯睡盒子里，盖上盖它也会钻出来。我只好找个塑料筐，把它倒扣在里面，以防它夜间跑丢。不意次晨发现它拉了滩稀屎在筐里。好在它胃口照样很好，喂什么吃什么，白天也知道到院里去"出恭"。而且，它显然已认我这儿为家了，跑不多久就知道摇摇晃晃地爬三级台阶回到食盆前来。于是我又让它饱餐一顿——或许就是这害了它？次日夜里睡觉前，我见它早早地像个小球样，头伏在蜷紧的四足上睡着了。它不会受凉吧？我觉得夜风有点大，可是它仍不肯睡进纸盒，我只好随它去。天亮前我忽然醒了，赶紧去看它。只见它侧躺在筐中一动不动，近看则大吃一惊，它身边又有滩深黑的稀便，而它已僵硬了……

唉，现在想来我还有些后悔，明知外面夜天还凉，干吗不把它放家来，或者想想保暖的办法？还有，它那么虚弱，怎能没节制地喂它东西？或许它是有什么先天疾病的，如果还在树丛里，恐怕一夜也挨不过，现在它毕竟还享了两天口福呢……可是，无论我怎么自我安慰，总还有些诸如"无常""生命的脆弱""多艰"等念头缠上心来。记得吴地有个"一岁死到一百岁"之说，可它连一岁还没到呢！当然，尽管它也是生灵，毕竟还是动物，其生死只能听凭自然法则摆布。而我是人，还是多想想与人类命运和福祉相关的问题吧——然而，如果可能，我们更积极地参与对动物与环境的关爱，岂不更好？……

我叹口气。找了个塑料袋把它装上，扔到了垃圾箱里。

闻啼鸟

有天我偶然意识到，那每天都准时唤醒我的啁啾鸟鸣，突然消停了好几天，耳边惟余连绵梅雨。虽然沙沙雨声与"蝉噪林逾静，鸟鸣山更幽"，有异曲同工之妙。但那些平日里听惯了的低吟浅唱或引吭高歌都哪去了？怪不得听惯伴侣酣吼的人，一旦清静了，反倒若有所失，不安于席呢。对了，鸟儿在雨天如何将息？躲入树洞？隐于屋檐？有那么多安全的避雨处吗？尤其广袤旷野或漠漠树林，它们将如何挨过急风暴雨？想必只能在巢中或枝叶下哆哆嗦嗦地忍受风刀雨剑，苦苦挺住吧？挺住，是它们，又何尝不是我们生存的不二法门？

但雨水会淹死虫子，或逼虫子拱入深穴。鸟儿以何充饥？有的季节，草籽、果实或粮食也没成熟，它们吃什么？而果实和粮食成熟之地，未必就是鸟儿天堂。"黄鸟黄鸟，无集于榖，无啄我粟。"人们用会草人或锣声驱赶它们。极端年代，如我儿时的除四害时期，更是鸟雀们的绝命浩劫。家家户户的街坊们，端着脸盆铁锅，一见雀影便狂喊滥敲，可怜的鸟雀们魂飞魄散，乱飞一气，终至力竭而亡。我工作后，因乏油水，常抬个长梯掏车间檐下的鸟窝。一点大的雀蛋，我吃过不少。后来又迷上气枪，晚上用手电往树上一照，瞄准那白生生处一扣扳机，几乎百发百中。由此看来，鸟儿的命运亦和人类一样，天时地利人和，主宰的因素太多。例如生于当年的鸟儿和而今强调环保和禁枪年代的鸟儿，其命运高下，何止道里计？不过就我而言，即便不禁枪也不会再做坏事了，反而痛恨那些张网捕鸟的家伙。

或许这就是"仓廪实而知礼节"吧？然更多的可能是一种潜于人类灵魂深处之天性的复苏。年龄或岁月的浸润亦起了催化剂作用。一个中老年人对生命本质的体悟，是一个孩子或青年人所不可比拟的。人到中年，饱经沧桑，世态炎凉和生活磨砺，足以使人对生命、对和平、幸福产生不同程度的再认知。虽然爱不爱鸟儿并非这种情感的主要标志，但如我这样，对它们作为一种生命产生前所未有的敏感与爱屋及乌式的怜惜，应该不是一种奇怪或难以理解的情感。

其实，小小鸟儿在某些方面堪为吾师。首先，这些恐龙的后裔能够不假外物而自由飞翔，其生存进化史也比人类长得多。同时，鸟儿中还有许多不屈不挠、万里高飞的候鸟。比如鸿雁，为了生存，为了繁衍，它们"星未没河先报晓，柳犹粘雪便迎春。"并如歌中唱的那样"鸿雁，天空上，对对排成行……鸿雁，向南方，飞过芦苇荡"。而且，候鸟的飞翔看似优雅、潇洒而浪漫，实际上更多的是辛苦、艰难、疲惫甚至绝望。有许多候鸟根本到不了期望中水美草肥、阳光充沛之地，便累死在距理想一箭之遥的草滩上。而所有到达目的地的候鸟，大多已"为伊消得人憔悴"，耗得骨瘦如柴，只剩一具躯壳！但是没有候鸟会因此而不飞翔，不追逐新的境界。说这是它们的宿命也好，是理想也罢，都对。但至关紧要的是它们心中始终有一种与生俱来的执着信念。这信念是什么？我非鸟，不得而知。但我希望能常念鸿鹄之志，不让时光或世故锈我之羽！

又过年了

其实我是不愿意做过年之类应景文章的。泛泛地欢呼一下，说几句辞旧迎新的吉利话，早已没了那个雅兴。何况，时间是心理的。人过中年，平时一天天安静地过日子，倒还觉得踏实，有那么些兴味和意趣；而过年与其说是个最快乐的时候，不如说是个最让人意识到年龄和为人之责任的关口。那份令人无奈的岁月流逝、辞旧迎新感，猛可里便明晰而强烈起来，由不得先有几分惶惑与不安袭上心头。

"高堂明镜悲白发"的滋味已实实在在成了自己的感受，"又过年了？怎么这么快呀？"再想起又要大包小包、携妻将子气喘吁吁地挤入滚滚人潮，争车赶船地去圆那越来越怕圆却又越来越觉必须圆的团圆梦，心境竟有几分凄凉，哪还像什么"普天同庆、欢天喜地"之人哪？

我虽不算个悲观主义者，但总觉得过年这个中国人头等看重的节日，实际感受年年大同小异，乏善可陈。甚至，比平时还多了些烦累和沉重。父母那越来越老迈的容貌；上顿东家下顿西家地奔来赶去，实质内容却总不外吃喝二字；恭喜发财、大吉大利之类陈词滥调说得心里发毛却又不得不一遍遍地反复念叨；不是雨雪就是风刀霜剑的天气；想静静坐一会却发现哪家都是人来人往，几乎没有自己立足之地——离家多年来，我从没在自己定居之处清静平和地度一个新年，年年紧赶慢赶地往父母身边去"团圆"，以致总有种"寄人篱下"而漂泊不宁的感觉。有时我也感叹，团圆固为人类最可理解的美好情感，但我们完全可在一年的任何时候团圆，为什么非要在这个最拥挤最嘈杂的时候来凑这个热闹来苦自己呢？这一天，多少中国人在奔来赶去呵！可不行，别的日子别说大家感觉不到那个味，连自己也觉得这几天不往回赶一下就很说不过去。传统、习俗、文化原是人为的产物，却反过来制约了人，其厉害程度，春节可说是一面最清晰的镜子。

说到这个，想起近年愈演愈烈的风俗，即除夕到庙堂去争烧头香以致人山人海水泄不通，似乎非如此自己那一炷香便会白烧。可即使真有佛祖，慈悲为怀的他老人家岂会只关照烧香讨好者？又岂会偏爱除夕烧香者或头一名，而轻视末一名？真有分别，争抢头名的分明更自私些，恐怕反不会被关照。但不管怎么说，观念对人的影响之巨大，由此又可见到一斑。喜好如此折腾一通的人，春节大约会多一点新鲜，添几分心理安慰，令我羡慕。也许我本不该如此理性地生活或期望什么，也该去信点或迷上些什么，或许我的春节也能多几分意趣。而实质上，春节原和其他日子一样平常，我们对它注入了太多文化内涵和期望反使它沉重起来。不如以平常心待之，反可能在一如平常的推杯换盏声中，听出几分弦外之音。想那清贫年代，凭票才买得几个鸡蛋几两花生的春节，反使我倍觉喜欢。正是我们对它不抱奢望的结果吧。虽然这实际上又是另一种特殊，终不如今天这般富足，这般（从物质角度看）过年如平日，平日即过年的生活来得理想。

可否容我喘口气

想到这个话题是因为，久矣不知沉迷为何物的我，竟也于不知不觉中成了"低头族"，每天一睁眼就想开手机，入睡前也多半在看微信。微信使越来越多的人得以展示和表演自己生活，同时"窥伺"他人的生活和情态。我觉得妙趣横生，几乎忘了纸上阅读的感觉，直到有一天我读到一篇新微文，美国教授鲍尔莱因大声疾呼："我们正进入另一个黑暗和无知的时代，因为年轻人都沉溺于娱乐和社交网站……"他还声称对已无所不包、无所不控的数字时代感到恐惧，不知道技术还将往哪走，不知道后果会是什么，不知道人类遗失了什么。延续了数千年的知识、理性之传统，也许就这样结束了，剩下的只有娱乐和成功……

似乎有些危言耸听。但我不禁也感到心有戚戚：在这样一种密得让人几乎喘不过气来的数字化生存或曰网络包围控制下，我们渐而失去的何止是传统阅读或学习方式？我们失却的或是自我、人性及传统意义上的温情与快乐。一些人因沉醉于网上负面信息而自绝于世，或许只是极端例证；但越来越多的低头族痴迷于荧光闪烁的屏幕和手机，忘却了柴米油盐，淡漠了老婆孩子和别的生活、娱乐方式甚至社会责任，现象日趋严重。假如越来越多的人在每天关机时感到一头雾水，甚至日趋感情淡漠，你会觉得这是个值得浮一大白的好现象吗？

更糟的是，这发达之至的"后现代"，并不能令人类特有的诸多功能也强化起来，相反却日益削弱了。在一张无所不包无所不能的超级网络面前，你还需要思索或创造什么呢？你的记忆甚至都可能丧失了，因为你不再需要记忆什么，字典也积满灰尘。"美国国会图书馆甚至全世界都随时随地为你开放。你的想象力没有了，声光色电立体出现，目不暇接，互动式多媒体的表现方式太具体太充分，留下的时空极为有限，越来越难找到想象力发挥的余地了。你的分析力下降了，答案都是现成的，一大批专家随时为你破谜解题。你的消化力减弱了，潮水般涌来的信息把你淹没了。你成了只会在一条条岔道上寻找什么的流浪汉，成了只会对着一扇扇窗户窥探的傻子，传统文字所激发的意境和隐喻，大千世界的声响、色彩和动感的体验，也许也一并消失了……"这样一幅图景，究竟是值得我们欢呼还是忧虑？有没有可能改善或扬弃什么？

很遗憾我看不出在这神话般成熟的网络面前，我们还有多少作为。或许只能为它的正面价值欢呼，而听天由命地任着它的性子，听凭它处置。它要带你上天堂，你就高高兴兴地飞升吧；它要拽你入地狱，你就欢天喜地地下去吧……

或许这一切都是现代人的杞人忧天而已？

或许，我们应该向这看来已越来越有灵性的"超级章鱼"乞求：请走稳些；请尽量走正路；请不要武断地将我们拖入过于陌生的世界。或者，请不要跑得太快，容我喘口气；至少，留一条容我需要时得以返回的小径吧……

或许还有别的可能

据悉，有天在美国纽约一个地铁站里，一位"卖艺人"用小提琴演奏了 6 首巴赫作品。他前面的地上，放着一顶口朝上的帽子。

没有人知道，这位在地铁里卖艺的小提琴手，是约夏·贝尔，世界上最伟大的音乐家之一。他演奏用的是一把价值 350 万美元的小提琴。不幸的是，在约夏·贝尔演奏的 45 分钟里，大约有 2 千人从这个地铁站经过。但只有 6 个人停下来听了一小会儿。先后大约有 20 人给了钱就继续以平常的步伐离开。约夏·贝尔总共收到区区 32 美元。而两天前他在剧院演出，所有门票售罄。要坐在剧院里聆听他演奏同样的那些乐曲，平均得花 200 美元。

这就是《华盛顿邮报》主办的关于感知、品味和人的优先选择的社会实验的一部分。实验结束后，《华盛顿邮报》提出了几个问题：一、在一个普通的环境下，在一个不适当的时间内，我们能够感知到美吗？二、如果能够感知到的话，我们会停下来欣赏吗？三、我们会在意想不到的情况下认可天才吗？最后，实验者得出的结论是：当世界上最好的音乐家，用世上最美的乐器来演奏世上最优秀的音乐时，如果我们连停留一会儿，倾听一会儿都做不到的话，那么，在我们匆匆而过的人生中，我们又错过了多少其他东西呢？

——这个实验实在是耐人寻味。

《华盛顿邮报》提出的问题及结论，也值得我们反思。但我却仍觉得有些单薄。生活中确实存在太多让人遗憾的"不识庐山真面目"的现象，也存在太多缺乏审美意识，不识甚至埋没天才的人。所谓千里马常有而伯乐不常有，"此事古难全"。然而，此事还有没有这样一种可能，即，这实验无意中也揭示了另一种现象：约夏·贝尔的演奏美则美矣，却并未达到其最美的状态，因而无人识荆？他那把提琴，无疑是顶级好琴，但真的好到要值350万美元吗？真值350万美元，就一定能奏出超美的音乐吗？听他这样的名家演奏，自然应该付出更多代价，但真就必须得花上平均200美元吗？

我无意贬低约夏.贝尔和他那把宝琴的价值，只想提出一些可能是无知的思路而已。毕竟世上也存在着太多价值被种种因素高估，或"盛名之下、其实难副"的现象。比如某些名家的书或画卖到天价，其实得益于炒作或小圈子互捧。大众蜂拥追捧的，往往只是其头上的光环而非实际价值……再者，即便我们了解演奏者是约夏·贝尔，却因种种原因而匆匆而过，是否就意味着是一种错失？生活往往非此即彼，美好的有价值的事物也比比皆是；放过这个，或许获取了那个；认为少听一会好音乐是一种错失，这结论似乎也有些武断……

如此看来，地铁实验提供给我们的，远比表面看来的要丰富得多。世界本身，也往往比我们感受到的要复杂得多。而凡事多想想，或可能更接近真实。不是吗？

你说怪不怪

是个人都会自爱。自爱太甚了却可能成了自怜或竟是自卑，于是就不免会来那么点儿就常情而言纯属没道理的心理障碍。有的人见个小猫一跳老远，尖声失态；有的人见人交头接耳就怒发冲冠，寻思着是在戳他脊梁；还有人整洁成癖，你在他面前掸一掸烟灰，他起码将桌子抹上三遍……坦率说，我也不能幸免，且毛病还不少。最常犯的是许多人的通病，如怕坐飞机，怕上大场面讲话，怕和大领导一桌吃饭，一做医疗检查就怦怦心跳……这倒罢了，怪的是我还有一个可能仅属自己的"专利"：怕理发。

怕理发对孩子而言其实是很正常的共性。一是懒，二是还没有觉出讲究仪容之必要，三是老那么耷拉着脑袋任人宰割，不自由不舒服不说，心底里难免有一种被侵犯的本能抵触。我则不然，恐怕恰恰因为孩提时没那个上理发店的福分，总是由父亲在家用推子推个"马桶盖"，大起来就难以适应那环境的缘故（那或许也是我厌恶理发的一个内因，每理一次发总不免为同学嘲笑几天，而头发刚长好些则又要重受这份羞辱），总之我年已半百了，每进一次理发店不比上刑场，起码也仿佛去受审，浑身毛刺刺。从那块总是粘着碎发茬、总是散发着某种不愉快气息、总是勒得过紧的大白布勒上颈子时起，我的呼吸就开始不畅，隔不了三分钟就得来一次深呼吸，无数次地产生扯下那块臭布逃之夭夭的冲动。偏偏在实践中我还几乎没碰上一个手脚不重的理发师。勒紧的围裙使你只能抻直脑袋，闪着寒光的剃刀往往刮得你腮帮上火烧火燎。幸运的是脸上拉出口子的几率并不很高。不过反过来说，碰上我这号主顾，理发师也够郁闷的，屁股下坐着个刺猬般老在那动来动去不说，问他要什么发型，总是说随便，快点就行；要不要洗头，不要。要不要吹风，不要；要不要焗焗油，嗯！——我简直忘了自己还在那老兄的刀口下，一个劲晃脑袋。就这样还嫌活受罪呢，再让你弄把刷子在头上抹来抹去，还烤上老半天，我不得背过气去啊？

　　这么说当然夸张了些。但实在说，我这头跟了我也够委屈的，这辈子从没尝过一次吹风打蜡的滋味，更别说什么焗油染发了。说起这染发，也难怪人家理发师个个要打我主意。白发苍苍多少年，40来岁时就有人在公交车上给我让座了。所有认识我的包括家人都不知劝多少回了，我总以染发剂有害之类理由一笑应之。其实我未尝不想让自己看起来还有那么点儿青春气息，只是一想起脑袋要被人多摆弄老半天，心里就发怵。当然，也还有另外层原因，总觉得这对我没太大必要。还是等日后有福分当个厅长、局长什么的，需要显得年轻而光鲜点时，再硬着头皮去染发吧。说到这我不禁自个儿也暗暗纳起闷来，你说这人的心理有时候是不是真够怪的？有道是爱美之心人皆有之，可我呢，不怕老，不怕丑，不怕白发苍苍不够美，独怕多数人趋之若鹜的"美容"和"美发"！说真的，这也是我写下这点看上去没什么意思的文字的根本用意。我相信现在多数人都懂得人心时常怪异莫测，却未必知道它为什么会千奇百怪。说真的我也不甚清楚。但是我愿意坦陈我的一些（当然还远够不上隐秘级的）怪心理及由此而致的怪癖性。诚如我开头所说的，心理障碍甚至心理疾患虽然表现得千奇百怪，各有特色，其最深层的缘由却应是大致相同的。改变它或许是困难的，有时可能也是不那么必要的。但仅仅了解它是一种极富共性的普遍现象这一点，据说也有助于缓解它的负面影响。所以，我愿意让你知道我的体验。或许会使你得着些许安慰。而有机会的话，何妨也听听你的体验和感受？要知道，能如我这般"倾诉"一番，据说也有利于调适我们的"状态"呢。

逆　旅

逆旅者，旅馆之别称。如同现代人称之为宾馆、饭店、酒店、招待所或某某中心，一回事。

先秦商鞅变法，众所周知。可他还颁布过一道怕是古今中外都绝无仅有的《废逆旅令》，恐怕就少有人知了。盖因当时要重农抑商，商鞅认为取消旅店可使交流不便，奸人不生，人民一心务农，老死不相往来，天下便太平了。以今视之，这法令等同笑话。却恰好证明，早在两千年前，我国的旅馆业就相当发达了。

不过，恰如浩浩大江也有回溯逆流的时候，中国的旅馆业发展了两千年，却长期低水平运转，且经常出现困窘简陋、服务低劣且一床难求的境况。例如今天想来恍如一梦的计划经济年代，与吃喝拉撒用相关的一切物品和服务如买块豆腐都要凭票供应，外出者最为需要也最为头疼的便是买车票和订旅馆等事。求人、送礼的结果常常不过是得着张站票或大通铺床位；被迫羁留某地亦为常事。情形最糟时，我就有过几次苦不堪言的境遇。如在上海，旅客需先辗转乘公交到一个什么机构，排老长的队，由他们统一分配你至某处入住。而我的结局是辛苦了大半天，得到的是虹口区某浴室的入住证。好不容易找到那地方，又被告知须等晚9点浴室打烊后才能入住。而住的又是仅可半躺半卧、让人浑身不适如石化的浴榻！

这且不说，早些年的旅馆，除少数涉外宾馆及市县府招待所，多数服务和设施都让人不敢恭维，我指的不仅是什么马桶漏水、洗漱具全无、被褥不换以至一掀开就是股怪味，甚至还常可见到毛发、血迹等令人作呕的问题，这些不说也罢。就是服务员冷言冷语或神龙见首不见尾等也都是司空见惯的正常现象。那时之逆旅，可真是够"逆"的，有个今天看来难以接受，却是我国几千年来一以贯之的传统，即住客不论是否熟人，一律同住一室。两人一间是好的，几人几十人一间，住得上还算你运气。这样，安全私密什么就不说了，那份别扭、难堪甚至是活受罪就够人喝一壶的。光是琢磨着会碰上个什么样的同住者，而其却迟迟不来那份不确定性，就让人忐忑。碰上个鼾声如雷或磨牙、说梦话者其实不算太糟，我有回在青海，直到晚上十点房里还没安排人来，刚觉庆幸想上床时，门咽地开了，一个蓬头重髯的汉子，挟着股熏天酒气进来了，二话没说，靴子也不脱，倒头便打起呼噜。后半夜还滚地上吐了两回，又咕噜咕噜灌凉水……

唐刘长卿诗曰："逆旅乡梦频，春风客心醉。"

那时，你上哪去觅这份良辰美景呵！

所幸如今这种意境已成家常便饭。记得开放后，我刚有机会住上像样的宾馆时（也不过三星标准吧），真就大有陈焕生之慨，那个下午哪儿都不想去，看看窗外的远山近林，摸摸床上雪白的被套，而后又泡上壶茶点上烟，淋浴着窗前的艳阳，真有恍如隔世之感：这么好的享受，本身不就是旅游吗？还满头大汗出外颠个什么劲哪？

确乎，我现在还常有类似感受。而逆旅实在是人生尤其是现代人不可或缺的组成部分。遇到好的宾馆和服务，不仅如沐春风、丰富人生而美化人生，且让人比在家时，更可能感到家的价值和意蕴。而人在旅途，已成现代人常态，故而免不了会有些孤独、落寞乃至思乡之情，好逆旅不仅能淡化这份幽思，往往还比在家更有"家"的况味。

　　说得再透点，逆旅于人生，亦属点睛之笔矣！而高明如李白者，更从中看出："夫天地者，万物之逆旅也；光阴者，百代之过客也"。

　　以至他认为"浮生若梦，为欢几何？古人秉烛夜游，良有以也"。

　　貌似有些消极。然细品，则不无乐观存焉。

我们为什么要入市？

　　我们为什么要入市，或者说，小散们为什么炒股或选择做股民？

　　这个问题似乎有些蠢。"天下熙熙，皆为利来，天下攘攘，皆为利往"；谁不知股市是个赚钱的地方？说得雅气点，入市是为理财，炒股原是投资。说得大气点，是为支援国家经济建设，分享中国经济腾飞之成果。而说白了，还是离不开赚钱两字。不为赚钱，我们把含辛茹苦攒起的血汗钱往河里扔，还能听几声响呢，干吗要往股市送？

　　道理都很对。然而股市真是个赚钱的好地方吗？且不说"股市有风险，入市须谨慎"——尽管其实际效用比烟盒上"吸烟有害健康"的警示语强不了多少，但它至少说明股市绝非一个稳靠的赚钱之地。何况还有那简直就是血写的七赔二平一赚的统计概率摆那儿呢，我们的新股民们（从不断上升的开户数看）为什么还要前赴后继地往里冲呢？

　　理由无疑很多。钱放在银行要贬值，人民币不断在升值，十年大牛市方兴未艾，中国经济不断跳升——最根本的原因其实也只有一个，那就是赚钱效应。榜样的力量是无穷的嘛：某邻居去年赚了上百万，某同事本金已翻几倍了；我昨天杀进去，今天就是个涨停板，那个爽啊……

这也都是事实。股市里一夜暴富或十倍百倍暴发的故事和牛人永远也不缺。比起彩民一朝中奖身价巨万的现实来，这也算不得稀罕。问题是，那一中千万百万者的钱，是谁给他的？相比起来，中的和不中的，成何比例？但不管怎样，你中了彩只要不发疯，那些钱实打实就是你的了。而股市中那些一朝暴富或一轮牛市暴富者，若是不果断金盆洗手，从长远看，谁能担保其财富不会在熊市或深调中灰飞烟灭？而股市的魔力之一就是：赚了还想赚，赔了想扳本，没有谁不认为自己将是那中彩的常青树，没有谁赚了百万不想千万。人性如此，谁能幸免！所以，入了股市这大漩涡的，急流勇退者，几稀！

如此看来，股市真的是平头百姓的发财之地吗？或许我们真得像某些人戏言的那样及早醒悟，"远离毒品，远离股市"？

我倒又没这么悲观。毕竟对于高手或心态沉稳、智性卓绝者来说，股市的确就是个赚钱的地方。而对于我这类赚钱不易却饱经熊市和牛市洗礼者来说，炒股则自有别的营生所难企及的魅力存焉——它的起伏跌宕、波诡云谲，它的变幻莫测，虚虚实实；它带给我们的大悲与大喜、狂欢与失落转换于须臾的情感激荡，是一般生活方式所难以比拟的。就是说，股市生态像极了我们的人生，却又比普通的人生体验更丰富也更激越——生而为人，选择这样一种生活方式，且不论赚钱与否（毕竟人生本质并不在钱），其精神价值的多姿多彩便足以弥补我们的一切付出，填充我们的一切期盼！换言之，之所以我们饱受风霜磨砺而不言退，就在于工作及常规生活之外，适度地投身于股市，已成为一种不可或缺的生活内容，一种妙趣横生的精神寄托，甚至它就是一个绚烂迷人的精神家园！

而赚钱，无疑仍是支配我辈浸淫其中的原动力，但已非根本或惟一目的。享受其过程的悲欣交集，体验成败变幻的酸甜苦辣，那份情感变化的惊险与丰沛、刺激与满足，至少是不亚于冷冰冰的钱额的。而投身股市的另一大意义在我看来，还在于它能如此强悍地雕琢着股民的政治意识和经济头脑！听听吧，即便没读几天书的小股民，不也在热议着宏观调控或 CPI、GDP 或汇率？至于希望——股市的最大魅力就在于无论熊市还是牛市，成功的希望永远如地平线上之彩霞，或一枚悬于头前的人参果，哪怕永远吃不到，这种希望之魅的本身，就足以让人乐此不疲。说得那个点，能在股市赚钱当然好，不赚钱其实也总有收获。只不过衡量这份收获的是精神尺度。而实际上，赚钱的根本目的是什么？钱给我们换来的，最终不也体现为精神享受或价值吗？

或许你会嘲笑我阿 Q，阿 Q 的愚昧人生固然可悲，其精神胜利法，至少在心理学上自有其独到价值和效用。而一旦你放弃赌性和暴富情结，心态的平和之间，真正的赚钱机会或许也悄然降临了——不是说态度决定一切吗？不是说平常心是道吗？如果能胜不骄而败不馁，难道不也是股市中不可轻忽的制胜秘籍吗？

假如我是股评家

股评家可不是好当的。

那么多眼睛盯着你，那么多希望吊着你，那么多资金（实乃小散的身家性命和发家美梦）在你的令旗下东冲西突。你评断恳切，将收获鲜花掌声和大把的粉丝；你一言不慎，收获的却是千夫所指和唾沫星子。

所幸唾沫星子是淹不死人的。所以当个平庸的股评家也并非难事，起码自己的小日子还是蛮好混的。

不过，假如我是股评家，却可能只收获鲜花而不负骂名——只要我抱定一个宗旨：牛市来时一个劲唱多，熊市临头一气儿喊空。当然嘴皮也得利索点，碰来翻去总使得天花乱坠。好在股市的基本规律就是涨得多时就会跌，跌得多时自会涨。翻来覆去总能印证我超前思维。当然，如果我乖巧滑头点，话说三分满，模棱两可间，日子也就更好过了。

其实，更省事的法宝是闭着眼睛死唱多——股市里的人哪个喜欢乌鸦嘴，哪个又不喜欢听涨声呢？哪怕他的票票都套在山巅上，你让他多听几声吉利话，或赋予几分解套的希望，他不得照样感恩戴德念你的好吗？

当然，此乃戏言。

假如我是个股评家，图的可不仅仅是受众的拥戴或腰包的鼓胀，首先要的是自个的人格尊严——从来就没有什么救世主，这世上压根儿不会有股神或股仙；现今气象预报够科学了吧？谁又能保证你说晴就晴，说雨便雨？所以我无须哗众取宠自诩为仙，或好为人师强词夺理。评论终究只是评论，成败还凭各人的悟性。但我却一定要给自己划上一条起码的底线，那就是但以诚信示人。不懂就不装懂，看不清且免开尊口，决不容自己马虎懵懂、误人误己。为此，我要在心头深深刻下敬业二字。而打铁先要腰杆硬，不面壁十年，起码也要苦读一世，评到老而习到老，先让自己豁然开朗，才敢出山指点迷津。什么江恩、波浪、巴菲特，乃至一切基本面和技术面，自己不呷摸个滚瓜烂熟，自己也辨不清它是否真理，那就决不用它来装点门面当枪使。

尤为紧要的还有一点，假如我是股评家，决不为五斗米折腰，也不为虚荣逞一己好恶，更不当人人喊打的黑嘴或庄托。世上的钱是赚不完的，纯洁的心灵却是金玉装点不了的。雨果说：比海洋广阔的是天空，比天空更广阔的是心灵。而污秽阴郁的天空再广阔，怎及得一泓清亮的海水？

如此看来，股评家还真不是好当的。

但是，至少我的良心是安逸的。

旗袍与虱子

张爱玲有不少名言流布甚广，如"出名要趁早"，几乎路人皆知。只是对于我这样早已不再年轻的人来说已失却意义。但是像"人生是一袭华美的旗袍，只是上面落满了虱子"，却让人不得不为其对人生深刻、典型而又形象的概括而折服。没错，人生之所以是珍贵的，之所以让每一个弥留之人依恋不舍，皆因其首先是一袭华美的"旗袍"。无论之于亿万富翁还是卑微小民，就其生命的本质价值而言，都是华美而值得留恋的。当然，张爱玲此言强调的显然并非旗袍之美，而是虱子之烦，多少流露了一点消极与无奈。这恐怕与其个人生命大起大落的遭际有关。但在我看来，尽管落满"虱子"，尽管不如意事常八九，生命本身的美及其在这点上体现出的相对公平性，还是很合乎逻辑的（无论贫富贵贱，谁的"旗袍"上都免不了虱子的寄生）。既如此，大家好歹都有一袭旗袍穿着，谁也不比谁幸运到哪去，那么，痒就痒点，烦就烦点吧——仅仅考量这一点，对于我们这个事实上永远无法平等的人生，就多少是一种安慰了。

　　不过话也要说回来，虽然人人都免不了与虱子为伍一生，却并不是人人都看得到这一点的。我的意思是说，不知足的天性会使人盲目。我们普遍容易只觉得自己身上的虱子在痒、烦恼在扰，却往往看不到或漠视自己生命中既有的那袭旗袍之美。更可悲的是，在许多人眼里，常常只看到别人身上都穿着旗袍，而看自己，却总觉得只有一袭破衣烂衫，甚至赤条条一丝不挂。这样的人，常常就成了忧郁症的俘虏，或者便是"虱子"的牺牲品，怨天尤人也就无可避免地成了其基本人格！不幸的是，这样的人在现实中还并不在少数。我身边就有许多亲朋总在抱怨，不是觉得邻居比自己富裕，就是羡慕同事比自己快乐，甚至痛恨命运为何偏是对自己不公……

　　命运的不公无疑是客观的，但命运在本质上的相对公平却也是分明的。只不过我们似乎天生只有一只眼睛，只会看到别人笑，永远看不到他们哭；只会看到别人过五关斩六将的风光，永远看不到他们败走麦城的狼狈。事实上，谁身上没有虱子？谁又没有自己的一份欢乐与笑靥？甚至，从某种意义上看，王公贵胄的旗袍虽然看起来更华美，但实际上，他们身上的虱子咬起他们来，可能也更不留情——看看历史上那些皇帝老儿吧，他们常常就死于窥伺其权位的兄弟、儿孙之手！即以张爱玲本身而论，她出名是够早的，她那一袭旗袍也是出尽风头的，但她的晚景却又是足够凄凉的。可想而知，她身上的虱子也一点儿没让她省心呵！

　　正所谓，"家家有本难念的经"哪！

　　也别忘了，人人有袭"华美的旗袍"！

遥远的细节

　　都说上年纪者好怀旧，且远期记忆要好于近期记忆。此言不虚，我近来就常会想起许多遥远的事情。比如，50 年过去了，有时我仍会真切地看到，当年那个阳光明媚的星期天，姐弟 3 个孩子却在影院入口处绝望地号啕。

　　3 人中姐姐 11 岁，我 9 岁而小弟 3 岁。这本是个幸福洋溢的日子。父亲难得地给了姐姐 1 元钱，让她带我们去看电影。当时 1 元钱在我们眼里是巨款。一张电影票 2 毛钱，我和弟弟可买半票，这样买票后还能剩 6 毛钱。姐姐说，每人再吃根奶油雪糕，1 毛 5。回去就吃点苦，走回去，剩的钱还能买个玩具。坏就坏我身上了，非要买辆放地上摩擦几下便会窜的小汽车。它要 4 毛 7 分钱。本想买飞行棋的姐姐便说，那就每人吃根 4 分钱的赤豆冰棍吧，剩下钱刚够买小汽车。没想到，姐弟仁喜洋洋地拿着汽车，举着根冰棍进场时（特地熬到进场才买，就为边看电影边吮更过瘾），检票员拦住我：他要买全票了！天啊，我们身上仅剩 1 分钱！我说我不看了，姐姐说她不看了。相持的结果是，3 姐弟面如土色相顾失声。幸运的是，有位女工模样的年轻大姐，笑

眯眯地摸给姐姐 1 毛钱：别哭了，赶紧去补张全票吧——姐姐激动得
把冰棍塞给大姐，她却推开姐姐，抢先进了场……

　　亲爱的大姐，而今你在哪里？你过得好吧？我想是的，好人一生
平安。只是，多想再见你一面，道一声当年被感激堵住了的：谢谢！

有病呻吟

世间很多成语，堪称真理。比如"同命相怜"吧，两个同命运者的困苦哀乐是共鸣点，彼此的理解远较一般人深。听说别人与我同患，先就觉着宽慰。这听起来有些卑下，却合心理逻辑。当然也有必要前提，即几乎完全相同的遭遇。你失恋，我也伤情着。你生病，我也正哼哼。而且生的还须是同一种病，否则，你说血压如何要命，我会大摇其头：颈椎病才真要命呐，坐也不是躺也不是……

我这么说是因为我这会儿正苦于"颈椎"之苦——也没甚预兆，突然像被谁当头一拳，跟着房子摇起来。和人说话正点头，脚下晃了。上医院一拍片，说是颈椎有病，压迫颈动脉所致。没特效办法，做做理疗吧。可上吊（牵引）几天没见好，还多了些症状。颈背疼，脖子僵，和人说话得整个身子转来转去。心烦意乱中，差点成了祥林嫂。逢人便说滋味如何，请问有何高招（其实是"求其友声"，觉着世上就数我这麻烦大。像母亲拉着个人就夸孩子）。碰上也正"颈椎"着的，两人有滋有味地交流感受和心得，多少会得着点宽慰。其他人哪怕老婆孩子，给你的都有点隔靴搔痒。倒是都透着好心，深表同情。说的则不外是既来之则安之，或者小心点或者我有个什么法子保你管用之类。总之远不如自己对这个劳什子有兴趣。潜台词也大抵一样：死不了，受着吧，我也爱莫能助。这原是正常反应，像我也怕上医院探望病人，进了门兔死狐悲待不住，出了门则春风拂面暗庆幸。说的也不外那一套，也确已尽了情分。倒是作为病人，企图让此刻并无切身病痛者来深切同情或关顾你，似有点强人所难，甚至未免自私。人生在世，谁无三烦四恼，这病那灾？自顾还常不暇，如何顾得了你？而别人再怎么，说到底成不了救世主，还得自己承受一切。

其实我一向自以为坚强，且常作文叫人藐视风雨。现在才知，那是没尝过真滋味。人天性有软弱一面，再碰上真家伙，对付起来难矣哉！不禁钦佩身患绝症而顽强乐观者，简直算得英雄。这么说，生病还不纯是坏事，它让你体会到生活的本质。比如没病没灾时我们怨三虑四，不如意事常八九；病痛起来才真明白，古往今来人人会说的没病没灾就是福，还真是大真理。哪怕你腰缠万贯，躺床上哼哼时，那金银财宝给你的只有冰凉的嘲笑。再就是看人挑担不吃力，上了自己肩却成了两座山。但这无可厚非，人总是自重自恋些。人与人之间理解万岁没错，但那是道义，而非义务。求其友声是合理感情，却也并非权力。甘也好，苦也罢，终是你自己的。有甜头，理论上可说与谁谁分享，实际还不是你个人独吞真滋味？为什么有苦头就有要人分担的委屈？世上真正关爱自己的只有也理当是自己。而许多病苦磨难其本质还是欺软怕硬的，你敢于承受，首先就有了对付的精神武器。

再有个体会是好了疮疤忘了疼有理。这话也当从两方面去品味。一方面，人生起病来会感慨万千，大彻大悟，病一好，功名利禄又比健康看得高，这似乎也是天性。另一方面，也确该如此，老惦挂着这病那苦的，人还活不活？所以，好了疮疤就得忘了痛，该做什么赶紧做什么吧。当然，最好别做那要钱不要命的蠢事。

春风吹又生

很难想象，脚下这片土地，就是明初至清前期蜚声海内外、为金陵三大寺之首、并被誉为中世纪世界七大奇观的金陵大报恩寺遗址。

眼下我看到的，只是晨光宾馆院内几个为探寻报恩寺琉璃塔地宫而掘的探坑。塔自不存，周围满目鳞次栉比的楼堂馆所和民宅，毫无寺庙迹象。深深的探坑也宛如一组大大的问号，至今尚未明了地宫的具体方位。

正午的阳光似乎也很好奇，直直地射入探坑。借着阳光，一具不知何年何月的遗骨横陈眼前，似乎也在迷茫：你们是谁？缘何扰我清梦？而我更想知道的是，你是谁？为什么会躺在这里？是报恩寺中仙风道骨的老法师，还是寺畔曾有幸日夜聆听暮鼓晨钟的先人？对于重现昔日的辉煌岁月，你将作何感想？

许多谜团尚不得而知。真正明了究底的，恐怕只有头上这轮创世以来就目睹着人世一切兴废更替的太阳了。正如《旧约全书》所云："已有的事，以后必再有；以前的事，以后必再行。太阳之下并无新鲜事。"江山更替，人事兴废，恰如寒来暑往，花开花谢，自有其不以人意志为转移的客观规律。其花开时，香艳鲜润，令人振奋；其花谢时，香消玉殒，催人伤怀。正所谓"离离原上草，一岁一枯荣"。万事万物，无不周而复始，人世人事，概莫出其辙穴。

无论如何，深埋于地下的幽灵，终于有了重见天日的一天。毁于战火的大报恩寺，终于盼来了再生——南京市国资集团等已正式立项，将在现晨光厂路周边约 115 亩范围，原样复建包括大琉璃塔在内的金陵大报恩寺建筑群。此举不仅是传承文化，满足人们精神文化需求，营造历史文化名城的壮举，还对实施旧城改造，改善人们生活品质具有非凡而积极的现实意义。如果仅从大报恩寺复原的角度论，正所谓以前的事，以后必再行。太阳之下并无新鲜事。然而从另一个角度论，这毕竟又是个内涵和外延都已今非昔比、凤凰涅槃式的全新事业。仅从投资及工程规模来看，当年明成祖耗银 2 百多万两所建之寺，今天复原至少要投入 10 个亿。而始建并无探询原址和拆迁之烦。今天仅拆迁费用，粗算就超过 7 个亿！何况还有原塔到底高几许，地宫究竟在何处等未解之谜待破。至于具体如何复建，能复原到何种程度等技术上、理念上的异议，亦有待最后协调……

我对争议倒不那么在意。甚至地宫遗址最终能否找到，我看也不应影响开工。没有人能两次蹚过同一条河流。复原毕竟也是新建。譬如诗曰："人面不知何处去，桃花依旧笑春风"，但此桃花毕竟已非彼桃花。哪怕你现代科技再高超，我们都无法也不必尽现其昔日风貌。就说那琉璃塔吧，昔日塔内置 146 盏长明灯，由 100 名童子日夜轮值添油。而今我们还用设置灯盏、人工添油吗？所以，即使地宫遗址最终无法确认，能在原址复建，已是了不起的大手笔。

"沉舟侧畔千帆过，病树前头万木春。"今天我们进行的，毕竟是一件"万木春"的新事业。新的时代，新的社会，新的契机，更有那全新的宗旨——朱棣建庙乃为报一母之恩。我们复建此庙，当然也要弘扬报恩观念。但我们要报的，岂止是生养和列祖列宗之恩，更要报传统文化之恩，报新时代和新社会之恩，报人民之恩！这是何等的胸襟，何等的气魄，何等的意趣？浴火重生的凤凰，固然还是凤凰，然而此凤却已非同彼凤，又何必拘泥于像与不像，似与不似呢？

故我别无所求，惟愿大报恩寺早日涅槃。届时，南京又添一处绝佳胜景，仅从文化或观赏角度便堪往流连，何况众多善男信女乎？膜拜于此，岂不"善哉"！

鱼与猫不可兼容

猫是一只流浪猫——如果我早知道它后来将成长为一只剽悍的捕鱼高手，没准发现第一天我就会放逐了它。

是去年春天，我躬身于自家小院的夹弄中拔草，眼前骤然一黑，一只瘦弱的黑狸猫从草丛窜出，高高跃过我头顶后，蹲伏在不远处，紧张地看着我，嘴里则发出嘶嘶的威胁声。定睛细看，啊哈，这母猫竟将我家窗台下的泥凹处作巢，一气产下四只肉嘟嘟还都未睁眼的小猫。其中三只长得和她几乎一模一样，却有一只浑身漆黑，除偶然翻动的眼珠呈琥珀色外，再无一根杂毛的小黑猫。

我认得这只母猫。大院里无数流浪猫中，她是我过来住时时常饲喂的一只。没想到印象中胆子很小也很弱的她，居然一下子有了四个孩子。而且为了护雏，还敢于向我发出威胁。我理解她的惶恐，也一下子怜惜上了她的儿女们——大起来我发现，除了那漆黑如夜的黑猫，其余三只都是如其母亲一般的母猫。

对于动物，人与人的态度是大为不同的。许多人热衷于豢养宠物。甚至儿亲得不行。但也有相当一些人讨厌甚至恐惧它们，极端者五尺须眉见了只小叭儿会吓得一蹦三尺高。但更多人不会恐惧，也不亲近它们。也有人虽然喜爱，却出于种种原因而不想或不便直接养育一条宠物，许多时候便乐于施舍一点食物或亲近一下它们。我想说，近些年常见这些不同的人群为这个问题争执不休。其实这里是没有是非或善恶之分的。热爱动物者常挂在嘴上的，它们也是一条生命呵，未必恐惧或不爱动物者不理解，问题是人各有性格和因缘。绝大多数人不豢养宠物自有其理由的。至于我，对于多数动物，从来有着与生俱来的饲喂癖。远游新疆时，还曾因凑近去喂一只高大的骆驼而被它喷了一头一脸的唾沫。眼前这么几个幼弱的小生命，碰到我还算是运气的。想想吧，同样是生命，它们居然就诞生于泥地上。比起那些养尊处优、终日伏于主人膝上的宠物猫来，命运对它们未免也太不公呢。于是我立即找来只垫上旧衣的纸板箱，将四只小猫挪于其中。并饲之以牛奶等。从此这一家子就在我家大门之外和平共处。大一些后，它们还自动将我家的空调室外机后的空隙作了居点。

　　现在该来说说这只曾最得我宠的小黑猫了。其实这家伙早就长大成"猫"了。依然黑得一丝不苟，黑得触目惊心。或许是因为它特征突出，又是唯一一只公猫吧。没长多大就成了这一家五口中的霸主、老大——吃食时它永远取一种横扫的态势，即总在食物中拱来拱去，一面狂吞巨咽，一面用头和身子将其三个妹妹拱开。母亲就更不在话下了，不到三个月，它的体态就已超过母亲，吃食时没等它拱，母亲就默默地躲在一边了。我对此虽有所不齿。却也不太生它的气。我应对的办法就是在把猫粮洒得开一些，让其他几只也可吃到一些。毕竟是动物嘛，你总不能用三从四德之类来要求它们吧？它们的逻辑就是物竞天择，适者生存。这黑小子将来一定是个生龙活虎或传宗接代的好手。事实也确乎如此，不到一年后这一家五口中四只小猫就少了两只，最终母猫也不知去向（或许是它们自然的选择，或许另几只病死了或竟是被黑猫排挤走也未可知）。但其总数却在今夏有所增加——黑猫和其一只妹妹，有了自己的四个儿女。这时候我开始有些憎厌这黑小子了。我明明看见并可以确认这几只小猫是它的种，但从没见它尽过任何抚养义务也罢，吃食时它照样霸气十足地将自己的妻子和儿女拱到边上，自己吃饱了才让它们尝一点残羹剩渣。

这且罢了，它还直接侵吞起我的利益来。

我说过我乐于饲养些小动物。今夏请做绿化的在小院角落挖了个三个来平方米的鱼池，是那种虽然不大，却相当标准而规范的鱼池。池深一米多，周边饰有一圈高低错落、圆滚滚的石块和天竺葵、杜鹃等花草，看上去灵秀而美观。且配有四个小池、一只水泵作循环净化。因此那十来条巴掌长的锦鲤悠哉游哉地上下翩翩，看上去赏心悦目还让邻居都大为羡慕。可是我欢喜了没几天，锦鲤便迎来了自己的厄运。而我则气得七窍生烟也徒唤奈何。不用说，你也猜到了，如同鱼池开挖时邻居就曾质疑的：你家门口天天躺这么些个猫，以后还不得抓你的鱼吃啊？我说不可能。我这些猫儿都饱食终日，池水也足够深了，那些猫儿顶多能把它当作饮水池（这倒是一利，现在它们天天在鱼池里饮水，不劳我另置水盂了），不可能敢于跳下水去摸鱼的。就是跳下去，鱼儿们闪躲的天地还是很宽的。然而事实还是无情地嘲讽了我的一厢情愿。猫儿就是猫儿，它的天性就是要和鱼过不去。我很快发现它们对鱼池的兴趣比我预想得大得多，尤其是那该死的黑猫，别的几只猫显然也垂涎过池鱼，但因为没法下手很快就走开了。黑小子则不知哪来的耐性，几乎一天到晚趴伏在池边的圆石上，全神贯注地盯着水面的游鱼。我以为它不过是出于贪婪的本性，抓是抓不到的。然而没两天我就目睹了黑小子的狩猎本事——原来它根本不必下水，而是瞅准时机骤然出手，右爪闪电般一拍，黑脑袋紧接着一凑，一条可怜的花斑锦鲤便被它牢牢地叼在了嘴里。随即箭一般腾身跃起，横跨鱼池窜入了树丛。我惊呼着，怒气冲冲地追逐出来，哪里还逮得到它？尤可气的是这小子并不急于吃鱼，而是叼着鱼在好几户邻居家门前来来回回地作折返跑，分明是在炫耀它的能耐和收获！

一而再，再而三，现在我几乎每天都要损失一条鱼。而据我的观察，罪魁无它，唯这个黑炭般肥硕而自得的小子！我拿石块吓唬过它，看见它出现在鱼池边便厉声驱赶，甚至趁喂食时瞅冷子踢它一脚。黑小子显然不笨，知道我为什么突然记恨于它。但它应对的办法也比我聪明，食照来吃，却再也不当我面在鱼池前逡巡或蹲守了——然而我的鱼却依然以一两天消失一条的速度在减少。我应对的办法唯有一条，就是不断补充新鱼。再就顶多对黑小子多翻几个白眼。你还能拿它怎么样？吃鱼是它的天性，总不能将它处以死刑吧？

唉，鱼，我所乐也，黑猫，其实也是我所乐者；没曾想成了这个局面。哲人的见解到底了得，鱼和熊掌都不可兼得，何况是猫和鱼呢？

平心想想，其实也还真怪不得黑小子什么呢，能捕鱼不仅反映它天性未泯，更显出它高超的生存本领。人类社会这道德那法律地规范了几千年了，至今不还是脱不了弱肉强食的丛林法则，遑论那些只知浮上水面悠游，却不懂得自我保护的鱼儿呢？

呜呼哀哉，惨没于猫口的鱼儿们。尚飨！

悲白发

人生读书也好，悟道也罢，许多认识是须随阅历而演化的。如我少时读李白，最感兴趣的是"人生得意须尽欢，莫使金樽空对月。天生我材必有用，千金散尽还复来。"彼时可谓意气自豪，信心爆棚。可一别青年，这般豪气便渐而为别的意绪遮替了。印象最深的是，有回我见母亲拿把梳子，往头上刷"乌发宝"油膏，失声叫道："这东西对人有害！"母亲先不以为然，我却又说了几句至今让我后悔的话：何必呢？你都离休了，头发白点又有什么关系……从此母亲再没染过发。而我，看到母亲不无惆怅地放下染刷时，脑海中蓦地闪过"君不见高堂明镜悲白发，朝如青丝暮成雪"，心头忽有戚戚，但也没太在意。直到母亲去世后，我才经常忆起这个细节。而当我也终于染发时，更会频频想到《将进酒》，但别的都淡化了，独独"高堂明镜悲白发"那两句诗，时时刺上心来。郁郁地，说不清是何滋味。

实在说，这头跟了我也够委屈的，这辈子从没尝过吹风、刷油之类的滋味，因我从小不修边幅，也怕理发。至于染发，白发苍苍多少年，40来岁时上公交就有人给我让座了。所以亲友不知劝多少回，理发师见了我也会暗自开怀，没一个不明劝暗示我染发的。我总以染发剂过敏之类理由一笑应之。潜意识中就有自己阻止过母亲染发的影响在。当然，也还有另外层原因，总觉得这对我没多大必要。一没个情人，二还是等有福分当个这官那长的，需要显得年轻光鲜点时再说吧。

后来，我要上鲁院学习半年。行前家人劝我别老态龙钟的了，让没见过你的，有个年轻精神点的好印象吧。于是我咬牙焗了次油。效果还真不一样，每天看镜子再不用心寒或草草掉过脸去，精神心理也分明得着按摩，变得自信而欣慰得多了。此正所谓自欺欺人吧。但你不能不承认，人的心理就是这样，时而有脆弱或晦暗，所以掩耳盗铃便不失为一种有效策略。只是这一染，从此便不可收拾，到今天再没断了这习惯。原因无它，一旦染上发，再停就没了那勇气，因为那头上乌乌糟糟、花一块、白一块的，比从不染发还难看。

其实平心而论，除了染剂中某些成分真有害外，染发与理发、修剪、涂脂抹粉、追逐时装没什么两样，都不过是人类出于审美的一种正常或可谓不得已的手段而已。爱美之心人皆有之，完全应予理解。只不过染发具有更明确的遮掩目的（其实化妆等也有此功能），于是乎便有了微词，极端者甚至将其与人品挂起钩来，如德国前总理施罗德，就因为染过发而大受政敌诟病。而同时，铁娘子撒切尔夫人哪怕把脸上的沟壑全都用粉底填平，也没人说她坏话。相反还会不断地恭维她：首相您今天益发年轻了！

好在国人倒没有类似的苛求。我染发至今，从没听谁喊口号或写文章要把我打倒。不过，这并不等于我就万事大吉。人生苦短，无论你染不染，"朝如青丝暮成雪"和"可怜白发生"之事实，终究还是遮不住的，它会时不时地袭上心来，提醒自己不可蹉跎岁月，而要珍惜时间，以"莫等闲，白了少年头，空悲切"……

打开电视

电视曾是我童年的梦。

大约七八岁时,正是所谓三年自然灾害的 60 年代初,举国饥馑。一日得一饱饭者为幸运儿,谁家有一台电子管收音机算得上大富豪,而我偏是在这时候听说的电视两字。父亲用手在墙上比划出一个方框说:它可以透过这面墙,看到几千里以外发生的真人真事。我百思不得其解:能看到北京吗?能。毛主席也能看到?也能。我仍然无法相信。只把电视和顺风耳、千里眼之类天方夜谭当作一回事,压根儿没敢想象有朝一日自己也能亲眼看一回电视。然而在那苍白而贫困的年代里,电视之梦毕竟还是给我幼小而饥饿的心灵里注入了几份活水。

仅仅十多年后,我就真的看到了电视,也真的从电视里见到了毛主席。当然,和绝大多数中国人一样,我看到的是躺在国旗与哀乐声中的毛主席。巨大的悲哀与莫名其妙的恐惧已将头回看到电视的惊喜冲刷得荡然无存。9 英寸黑白电视的画面很清晰却也很微妙,加上围着一台小小电视机的人太多和某种心理因素,画面显得失真。

我对电视的神秘感一下子消失了。

我是较早拥有自己彩电的一个。早在第一次全国性的彩电抢购狂潮未开始的 1984 年，我就倾全部积蓄买进一台 18 英寸组装夏普。当时许多朋友认为我过日子欠考虑，我独不悔。想来还是与童年之梦有关。虽然有电视之初，日子也新鲜、自豪甚至相当满足过一阵，但回顾起来，电视实际上从来没有满足过我的真正期望。我的真正期望是什么？自己也说不清。但我对电视始终有一种鸡肋感。每天不在它跟前坐坐，似乎少了些什么，坐了吧又难得会有眼睛一亮或血脉偾张的时候。我不想将此简单归咎于电视节目的质量不行。总体而言，如今的电视无论在技术、艺术或是内容层面上看，都是在不断飞跃的。但我也不想简单地归咎于自己的个性或是审美趣味太刁、太苛的结果。怎么说呢，我们的电视似乎永远是娱乐性、商业性和宣传性大于真正的新闻性、真实性和现实性；风花雪月、才子佳人或秦皇汉武的风头也太劲了一些，而这些恰恰是我所不太痴迷的东西。

至于电视机本身的品种技术含量的提升那就不用说了。不过 20 来年吧，什么等离子、液晶、数字电视等，简直层出不穷。至于其普及度更是快得不可思议，谁家有个三台两台电视，也是个寻常情况。不过电视的性能功能再多再妙，终究还是要受制于内容的。有时候太多或太妙的功能反而还可能成为某种负面因素。比如遥控设计就未必是好事。电视的一大副作用本来就是易使人慵懒而痴化，遥控无疑加剧了这种可能。至少我，一不如意就跳台，虽然我们的电视已多达几十个频道，却也实在是同质化得厉害。结果是跳来跳去哪个台也不理想，一来气索性关机。关了机才发现我们经年累月中已不知不觉被电视忽悠成了它的游戏对象。开了它没趣，关了它更乏味，于是只好骂骂咧咧地再开机。或许我这个观众是个不识好歹的也未可知。但有一点我想是不会错的：夸大电视对社会的功用是偏颇的。但作为已经并将益发深远地影响现代人思维生存方式的电视节目的主导者们，至少也无权仅凭一己之情趣、商业或其他目的，而仅仅将电视理解为一种娱乐、宣传或牟利工具。

无论我们满意不满意，电视作为一门独特的文化形态，已越来越深地左右了现代人尤其是都市人的业余生活甚至是生存形式。特别是它的广告，深广地支配着它自身及经济的运作。商家进货、平民购物，企业营运几乎都在有意无意地跟着画面上的"感觉"走。有意思的是从一开始，电视广告就是观众怨声最大的一只过街老鼠。可是这只老鼠又常常成了招人勾人的米老鼠。

对电视本身的非议从它初生那日起就没有休止过。然而它始终满不在乎地粘在现代人的身上，与之同呼吸共生长，直到我们老死。原因说白了也简单，恰如球星爱嚼的口香糖，初尝电视滋味者，无不感到它甜津津香喷喷而又十分有趣。一旦感到它味同嚼蜡而无味时已成了习惯，吐掉它便觉得嘴里空落落的，反而更觉寡淡无聊，只好又往嘴里塞上一块。再无味毕竟还有个东西，何况它还能生津洁齿呢。遗憾的是，我们咀嚼它的时间越长，吐掉它的时候心头也越发空虚。这块糖是不容我们像麦蒂（前美国职业篮球运动员）那样一边嚼着口香糖一边潇洒地飞身上篮的。它要我们心无旁骛地关注它，它要我们付给它时间与生命；如同它依赖于广告一样，它的生命深深地根植于我们有限的时间之中。我们流失的生命是它最可口的养分。

电视顽强的生命力从它的生长史也可明显看出。它在咱们中国只有约50年历史，而从问世至今，也还没满70岁。几乎没有哪一门科学或艺术形式能如电视般迅猛强悍地成熟并牢牢攫住最广大人群的灵魂。早期的电视如一幢房子，除了屏幕，大而无当的电子管之类全都如管线一样堆裸在人们视野中。如今呢？未来呢？有人说互联网后来居上，迟早将使电视风光不再。我不这么看。互联网的生命力无疑要比电视更强劲，但电视决不会因此而告老还乡。即便仅仅考虑老人与孩子的需求，这庞大的人群就足以支撑其福寿绵长。互联网的发展前景怎么想象也不会过分，电视的未来也同样是不逆料的。可以肯定的是，无论形式如何变化，其生命力将与整个人类的未来史一样漫长，甚至还要更长久。因为假定有朝一日我们人类是消亡于外星人的征讨，只要地球未被毁灭，那些征服者说不定也会迷上电视这块"口香糖"而兴冲冲地大嚼一气呢！

当今斯世，打开电视实在是人生中一个再平常再普通不过的动作了。然而打开之后也那么简单平常吗？有时我觉得，那其实是我们在操作自己的生命呵。而那些主导着电视的人，看起来也有点像是在操纵我们这个光怪陆离的世界呢！

那就拜托了，多给我们一点货真价实的好东西吧！

不二之州

　　其实，无论是为文还是言说，我向来不喜欢使用"缘分"这词。不仅因为它透着一股子浓浓的宿命论意味，更在于这个原本十分精妙的好词，早已被世人说得太滥而用得太烂了。两个人偶然在一起喝了顿酒，也要大喊大叫"缘分呵"——写文章的人，如果也把这种陈词滥调（还有能量、给力之类）挂在嘴上，想写出有个性的文章来，恐怕不易。

　　不过，说到常州，我思来想去，还是决定先说上一句：我和常州是有"缘分"的。

　　一个最基本的事实摆在那里，我原本就是出生在常州的人哪。而且，还在戚墅堰生活了 6 年才随家迁至苏州——虽是山东人，父母因随军渡江，第一站就留在了武进某局——虽然这年龄段我还不太记事，但人生有几个 6 年？况且我此生最原始的历史都烙在了常州，没多少记忆，也一定有着可能还是决定性的感情胚芽在吧？

　　一点不假。有天我就曾做过这样一个梦：一个天清气朗的早晨，我站在小方桌上，扒着矮窗向外张望。附近有个厂子，一个穿着背带工装的叔叔好像是去上班。他左手托着什么，边走边吃从窗前经过。看见我他吹了声清亮的口哨，笑眯眯地问我在看什么。我因惧生而不敢出声，这位叔叔呵呵一笑，竟趋近小窗，拉过我的手让我摊开，把左手的小食倒在我掌心中，挥挥手走了——醒来后我肯定地忆起，这是我生命中经历的一件真事，就在我 5、6 岁时的戚墅堰。那位工人叔叔给我吃的是什么想不起来了，但那份略带着他体温和淡淡机油味的温情，至今犹在心中。而我对人性中善与美的信任，和后来对常州的某种特别的好感，抑或就发轫于彼时吧？

好多年之后，即 1980 年后，我从苏州调往《雨花》，至今已成了南京人。但因父母在苏州，我经常要往还这两地间。火车经过常州时，我常会下意识地对亲友说上一句：我是生在常州的……

后来，我作为《雨花》分管苏南片的编辑，发现常州沙漠子的小说出手不凡而不乏先锋意识，于是特地前往拜访，并为他发了组作品小辑。很快，便又发现，常州这个号称有 3200 年文字记载史，素有"千载读书地""文人甲天下"之誉的地方，果然是"文章锦绣之地"，当代亦不断涌现着一茬茬富于文学才华的年轻人。作为一个"生于常州"之人，我时有自豪之感。一度相当频繁地来到常州。很快又与黄羊、沙滩、冯光辉、袁梅及后起之秀赵波、周洁茹等许多作家成了好友。对了，算上所辖区县的话，常州还有葛安荣、赵善坚等一大批出色的文友在。

除此之外，常州值得称道的地方还多得是。仅仅文化、旅游胜地，只怕我舌干笔秃也无以细述。比如我去过数次的春秋淹城、中华恐龙园、瞿秋白纪念馆等，都给我留下难忘的印象。不过，其中最可圈点之处，在我看来则非天宁寺莫属。这当然首先在于天宁寺那"东南第一丛林"之盛名。一千多年来，天宁寺以其悠久的历史、造型别具的佛像以及累累的佛学硕果，吸引着千千万万的海内外游客。据说，世界第一高佛塔天宁宝塔，亦创造了多项佛教界的全国第一，如第一金顶玉身、第一铬文铜瓦、第一高钟、第一经文碑林等等，足令任何信徒和非信徒敬仰而膜拜。

但就我个人而言，天宁寺最令我叹为观止的，是她的精神深度。此生我虽不算遍访名山，但大庙大寺也参谒过不少了。唯独是在天宁寺，我颇有些意外地看到了这样一块牌匾："不二法门"。

睹此，我对天宁寺的敬意，顿时又升华了许多。

"不二法门"作为一个词汇，几乎尽人皆知，但却极少在庄重场合出现。而且，日常应用中也多半是被误用了。许多人望文生义，将其简单理解为"没有第二个途径"，"必由之路"或"没有别的办法"之类。实际上，它是老子哲学，也是佛学中一个极为深刻而精确、极富辩证法的真理，独到而深邃。

所谓"不二法门"，大意是说，这是自然、历史、社会发展规律及事物的本来面目。比如你竖出一只手，左边的人看到的是手掌，右边的人看到的是手背，从表象上来说，都没错，但你能说这是两只手吗？再如，你站在那里，前面的人见到你的脸，后面的见到的则是后脑袋。你能说这是两个人吗？所以，世间一切人、一切事物、一切概念，看起来都是两样或多样的，如红与黑、是与非、阴与阳、动与静、天与地等等，但究其实质，却都是"不二"的。比如人，看起来有好人有坏人，有黑人，有白人，但根本还是一个个的人、一类类的人。是"不二"的。

从这个意义上看，世间万物和人间社会，细想想，还真都是"不二"的。就如常州这个城市，你要评价她，或论她的特点或优长，无论从哪个角度，人文历史、经济成就、风物特产、人情世故，都足够你说上三天三夜的。而无论她有多么美好，多么辉煌，多么让人留连不舍，终究也有她的不尽人意处，甚至是令人寒心的阴暗面。而这样全面地看待她，实际上不仅是一种客观的态度，更是一种乐观的希望所在，因为这意味着常州是丰富的、博大的、变化的，更是富于不断进步和改善、发展的空间的。

　　不过，这么说可能有点绕口。所以我更愿意简明地说一句，常州在我眼中是"不二"的。

　　再简明点，那么常州在我心目中的印象，就仨字：好地方！

想想平均率

如果说，这世上有什么最震撼人心的事态的话，那么除了重大政治问题、战争问题，江海翻船及飞机失事也算得上一件了。比如那年马航失联事件在全球引起的震荡，恐怕即使其谜底破译，也难说就会烟消云散。以至很长时间后，我要去俄罗斯时，亲友仍情不自禁闪过一丝微妙表情。我清楚那意味着什么，如同听说某亲友患上癌症，许多人第一反应就是摸摸身体（那儿似乎真在隐隐作痛），然后赶紧上医院做个检查一样，但凡发生飞机事故，所有机场的人流立马锐减。应该说这是正常现象，兔死狐悲，谁都不想也碰上这等惨事。不过在我看来则相反，如果你非得出外旅行，这时候乘飞机反而最安全。首先是航空公司会倍加谨慎，安全系数大增。其次，凡事无论好坏，都有个发生概率问题。这架飞机出了事，那个人患了绝症，我固然为之悲痛，但从失事率仅五百万分之一的飞行和数百分之一的患癌率来看，这同时也意味着对于我而言，再度失事或患病的概率，岂不是相对反而更低了吗？

对于许多好事，我的反应也常和别人拧巴。比如许多人趋之若鹜买彩票，我向来付之一笑。倒不是我不垂涎那数百万大奖，只是我更清楚，那彩票发行商反复宣扬的中奖者，只是几百甚至几千万失意者中的侥幸者而已。所以一旦某彩票点大拉横幅宣扬出了大奖后，我反而离它更远。因为它今后再出大奖的可能性相对是减少而非增多！

说到这儿，我得再坦承一点，即我原本并非淡定或理性的人。恰恰相反，早年我是个相当敏感、多虑而好悲观之人。突出的就是疑病，稍有不适就往癌症上想，做某些检查还害怕。别说飞机不敢坐，火车也怕坐卧铺，睡在那咣咣声中，老想着"万一"车厢飞脱出去……而据我观察，世人中如我一般者并不在少数。因为这世上一切生命体的本能之一就是趋利避害、希求万全的安全感，以至常常顾虑过头而变得盲目、极端，一万棵树中只看到一棵朽木，就惶惶不可终日起来。

是美国心理教育家卡耐基提醒我多想想"平均率"："我们所担忧的事情，百分之99不会成真。"比如根据统计，一般战争的伤亡率，与平时50到55岁人口的死亡率几乎是相同的！而一个人死于雷击的概率不到38万分之一，死于飞机失事或火车失事的概率更是低到可以忽略不计。所以卡耐基反复强调，世界上最赚钱的保险公司，利用的就是人们普遍的"万一"心理而总是赔少赚多、财源滚滚。因之，卡耐基的原则就是："遇到让你烦恼不安的事时，先查查纪录，再对照平均率好好想想，给你带来恐慌的事情，发生的可能到底有多大？"

没错，当我转变思维方法，并勇于实践后，果然获益匪浅。至少，在天上飞来飞去已不在话下，想发财也决不打彩票主意——某种程度上看，人生于世并无绝对安全，活的就是个概率。甚至你的降生，不也就是某一条精虫跑得快了些，而成了其他亿万兄弟中的佼佼者吗？

第二辑

性 情

予独爱竹

　　周敦颐曰："水陆草木之花，可爱者甚蕃。晋陶渊明独爱菊。自李唐来，世人盛爱牡丹。予独爱莲之出淤泥而不染……"

　　我亦深有同感也！大自然中令人钟爱的事物何止凡几，只是，正所谓萝卜青菜，各有所爱；具体而言，人们往往会因审美情趣不同而有所偏爱。而予之所爱，恰恰又与敦颐先生同中有异，莲固可爱，竹则更获我心。

　　其因缘何，我却并不很清楚。只记得这是我很小以来就有的一种情感。想来是和"岁寒三友"那天生一副坚毅、挺拔的励志相有关，或也与我儿时院中有一大片青翠欲滴的毛竹，我时常与同伴在其间嬉戏，且在饥馑之年，冬春大早就去竹园搜寻嫩笋有关吧。而且，朝夕相伴中，我目睹了竹子清秀、高雅而脱俗的风采，更为她砍倒了还可以再生，遇石板也照样萌发的顽韧生命力所倾倒。

　　几年前我乔迁，得一40余平米小院。我请人挖了个小鱼池。做景的工人问我池边想栽些什么，我毫不犹豫地说："'宁可食无肉，不可居无竹'嘛，种一丛清瘦潇洒的细竹吧。"当然，我可没有东坡先生那份"无肉使人瘦，无竹令人俗。人瘦尚可肥，士俗不可医……"之清高、之雅怀。

其实，何止东坡，青青翠竹这一特有的意象，从来就是众多文人墨客之最爱。他们面对竹子托物言志，创作了无以计数的神话、诗歌、书画。最有代表性的便是《诗经》。作为中国第一部诗歌总集，其中就有大量吟咏竹子的诗句。如《诗·卫风淇奥》曰："瞻彼淇奥，绿竹猗猗"。而据《太平御览》记载，晋代大书法家王徽之（王羲之子）在痴爱竹子这点上，丝毫不让东坡。他曾暂寄别人的空宅，却仍命人种竹。或问他暂住何必烦尔？此公直指竹曰："何可一日无此君！"

至于郑板桥，他之喜爱和擅长画竹、题竹更是众所周知。此类诗书画作品亦数以百计，独领风骚。当然，他对竹子之爱，更多地在于他是借助竹子来抒怀释志。其"咬定青山不放松，立根原在破岩中。千磨万难还坚劲，任尔东西南北风"，貌似赞扬竹子不畏逆境、蒸蒸日上的秉性，实质寓意的什么，我们一望可知。而"乌纱掷去不为官，囊橐萧萧两袖寒，写取一枝清瘦竹，秋风江上作渔竿"；"衙斋卧听萧萧竹，疑是民间疾苦声"等，则分明是"难得糊涂"的板桥先生之高风亮节的自我坦陈了。

不过，千姿百态的翠竹，固然给人以潇洒不羁、秀美高洁而刚正不阿等种种催人向善的人格联想，以至人们历来将竹视为从容旷达的山中高士，洒脱飘逸的红尘雅士，盛誉其为"有节骨乃坚，无心品自端""瘦劲高孤、枝枝傲雪、节节干霄"的君子——我有时也觉得，这种思维方式，如果不是做文章的必需，似乎有些夸张。竹子就是竹子，生得再怎么美观，再怎么青翠，终究是和任何事物一般的大自然产物。过于拔高一种事物，总让我有点孤立她且反有些失真的感觉。

当然，竹子与人类生活的亲密程度，对人类文明和社会发展的现实贡献，在我看来则怎么赞誉都不为过。不信请试想一下，你要说出竹子在哪些方面为人所用，是不是可以不假思索、大说特说而几乎面面俱到？但要举出人类文明进程中，哪一方面未与竹子有过关系？恐怕是不容易的。

盖因竹子生长特快，适应性特强，用途又特广。所以竹子与人民生活从来就是息息相关。人类对其利用涵盖了衣、食、住、行、用乃至政治、经济、军事、文化艺术等几乎一切方面。比如，倘若没有竹简这一历史的载体，先民的文明将何以记录、流通？古人的文化又将如何传承、发扬？我们的社会没准至今还在牛车上踯躅！

事实上，早在远古时代，人类从巢居和穴居向地面房居演进的过程中，竹子就发挥了举足轻重的作用。江苏吴县新石器时代晚期的草鞋山遗址，就发现有用竹作建筑的材料。汉代的甘泉宫竹宫，宋代的黄冈竹楼，皆是取竹建造并负有盛名。而利用竹子的另一项伟大成果是，早在 9 世纪中国已开始用竹造纸，比欧洲约早了 1 千年。从竹简开始到竹纸出现，竹子在中国的文化发展史上始终占有不可替代的地位，对保存人类知识，形成汉民族源远流长、光辉灿烂的历史文化起到了直接和间接的伟大作用。

从汉字中竹部文字的情况来分析，也可看出中国竹子利用的古老历史。《辞海》（1979 年版）中共收录竹部文字 209 个，如笔、籍、簿、简、篇、筷、笼、笛等等。历代各类字典收录的就更为可观。而诸如"竹报平安""哀丝豪竹""青梅竹马""日上三竿"一类的成语也都包含着与竹子有关的有趣典故。这些竹部文字和成语涉及社会和生活的各个领域，一方面反映了竹子的价值日益为人类所认识和利用，另一方面反映了竹子在中国几千年的历史上，在工农业生产、文化艺术、日常生活等多方面所起的巨大作用。

这正是：小小的竹子，大大的贡献！

难怪苏东坡要"宁可食无肉，不可居无竹"了。在他看来："食者竹笋，居者竹瓦，载者竹筏，炊者竹薪，衣者竹皮，书者竹纸，履者竹鞋，真可谓不可一日无此君也。"

多少有些遗憾的是，人类文明驶入现代社会以后，东坡先生的观念，居然被日益发达的钢铁、五金、塑料、化工等现代工业轻松颠覆！不可一日无此君的竹子，从其实用性来说，已越发淡出了人类的"朋友圈"。比如儿时构筑过我无数梦境的竹榻、竹席，后来陪伴我多年的竹书架等，乃至从前人家几乎必不会少的竹椅竹桌竹扫帚等等，而今是不是越发难觅它们的踪影？

这对社会而言并非坏事。对人们的文化生活和审美而言，也不存在多少影响。修竹依旧笑春风，丝竹照样乐悠悠。但对自然资源，尤其是丰富廉价的竹资源的利用而言，则分明不是一件值得我们喝上一杯的好事情。

好在，科技的日新月异原是柄双刃剑，它在淘汰大量传统事物的同时，又以出人意料的奇思妙构，从更广更深的角度充分发掘出旧事物的潜质，使之又焕发出意想不到的花样青春。比如，当下的许多竹制器具、床椅、几案甚至灯具等，又与金属、塑料相结合，以高端、现代的风格，重新赢得了市场的青睐。再如，一些企业更是让传统印象中风马牛不相及的竹子与纺织业结下了奇异的因缘。他们居然能从坚硬的竹质中研发提取出一般人难以想象的竹原纤维，并与棉相结合用于纺纱、织布、作面料、作服装……为世上最为丰富的竹资源，拓展出一派前景美妙的新天地。

行文至此，我忽然觉察到，屋外有沙沙的声响。一扭头，又看见庭院中那丛正在绵软的细雨中飒飒低吟的青竹。竹子的生命力，真是无与伦比呵！才几年时间，她们就明显长高了，也更加繁茂了，宛如青春洋溢的少女，出脱得分外秀美，分外妩媚。正所谓——

"几经狂风骤雨，宁折不易弯。

依旧四季翠绿，不与群芳争艳"……

予独爱竹！

暗云里的一颗巨星

　　近日，有机会到山东莱州采风。在与市委书记李明的会见中，他提及一个莱州民众及官场历史上一直保持和尊崇着的特色，即格外重廉而讲求清明。并且把这种心理诉求体现在清廉的环境建设上。莱州将府衙大堂起名为四知堂，在府衙内建祠立坊，纪念为官清廉的知府、知县们。在莱州还有一个为清官脱靴的有趣传统，凡有清官离任，万民欢送，并脱下其朝靴，悬于城门，以示褒扬和肯定。李书记特别提到，这样一种优良传统，与东汉年间曾任东莱太守杨震的楷模作用密不可分。

　　"杨震？就是那个以'天知、地知、你知、我知，何谓不知'之四知理论却金拒贿，而名震天下，光耀千秋的东汉太尉杨震吗？"

　　"是的。杨震就是在来东莱（莱州）赴任途中，经过昌邑时，曾受其提携的昌邑县令王密为谢其恩，星夜提金十斤，献与杨震，称此决无他人知晓，结果被杨震严词拒却，怀惭而去……"

　　我不禁刮目相看，别有一番敬意浮上心头。这首先缘于自己恰是有过杨震情结之人。近些年因为马齿徒增吧，渐喜读史。而史乘中清官廉吏并不多见，杨震不仅是罕见而堪与日月同辉的一位，其四知理论亦别具慧眼，体现了相当深邃的哲理意味，令我（当然也令所有知其者）推崇备至。此外，犹记当年，我曾和一位友人因杨震而有过一场小小的辩论。友人认为杨震人虽不假，事或有虚。理由是，既然只有"四知"，后来又是谁把这事给传扬出来的呢？如果是杨震，则其难免沽名钓誉之嫌，"却金"动机要打问号。如果是县令王密，则其岂肯自曝丑闻，贻笑世人？如果两人都没传扬，则此事是否好事者炮制出来，以儆世人，也未可知。

我则相信，虽然当时实际究竟如何，已难确考，但应确有其事。理由是，我曾查核过，有史料证明，此事是县令王密感念恩师之高风亮节，不惜自我揭短而公之于人的。当然，这史料确否，也难绝对定论。而我从为人的基本逻辑中推知，别人不好说，杨震却金及其四知理论，发生在他身上却是相当可信的。而因为史籍上关于杨震的事迹记载不多，许多人包括我友人，对杨震的了解基本上限于"四知"一事，有所疑惑也很正常了。而实际上的杨震，又岂止是一个为官清廉之辈？

杨震者，其出身即远非凡俗之辈也！

杨震字伯起，系陕西华阴人。出身官宦世家。他的八世祖杨喜，在汉高祖时因功封为赤泉侯。到他父亲杨宝这儿，虽然已非官僚，但仍系世族大户。而杨震年少时即志存高远、好学上进。曾跟随太常桓郁学习《欧阳尚书》，并通晓经术，博览群书，专心探究。当时的儒生都称赞他为"关西孔子杨伯起。"杨震居住在湖城，尽管名声渐起，但却无心仕进，几十年都不应州郡的礼聘。直到50岁时才终于出山。当时的大将军邓骘听说杨震是位贤人，于是便向朝廷举其为茂才。此后杨震四次升迁后成为荆州刺史和东莱太守。

当他前往东莱郡上任，路过昌邑时，发生了著名的"四知"却金之事。客观地说，正是此事，使杨震"一举成名天下知"，并最终留名青史，成为万世楷模。但也正因为此事太著名、给人们的印象太深刻了吧，杨震真实而完整的人格和面目，反而如灯下黑一般，变得模糊不清，加之史载也不多，以至会有人对其"四知"却金之事，也产生了怀疑。实际上，如果你知晓了杨震的一贯为人，了解了他的基本人格和事迹，就会相信，却金之事发生在他身上非但可能，而且也仅仅是其巍然高峰般奇崛的英姿之一个侧影而已！

别的先不说，就从他辗转多地任职地方和朝廷多年，仍两袖清风、一尘不染来看，杨震就是在封建专制社会贪腐成风、形同酱缸的背景下极其罕见的出淤泥而不染的一株清莲。他在任内始终公正廉明，且不接受私人请托。他的子孙也蔬食徒步，生活俭朴。以至常有一些老朋友或长辈看不过去，劝他要为子孙布置点产业。杨震的回答也不亚于"四知"之说："让后世的人们都称颂他们为清白官吏的子孙，便是遗泽于他们了。这比积金贮产，好得多哩！"不仅如此，杨震早在隐居期间就表现出与众不同的个性，如他当时以教授学生为生。为缓拮据，他暇时便自种蔬菜，贴补家用。门生们便想替他种植，杨震却坚决不允，甚至将门生们种下的植株拔起来重种，以此杜绝门生的服劳。其"关西孔子"的称号便是由此而来。

而最令我敬仰的，还在于杨震身上那最本质的一面，即其一以贯之的、坚定无畏的儒家士大夫精神。

众所周知，中国的封建专制制度下，"普天之下，莫非王土；率土之滨，莫非王臣"；家天下的皇帝是上天之子，有着至高无上的地位和予取予夺的权威。尽管历代君主都好扮演礼贤纳士、开放言路的贤明角色，实际情况却是，作臣子的多半都是唯唯诺诺、明哲保身，甚或谄媚溜须以求干进。原因很简单，伴君如伴虎，敢于直言相谏甚至逆批龙鳞的官僚，多半没有好下场。所以表面煊赫、风光无限的帝王们，实际上也都成了真正的"孤家寡人"。

当然，也有例外。虽然相对于数千年的封建朝代史，这个"例外"中人仅仅是少数，但细数起来，却是令人肃然起敬的小群体。他们敢于犯上直谏，且一身正气、不屈不挠。比如杨震就该算是其中一位佼佼者。只是这么一位在我看来完全算得上是"暗夜里的一颗巨星、浓雾里的一枝鸣镝"者，却因为没有遇上一位开明君主而最终死于非命，想来怎不令人扼腕三叹！

公元初，永宁元年，东汉安帝邓太后时期，因慕杨震盛名，朝廷将其征召为大司农，后又升为司徒、太尉。坦率说，假如是我蒙此恩遇，此时不说沾沾自喜、尽情享乐，亦当凝神敛息，唯上是从，以图安逸了。偏偏杨震不是这样的人。越是受到重用，越是慷慨直言，不惜得罪权贵，甚至触怒皇帝。

公元121年（永宁二年），邓太后去世，汉安帝喜欢的一些后妃，开始骄横起来。安帝的奶娘王圣，因为抚养安帝有功，依靠帝恩，尤为无法无天；她的女儿伯荣也出入宫中，贪赃枉法。

满朝文武都明哲保身，独有杨震毅然上疏，直指王圣："……阿母王圣，出身卑微，因遭千载难逢的机会，得以奉养圣上。虽然有推燥居湿抚养陛下的辛勤劳苦，但陛下对她前后所封赏的财富荣耀，已远远超过了她的功劳。然而她贪得无厌的心理无法得到满足，经常交际朝臣，接受贿赂、请托，扰乱天下，使朝廷清正的名声受到损毁，如同日月蒙上灰尘一样……因此，应当迅速送阿母出宫，让她居住在外面，同时还要阻断她女儿同宫内的往来，这样就能使恩情和德行都继续保持下来，对陛下和阿母都是好事……"

孰料，安帝见了奏折，非但不以为然，还给王圣等人看。从此可想而知，她们都对杨震怀恨在心，必欲除之而后快。

此后，乳母王圣的女儿伯荣，与已故的朝阳侯刘护的远房堂兄刘瑰勾搭成奸，刘瑰为趋炎附势，遂娶伯荣为妻。安帝因此而让刘瑰承袭了刘护的爵位，官至侍中。对此，眼里揉不得沙子的杨震坚决反对，再次向安帝上书说："臣听说过去高祖皇帝执政时曾与群臣相约，不是有功之臣不得封侯拜爵。在爵位的继承上，自古以来都是父死子继，兄亡弟及，以防别人篡夺爵位。臣见诏书赐刘护的远房堂兄刘瑰承袭刘护爵位为侯，而刘护的同胞弟弟刘威如今还健在，为什么不让刘威袭其胞兄刘护的爵位而让刘瑰承袭呢？臣听说，天子只封有功之臣，诸侯靠德行获得爵位。刘瑰没有任何功劳和德行，仅仅以匹配阿母之女的缘故，就位至侍中，又得以封侯，这既不符合高祖定下的老制度，又不合乎道义，以致满朝文武议论纷纷，百姓迷惑不解。请陛下以历史为镜鉴，按照帝王应该遵循的规则办事，得人心，安天下。"

可是，安帝依然没有理睬他的净谏。

杨震为太尉时，安帝的舅舅大鸿胪耿宝，推荐中常侍李闰的哥哥给杨震，希望他推荐任用。杨震不接受。耿宝亲自对杨震说："李常侍是陛下亲近的人，陛下想叫你推荐他的哥哥，我耿宝不过是传达陛下的意见而已。"杨震说："如果朝廷想令三府推举，应该有尚书的命令。"决然拒绝了他，以至又开罪了耿宝。后来，皇后兄长执金吾阎显也向杨震推荐他两个亲友，杨震又不接受。而司空刘授听说后，马上举荐这两个人，结果十天之内都被提拔了。可想而知，如此刚直不阿的杨震，其在朝中的人际关系将会有多么糟糕。

不久，安帝又下诏，为阿母王圣大肆建造房屋。中常侍樊丰及侍中周广、谢恽等更相鼓动，扰乱朝廷。杨震闻讯后再次上疏，严词反对。其中甚至直斥周广、谢恽兄弟等人"既不是皇上重要亲戚，又不是皇室枝叶贵属，仅仅依附皇上周围佞幸小人，与樊丰、王永等人共分权力，嘱托遍布州郡，威势动摇大臣。宰相衙府想征召人才，大多都要看他们的眼色行事，被招来的人差不多都是通过行贿买官的无能之辈，甚至一些过去因贪污纳贿被禁锢不许做官的人，一些放浪形骸、胡作非为的人，也都通过行贿重新得到了高官显位，以致黑白混淆，清浊不分，天下舆论哗然……"

这道奏折上去，却又似泥牛入海，毫无反应。

樊丰、谢恽等人见安帝不听杨震接二连三的苦谏，便更加肆无忌惮，进而假造诏书，调拨大司农所管国库钱粮、将作大匠所管众多现成材木，各自大肆建造家舍、园地、庐观，花费人力、财力不计其数。

杨震忍无可忍，又借发生地震之故，再次上疏直言：

"……而亲近幸臣，骄溢逾法，多发徒士，盛修第舍，卖弄威福，道路喧哗。从所闻见，地动之变，近在城郭，殆为此发！……"

杨震这一片苦心，虽然激切，奈何安帝早已为群小所蒙，故任由他怎么说，始终置之不理。而那帮奸幸之徒无疑更加痛恨杨震，一有机会就向安帝谤毁他。于是安帝也日渐厌烦杨震，只是考虑到他是关西名儒，若将他轻易除去，可能会物议沸腾，摇动大局。所以一时也不敢加害杨震。可是，杨震虽然也清楚自己的处境已江河日下，但一腔忠悃又使他不屑于为一己安宁而退避，依然我行我素。

有个河间人叫赵腾，痛感时局混沌，亲自诣都城上书，向安帝指陈时政得失。安帝却勃然大怒，说他无知小民也来多嘴，立即命有司将赵腾逮捕下狱。换了别人，轻易不会管这闲事，可杨震却不肯坐视不救，于是又上书诤谏：

"臣闻尧舜之世，谏鼓谤木，立之于朝；殷周哲王，小人怨詈，则还自敬德。所以达聪明、开不讳，博采负薪，尽极下情也。今赵腾所从，激讦谤语，为罪与手刃犯法有差，乞为加恩，全腾之命，以诱刍荛舆人之言，则国家幸甚！"

可是安帝看到这封奏章，非但不听，反而下令即刻处死赵腾。按说，这对杨震是个相当不妙的信号，如果懂得见机，改弦易辙，或可扭转自己在皇帝心目中的印象。然而杨震却毫无退缩心理，反而趁安帝东巡祭祀泰山的时机，派太尉秘书高舒，查获樊丰等人先前捏造伪诏等罪证，专等安帝回朝，即向他举发。然而，不擅心计的杨震，却被工于心计的樊丰一伙占了先机。他们听说自己丑迹败露后，一俟安帝回銮，将到都门时，急忙先去迎谒，并乘机密奏，说是有星变逆行的天象，与杨震有关。因为他袒庇赵腾，陛下不从其请，他心怀怨怼，意图谋逆，所以星变显示危机，请陛下先行收拿杨震，方可安全入宫。安帝虽然昏庸，此时却还有一隙之明，他踌躇半晌才疑惑地说："震为名士，难道也如此不法么？"樊丰进逼道："震为邓骘故吏，邓氏既亡，怪不得他会有异心了！"一听此言，安帝顿时愕然点头，连夜调遣中使，去收了杨震的太尉印绶，免去他的一切官职。

毫无防备的杨震并不畏惧，坦然交出印绶后，回到府第。从此闭门韬晦，谢绝交游。安帝回宫后，便擢升耿宝为大将军。而耿宝因为先前向杨震说情未成事，一直怀恨于他，加上樊丰等又从旁煽构，他竟向安帝奏称杨震不肯服罪，仍怀怨望。安帝便又下诏，命杨震归里。

杨震奉命返乡，到了夕阳亭后，他却停下不走了。慨然整装之后，他将所有门人弟子聚拢来说："人生本有一死，死不得所，也是士人常事。我叨居宰辅，明知奸臣狡猾，不能驱除；嬖女倾乱，不能禁遏，有何面目再见日月？我死后可用杂木为棺，粗布为被，盖形掩体，不必归就墓次，添设祭祠了！"

说完，不听任何人劝，毅然举杯，饮鸩而死。时年70余岁。

正所谓，"峣峣者易折，皎皎者易污"。品行高洁如玉石之白者，最容易受到污损；性情刚直卓尔不群的人，往往容易横遭物议。杨震的命运，再一次证明了专制时代那既不正常又属正常的黑暗现实——只是，不知何故，关于他的事迹，史料上少之又少。或许，就是因为他那"却金"的理论太高洁、太生动也太典型了吧？

好在，历史终究不没忠臣、贤人。杨震还是在历史上赢得了应有的评价。如王应麟就盛赞曰："东汉三公，无出杨震"。蔡东藩也说："杨震不受遗金，四知之言，可质天地；并欲清白传子孙，卒能贻泽后人，休光四世。后之为子孙计者，何其熏心富贵，但知贻殃，未知贻德耶？而关西夫子杨伯起，卒以此传矣。"

千古女将秦良玉

中国文化中有一个很不光彩的传统，即男尊女卑。一方面推崇孝悌之道，另一方面又对广义上的"母亲""姐妹"们充满蔑视；甚至把很多亡国之君失败的原因，归咎于"红颜祸水"，什么妺喜听裂帛，褒姒戏诸侯，什么飞燕、合德、杨玉环；甚至于早已千疮百孔的大明之亡，也硬和个陈圆圆扯上干系；实际上从来都处于从属和被玩弄地位的"祸水"们，压根儿负不起那么大的历史责任。

不过，即使如此，在几千年漫长而黑暗的男权社会之中，却也总是此起彼伏地突显出一些格外耀眼的女英雄和巾帼名将，如惊鸿一现、彗星飞掠般，撕裂历史的暗夜，甚至光照千秋。如击鼓抗金的梁红玉，巾帼名将秦良玉——说到这位秦良玉，有些让我困惑的是，尽管她的实际战功和历史地位在所有这些女英雄中，可能是最高的，比如她是中国历史上唯一单独载入正史将相列传的巾帼英雄，唯一凭战功封侯和"一品诰命夫人"的女将军；后来还领光禄大夫、太保兼太子太保。数十年间，秦良玉率领着明末几乎最后一支精锐部队"白杆兵"转战南北，屡获胜仗，被四川人民誉为"福将""常胜将军"。《明史》卷 270 列传第 158，且有专门的秦良玉传——可就是这么一位骁勇善战的女英雄，却不知何因被岁月默默地淹没了。在民间，其实际声名远远不如前述的梁红玉等名将，甚至，当我询问身边的亲友时，几乎都不知道秦良玉为何许人。有一二略知情者，也说不清个一二三。不禁令我为这位中华民族少有的巾帼英雄扼腕三叹，甚抱不平呢！而所以如此，个中原因恐三言两语也说它不清，不如就将秦良玉的事迹揭示出来，让更多的人们对她有个清晰而客观的认识吧。

秦良玉，字贞素，明万历二年（1574 年）出生于四川忠州（现重庆市忠县）鸣玉溪。秦良玉的娘家出自著名的忠州秦氏家族，始祖秦安司于元朝至正十一年从湖北麻城县迁入四川境内，其后裔居住于忠县等地。秦良玉是秦安司的第九世孙女，她的父亲秦葵是位具有爱国思想的贡生，饱读诗书，见多识广，算得上是一方名士。他育有三男一女，秦良玉居于第三，上有哥哥邦屏、邦翰，下有弟弟民屏。秦良玉是家中唯一的女孩，父亲尤其钟爱她，认为虽是女孩子，也应习兵自卫，以免在兵火战乱中"徒为寇鱼肉"。

关于秦良玉后来从军等经历，《明史》卷 270 列传第 158 秦良玉传有这样的描述：

"秦良玉，忠州人，嫁石砫宣抚使马千乘。万历二十七年，千乘以三千人从征播州，良玉别统精卒五百裹粮自随，与副将周国柱扼贼邓坎。二十八年正月二日，贼乘官军宴，夜袭。良玉夫妇首击败之，追入贼境，连破金筑等七寨。已，偕酉阳诸军直取桑木关，大败贼众，为南川路战功第一。贼平，良玉不言功。其后，千乘为部民所讼，瘐死云阳狱，良玉代领其职。良玉为人饶胆智，善骑射，兼通词翰，仪度娴雅。而驭下严峻，每行军发令，戎伍肃然。所部号白杆兵，为远近所惮……"

不仅如此，秦良玉忠贞不二、憎爱分明的政治立场也始终坚定不移。如天启元年，四川永宁土司奢崇明叛乱。他素来听闻秦良玉的英名，起事时就遣人带着厚礼去见秦良玉，劝诱她一同作乱，以为臂助。不料却碰了一鼻子的灰。秦良玉义正辞严地对来使说："难道你们没有听闻我秦氏世代笃诚、忠贞朝廷么？我两位兄长邦屏、邦翰奉旨援辽东，俱死于王事。我弟民屏幸得负伤归来，现已痊愈。你和主子胆敢反抗朝廷，我唯有率领弟侄，誓死报国。你们居然还想凭盗来之财污辱我的人格？"说完，命令手下将来使奉呈的金银掷还。

可是来使仍不识好歹，竟出言不逊，恼得秦良玉性起，立即拔出佩剑，将其砍作两段。随后集聚兵马，与弟弟侄子等，疾赴前线，投入平叛战斗。

当时，叛军占领重庆已有9个月。而从二郎关到佛图关是重庆的出入要道，叛军有数万人把守着，连营达17座。明军总兵杜文焕等率军多次进攻不克。秦良玉遂请命，要求从间道绕出关后，与明军两路夹击。获准后她便依计进军。那些叛兵只管前敌，未防后袭。谁知突然从背面杀出一支悍军，当先一位女将军铁甲银枪，蛮靴白马，麾军直入，狂杀猛剁，顿时令叛军乱作一团。前方的明军也趁势踹入敌营，势如削瓜铲草一般，无人遮挡得住。很快，叛军大溃，明军和秦良玉部连下二郎、佛图两关，直捣重庆……

到了明崇祯二年的十二月，清兵绕道喜峰口，攻陷遵化，直薄北京城下。次年又向东攻占永平、滦州、迁安三城，一时形势极为险峻。崇祯皇帝匆忙下诏征调天下兵马勤王。谁知各地兵军除了明季忠臣卢象升挥军入援外，其余多装聋作哑，就是一些出兵的部队，也沿途逗挠，畏葸不前。却有一位出类拔萃的女丈夫，慷慨誓师，不远千里自川东启程，入京勤王。她就是大义凛然的秦良玉。

原来秦良玉闻得勤王诏后，毫不迟疑。火速"出家财济饷"，亲率白杆兵兼程北上。她撤去钗钿，除去环佩，改穿峨冠博带的男装，扮成一个英武的男将。并且还挑选了数百名健妇，也令她们易装相随，作为自己的亲兵，倍道驰援。

当时各地陆续赶来的十余万官军，均屯驻在蓟门近畿一带，却仍是互相观望，迟迟不前。独独秦良玉所部一到京郊便率先奋勇出击，后在友军配合下，奋力收复永平、遵化等四城，解除了清兵对北京的威胁。

秦良玉的事迹传到崇祯皇帝那里，他大为感动。立刻派特使携带大批酒肉前去犒军，并且传旨在平台召见了这位富有传奇色彩的女将军秦良玉。秦良玉仍是一身男式朝服，从容叩首，三呼万岁。后又镇定奏对，不但令崇祯帝大悦，连朝中一班大臣也都暗自起敬。

崇祯帝当时颁布诏旨，晋封秦良玉为一品夫人。后来，崇祯帝仍然感慨万千，又写下了四首诗，夸赞她的功迹，并御笔亲誊，赐给了秦良玉。其中一首读来尤令人动容：

蜀锦征袍自剪成，
桃花马上请长缨。
世间多少奇男子，
谁肯沙场万里行？

秦良玉一生戎马 40 余年，足迹遍及长城内外、大江南北、云贵高原、四川盆地。

然而形格势禁，历史大局已无可挽回。到了南明隆武二年，清军攻占北京，并大举南侵。此时秦良玉年已七十三岁，且明知敌我势力已不成比例，但她仍毅然接受南明隆武政权赐封太子太保、忠贞侯封号以及"总镇关防"官印，继续高举扶明抗清的旗帜，并准备率军前往福建抗清。然而由于郑芝龙的叛变，隆武帝被捉，秦军未能成行。

南明永历二年（1648 年），在西南的永历皇帝派人加秦良玉太子太傅，授"四川招讨使"。可惜的是，几日之后，秦良玉就抱恨而终了。

关于秦良玉的死，也有过一些不同说法。如有一种说法是，秦良玉是被李自成的军队杀死的。也有学者说秦良玉是病逝的，那她到底是怎么死的呢？

其实要弄清此事并不复杂，明史上即有明确的记载：

"张献忠尽陷楚地，将复入蜀。良玉图全蜀形势上之巡抚陈士奇，请益兵守十三隘，士奇不能用。复上之巡按刘之勃，之勃许之，而无兵可发。十七年春，献忠遂长驱犯夔州。良玉驰援，众寡不敌，溃。及全蜀尽陷，良玉慷慨语其众曰：'吾兄弟二人皆死王事，吾以一孱妇蒙国恩二十年，今不幸至此，其敢以余年事逆贼哉！'悉召所部约曰：'有从贼者，族无赦！'乃分兵守四境。贼遍招土司，独无敢至石砫者。后献忠死，良玉竟以寿终。"

前面所述，一代天骄秦良玉身后几被淹没于岁月之中。这只是相对而言。其英名在民间不如其他巾帼英雄大，在史界和学界却历来不乏崇敬之声。如在秦良玉将军去世以后，历代许多诗人、词人为了纪念这位忠贞不渝的爱国将军，纷纷以诗、词进行赞美。

而在这些盛赞秦良玉的诗篇中，还有出自女英雄秋瑾的。二人同为巾帼女儿身，故惺惺相惜，别有一番真味在诗中：

古今争传女状头，
谁说红颜不封侯。
马家妇共沈家女，
曾有威名振九州。
莫重男儿薄女儿，
平台诗句赐娥媚。

吾骄得此添生色，

始信英雄曾有此。

到了近现代，也有不少文人大家对秦良玉表示了高度的赞赏和崇敬之情。如著名女作家冰心写道：

"秦良玉死了，她的哥哥邦屏、弟弟民屏、儿子祥麟、媳妇凤仪，都为国家壮烈的牺牲了！她虽是一位出身儒门的闺秀；可是志安社稷，爱国忠君。她生在多事之秋的明朝，国内有土匪流寇的骚扰；国外有满骑倭奴的侵略，多少文武百官，士大夫将帅，没有不为自己的名利在明争暗斗的，有谁像秦良玉一样？一生的精神，都拿来放在安内攘外，剿贼御侮上面呢？她一生为国家奋斗，为民族牺牲；她没有过一天舒服快乐的日子，日夜在为战事筹划。一直到死，还念念不忘保卫她的家乡石砫，这种爱国保家乡的精神，非但使后世的人永远赞美，永远敬佩，更值得我们永远怀念！永远学习的！"

郭沫若亦曾撰文赞誉秦良玉："像她这样不怕死不爱钱的一位女将，在历史上毕竟是很少的。"

1908 年，胡适也赞道："中国历史有个定鼎开基的黄帝、有个驱除胡虏的明太祖、有个孔子、有个岳飞、有个班超、有个玄奘；文学有李白、杜甫，女界有秦良玉、木兰，这都是我们国民天天所应该纪念着的。"

自驾抒怀

我喜欢自驾,那份纵情挥洒自我的感觉让我陶醉。而在国外,自驾还有个特别的好处,你不必受制旅行社节奏,想走就走,想停就停。还能深入旅行社难以安排的线路,探访最原生态的乡俗,呼吸最具代表性的风情。当然,有人会担忧自驾的风险。我的看法是,在家中高卧也可能猝死。何况森林里倒下几棵树,绝不等于茂密大森林不复繁荣。你尽管敞开呼吸,自由享受其勃勃生机吧。当然,大胆谨慎。

法国交规和中国差不多,但在我往返两轮共4千多公里行程中,从未碰见警察。高速公路也限速,110到130公里。省道有个鲜明特色:凡交汇处必修一个转盘。入转盘的车要让盘内的先行。要拐上横道时,哪怕两百米外有车来,大多车辆会等它过去才拐弯。停车场也都设有残疾人专用车位。收费自助,还很少摄像头,大有悉听尊便的意思。在高速上我没遇见一起事故。这无疑和司机素质有关。如超车,一旦超过则迅速回到行车道,鲜有人长时占着超车道,更别说占用应急道了。高速公路收费也是全自助,没一个员工。而且公路上不见一块广告牌，显然是避免司机分心吧。那么公路上什么最常见呢？法国梧桐！那可不像我们城里修剪过的法桐，尽是些胸径一人甚至两人合抱的参天巨桐。威武的武士般整齐排列，直插天际！

法国是农业强国。机械化使得广袤的农田阡联陌合，成了各式农机的绘画板，路两边极目都是开阔平整的大块绿野，随地形起伏，广阔绵延。农田多实行隔年轮休制，土地和环境因之上佳，作物质量也就优异。那休耕的土地也精心犁耙、光整连片，如一方方黑褐的绒毡，镶嵌在绿原间，望去心旷神怡。有些地方则杂花生树，林带纵横；一簇簇红黄黑白的蘑菇般群聚一起的房舍间，必有个高于一切建筑的尖顶教堂，这便是村落或小镇。村镇周边间或有几匹静静立在夕阳下的马儿，几头懒洋洋卧于溪边的奶牛，或者一小群一小群的绵羊。狗儿则欢奔在宽广的麦田或油菜地间，令我以为回到了呼伦贝尔大草原。是的，油菜地。法国乡村不仅多有种植油菜的，有些地方还一年两度黄花似锦。至于你行进在山区丘陵地带，则常见路边竖一块画着小鹿的标牌，提示你要减速。而我们果真两次遇到横穿公路的梅花鹿，不慌不忙地跃入对面的树林，倒令我们激动得大呼小叫……

有时我会停下车来，或拐进乡间小路，久久凝望神秘的远方。艳阳朗照时，尤其感到触目皆画，令人沉醉。艾青说"为什么我眼中常含泪水？因为我对这土地爱得深沉"。眼前虽是异域的土地，但和我万里外的故土并无太多分别。我也会心潮起伏。因为土地是人类之母，她总会厚馈其子民。只要人类善待，任何土地都会还你以百倍的产物。因之，我们地不分南北，人不分种族，无不会本能地亲近大地，亲昵田土和河流。且愿永没有战争等阴影，再遮蔽亲爱的母亲……

最好的是下一个？

　　当今斯世，凡有些个性的文人，已经不会再把笔下的女人比作一朵永不凋谢的鲜花，或一道美不胜收的风景了。无疑，这个说法太俗气也太天真了些，按照巴尔扎克的说法，除非第一个，第二个或第三个这么说的人不是蠢材至少也是低能儿。这个世界，当什么都有人乐意，当蠢材或低能儿的恐怕是找不到一个了。然而有趣的是，话虽不这么说了，骨子里甚或本能里就把女性视为至善至美的鲜花或风景的男人，不在全部，至少也在大多数。当然，与其说这是一种现实的看法，不如说是一个抽象的理想化的愿望。那个既像母亲又似姐妹、既像鲜花又像美景、既是活人又似天仙的"女人"，几乎是从来就这么隐约而鲜明、忽远而忽近地灵动于一代又一代男人的心空，宛如乌托邦里的鲜花，夸父追逐的太阳，诱惑着他们不知饥渴、不惜虚脱甚至不顾掉脑袋地永不休止地期盼、寻觅、追求，直到他怦然倒地那一刻！

　　毫无疑问，这么一个隐秘的也许还不为多数男人所自觉的"恋女"情结，是不可能不左右他们对现实生活中鲜活而平凡的"这一个"女性的审美与取舍的。而这，也正是一般男人在对待女性的态度上总不免有些前倨后恭的根源之一。既然他们潜意识中的女性是那么完美无暇，有如遥不可及的天边彩虹一样旖旎而动人，当他面对或者生动地触摸着这个令他深感神秘、爱欲勃发的活生生的具象时，怎能不油然而生激动、渴望、晕眩甚至有些自卑有些膜拜几欲奉若天仙般的疼惜爱慕呢？然而也恰恰因为这过分的、寄托着不切实际甚而荒谬幻想的"爱"，使他们必然地陷入了随之而来的迷茫、失落、懊悔甚至痛恨中。现实的女性，活生生的生灵，即便她是最优秀、最美貌、回眸一笑百媚生的尤物，毕竟仍是个不免白璧微瑕的凡人，如何承载得起那么高的期望，那么痴的寄托？于是，我们的妻子们也几乎是宿命地要陷入莫名其妙的困惑中：那个婚前谦恭热诚、一心一意或百依百顺的丈夫到哪去啦？这个心不在焉、慵懒沉默或暴跳如雷的家伙，如果没有吃错什么药的话，是不是被哪个小妖精迷了窍啦？

药是肯定没有吃错，窍也未必被什么具体的妖精迷住，但他的情志、视线或多或少或迟或早地又投向那神秘空茫的远方，恐怕确是不可避免的事实。"那花园里开满了红花／月亮在放射光辉／玉莲花在那儿等待／等待它的意中人……"海涅的美丽诗句，说出的可不是他一个人的永恒的秘密。那些高深莫测的大导演回答记者哪部片子优秀时总爱说的口头禅：下一个。恐怕也是大多数男人对老婆秘而不宣的口头禅。说破这一点对我们的妻子们似乎不是个愉快的消息。但如果您要因此而大张挞伐、严加防范则大可不必也不见得有效；其结果不会从根本上达获您的初衷，甚而适得其反。倒不如坦然一笑或者睁眼闭眼来得有益，其结果即使不能负负得正，至少也会换来男人的几份感恩；给生活增添几分宽容、理解或幽默总不是件坏事。正如人们评论足球，宽宏大量地来上一句这就是足球，你也何妨笑眯眯地来上一句：这就是男人？

是的，这就是男人。他们生下来似乎就是为了到这个世界上来不知足、来幻想、来寻求、来征服、来制造点是非或发明点什么有益于世道人心的名堂。这样的一种"角色"所赋予的特定内涵，似乎已先验地决定了他们一切方面包括对异性的期望与实践上，必然地会对"下一个"有着出人意料的无穷兴味。何况他们身上还源源不断地生产着弗洛伊德氏所发明的那个"力必多"，麻烦自然是不会少的了。无怪有则西方幽默会这样说：一位80岁的老翁满脸忧虑地问他的牧师，请问我什么时候可能摆脱对女人的渴望？——至少也要在你葬礼举行后的第二天。这就是这位聪明的牧师的回答。幽默总是夸张的，但不幸的是这则幽默本质上并不夸张。一个生理和心理都正常的男人，无论他实际能耐如何，在好色这一点上，80岁的老翁也是不会轻易输给二十岁的小伙子的。对于这个"色"的敏感，男人们的表现也足以令人肃然起敬。哪怕是千军万马之中有那么一点红，所有的视线都可以被她牢牢牵住。如果让这娇柔妩媚的一点红来统帅这千军万马，吃败仗自然是免不了的，可那些掉脑袋的兵士们，也许在九泉之下也不会为之懊恨。念及这点，人们对这种好色之心是完全有理由来上一点轻蔑或厌恶的了，但是且慢，倘无这样一种如火如荼的热情奔流在男人们的血液里，人类的繁衍和种族的延续将以什么来获得稳定的保障？

况且，好色并不等同于"好色之徒"。不错，面对女人，多数男人们表现得有点垂涎、有点急迫而露骨，他们的第一眼落在女人的脸上，第二眼就穿透了她们的衣服。实事求是地说，这实在是有些损伤痴迷而热衷于扮饰、恨不得成天将自己浸泡在脂粉和服饰堆里的女性们的情感的。然而不要忘了，稍有些头脑的男人还有那入木三分的"第三眼"呢，他们的第三眼不仅穿透脂粉和花花绿绿的服饰，甚至还有那涂抹得白如凝脂的肌肤，直达她们的心灵。心灵的基石是什么？当然是性格。多一点宽厚明朗，少一点狭隘阴险，多一点善良温存，少一点尖酸自私，多一点自然质朴，少一点狡黠刻薄，这样的性格永远是一切"现实的"男人最理想的绊脚石和拴马绳。似乎他们也乐于被拴在这样的柱石上，悠然踱步于某个女人的羽翼下。遗憾的是，他们中的幸运者似乎并不那么太多。于是，将目光投向下一个甚或第三者、第四者的人，便有了又一个明确而实际的"理由"。

理由是否正当且不论它，问题是，下一个真是更理想的吗？如果是真的，那么"她"究竟在哪里？真的是"此花只应天上有"吗，那我们如何上得天去？上不得天去何不就脚踏实地随遇而安，多做点有意思的事情，何苦还寻找什么下一个呢？也许正因为寻不到，才有了不绝如缕的渴慕与追逐？看起来这简直像是个难以破译的谜。

说实在的，当我这么信马由缰地乱弹一气的时候，心头也不免时时疑虑，把不准自己说的是不是在理。这就是我眼中的男人，这就是他们眼中的女人？幸好我自己是一个男人，这么说至少能代表"这一个"男人。其他的男人是不是同意此说，其他的女人是不是相信此言，只好由他们自己的感受去评判。正所谓说不说由我，信不信由你。让我们好自为之。

母爱别谈

　　母亲去世后，家人意外发现她留下一大笔存款。零零碎碎十多张，都是年代较久的纸存折，存着她这一生的心血与厚爱。之所以说意外，因为母亲早在 20 世纪 80 年代初就离休了。那年代人的收入还很低，尽管是离休，母亲的工资以今视之仍很菲薄。故母亲留下的存款虽不算太多，但以当时的标准来看，还是算得上"一大笔"了。

　　面对着这样一份特殊的心意，我们三子女却快慰不起来。相反，还有一份百感交集的沉重坠在心头。这笔钱在今天虽不无小补，但比起存它的年代，实际价值已大打折扣，存它其实很不上算。这也罢了，实际情形是，母亲生前活得并不宽裕。相反，她这辈子始终抠抠巴巴，舍不得吃，舍不得穿，许多时候给我印象是仿佛有苛苦自己的习惯，如我们给她买好的新衣服，都一次没穿叠放在柜子里。少时家道拮据也罢，后来子女都自食其力，生活大大优裕，可说山珍海味也不稀奇了。但只要我回家，桌上的好菜，她总以怕油腻或吃了中药为由，极少动筷，却不停地劝我吃这个吃那个。有回我与正在炒菜的她说话，一粒毛豆米溅出锅来，胖而一条腿严重有疾的母亲仍颤巍巍地蹲下去，探身灶台下摸索一会，把那粒豆米拾到锅里……有好些年，母亲在屋后辟了块菜地，一下班就在那伺弄不休。有个夏天我见她一趟趟提水浇地累得汗水都糊住了眼睛，感觉不忍，唠叨着叫她别干了，说这点破菜地有什么意思——不料她突然大喝一声，叫我闭嘴！此后我意识到该去帮帮她，她却又怕我累着吧，坚决不要我插手……

离休后好些年，从不问颐养天年为何物的母亲，还长期去丝厂领回一卷卷胚绸，夜以继日地戴着花镜，用剃刀片"划花"，挣几个小钱。她留下的存款中，想必有这份辛劳在。但不明白的是，早因腿不便而极少出门的她，是如何一趟趟悄悄出门，拄着拐一瘸瘸挪到离家很远的银行，排队，存钱……而这些钱，如果她及时使用或部分享受，远比留下来要合算得多！

当然，我并不想因此贬低了母亲心意的价值。她的动机无非是我们千古颂扬的如山高水长般的母爱，她由此获得的安慰或许也是她实际消费金钱所不能比拟的。我所唏嘘的是：中国是极其推崇和讲求孝悌的国家，而实际生活中平辈间的阋墙屡见不鲜，上下辈之间的"孝"则严重颠倒。至少，从古至今，多半下辈对上辈的爱，都远不如上辈对下辈之爱那么本能而由衷、那么真挚而忘我。而细数那些忤逆、不孝之人的动机，多半又是出于他们对自己下辈的"爱"！这种反差实在是耐人寻味呵！

那么，如果一代代人都能够理性而现实地兼顾自爱与对后辈之爱，是否要理想一些？至少，上辈人不必过于刻苦、克己，下辈人尤其是真诚孝顺者，是否也反而能多一点心理安慰或少一点负疚？

照　相

　　旅游时我们常会看到一种现象：一些风景名胜地，被人圈出一块块禁区，交费才给你在此取景。应该说这是荒唐的。那些个庙宇、古塔、种种景点，莫非"王土"，或者是先民馈遗给我们的共同资产，凭什么不让人自由留影？但这属于我们耳熟能详的"有关部门"过问的事，故我不想论此是非。我想说的是，碰上这种无赖式的现象时，我会嗤之以鼻，却并不以为是了不起的损失。身边小草，窗外闲云，如果你留心品赏，何亚于那些人工雕砌的所谓名胜？又岂是几根绳索圈得住的？圈起来的无非是些热门景致，但恰因其热门，在我眼中已失去独特意义，照不照皆无所谓。比如那些随处都有的寺庙山门、园林正门之类，最易为圈地者霸占，只因那是多数留影者都爱来一张的地方。而这种大同小异的地方，你不圈我也不想凑那个热闹。要照也该换个角度或找些特色才有价值。山前庙后，那些个嶙峋多姿的山石，性灵毕现的花木，即便你毫无艺术眼光，随意一按都成佳境，何必一窝蜂挤在庙前，给影集添一张晃满人头又毫无特色的所谓风景？

罗丹说："对于我们的眼睛，缺少的不是美，而是发现"，真是一语中的。这话还可以反过来说，即对于发现，缺少的同样不是美，而是"眼睛"———一双与众不同的慧眼。而"功夫在诗外"，要练就一双慧眼，文章显然不能光做在摄影本身上。

至于人云亦云，爱凑热闹式地照相，不知是不是一种国人特色，如果是，倒也不失为一大特色，汇集起来还真成为一个时代特色大写真。比如，若要开一个文革时代照相展，便可看到一张张千人一面却充满时代气息的"标准像"：无论男女老少，谁个不是一本红宝书贴胸前，四肢笔直崇敬状？

说起四肢笔直，我倒敢断言这是咱们最标准最传统的照相姿势，尤其是男人，一照相便深沉无比，四肢并并拢，表情铁板板，或者笑眯眯。这大致符合咱们的"集体无意识"，照相者，留尊容焉，岂可不一脸的风光，一身的浩气？时下影楼遍地开，这种状况大有改观，尤其是红男绿女，新婚璧人，不论你美或不美，摄影师们都有办法让你容光焕发，仪态可人，男变骑士，女比天仙。这在形式上无论如何是一大进步，但若究其实质，仍不过是种矫饰了的"四肢笔直"，很容易事实上也正成为另一种标准模式，不信比较一下新郎新娘们的影集，不同的只是脸模子而已。虽然我觉得这样照相并无不可。但照者，映也，相者，象也。艺术式的照相也罢，纪念式的照相也罢，其根本在于留下我们的本真面目。而本真面目实际上是最美最艺术因而也是最动人的。比如那幅满面皱纹的《父亲》油画，打动过多少人的心？故世人千姿百面，千娇百媚，照相能反映出这一根本便为上者。其实真正的艺术生命也正在于真实自然，浑然天成。随心一笑，无意一颦，抓下它来，反是佳作，反而更值得留念。

感念杰克·伦敦

　　作为一名文人，多读书自然是其人生之必然。但就我个人而言，读书更是我当一名作家的因而非果。书与我的关系无疑是胚与胎的关系。是书造就了今天这么个我。更进一步说，一个人之所以成为其人，读不读书，读什么书，如何读书，无论就哪一方面讲，都决定了人与人之间泾渭分明的质的分野。再就我个人而言，如果将家庭烙印、学校教育、社会影响视为铸就我之基本人格的"水泥、黄沙、石子"，那么，读书就是使这一切成为一份真正意义上的混凝土所不可或缺的"水"。当然，这里所指的，主要是所谓正统的中外文学作品（顺便说一句，迄今为止我从未读过一本武侠书或港台式的言情小说，这可能取决于我从小形成的读书口味，那个年代是没有这一类书可读的，现在大大的有了，但我已无法消受。因为我总是偏执地认为那些只是读物而非书）。现在看来，书对成人的作用似可表述为细雨润无声，主要是潜移默化的陶冶；而对成长着的人来说，那种影响是简直可以用刀刻斧凿来形容。而且就前者而言，书对性格、思维成熟的人有时起到的仅仅是一哂甚或是反被嗤之以鼻的作用。但对后者而言，书的影响则几乎总是单方面的，不可抗拒且决定性的。

由于父亲是大学教师，又做过未竟的作家梦，家庭影响使我尚很年幼时就已识字并一本正经地读起书来。这就有了第一部对我此生产生启蒙意义的书——小学一年级时，我靠着字典和请教读完了此生所读的第一部长篇小说《苦菜花》。这本书本身对我并无太大影响，但却如此强烈地左右了我的人生观；可以说我的作家梦就是冯德英塞给我的。当然还有我的父亲。他告诉我，作者冯德英是我们山东人的骄傲，更是我们的骄傲，因为我们与他同为山东省乳山县冯家集人！一个作家不仅能荣耀其自身，还能荣耀其家族、乡亲甚至国家。我幼小心灵就此植下对作家的崇拜与渴望。

从此我成了不折不扣的书迷。更确切地说，是一个外国文学迷。这和我懵懂时期的书源有关，兴许也和我初萌的兴趣、气质甚至天性有关，更与外国文学本身特有的文风、意蕴及艺术感染力有关。父亲所在的大学图书馆那庞大的外国文学库存对于一个小学生的阅读口味的影响是不可抗拒的。所有对我同时代人产生巨大影响的中外作家我几乎都与他们有所神交——高尔基、奥斯特洛夫斯基、普希金、狄更斯、契诃夫、司汤达、罗贯中、施耐庵、冯梦龙……他们对我的影响此时似乎并未显现多少，倒是极大地影响了父亲。他几乎是恐惧地从到处为我借书转而为搜书、藏书、禁读一切课外书，因为他担心我会成为狂人。事实上我已经成了书狂，嗜书令我废寝忘食、面黄肌瘦。禁书的唯一成果是我像时下最狂热的古董迷们一样求爹爹告奶奶地四处自行找书看，把一切可以交换的东西与人换书看，偷偷地躲在别人身后蹭书看——五年级时我被一高年级生揍了个鼻青脸肿，因为我以看完请他吃 20 根油条的代价借看他一本《不体面的美国人》，还时却迟迟无力兑现承诺……

初中三年里，我几乎从头到尾一字不落地读了毛选四卷及《家庭医学手册》，简直记不清那几年里我轮番患过多少种绝症。当然也有积极意义，最令我得意的是我因为动辄向人宣讲医学知识而在下乡支农期间当上了卫生员。凭着那只有少量土霉素、红药水之类的小药箱，我为师生和住地村里不下百人计的患者驱除了伤风、泻肚之类病魔。以致一个邻村老太竟然慕名带了她18岁面如菜色的孙女来找我求医。我严肃地翻阅了孙女在县医院看病的病历，见上面有"血冲，多少次"之类字眼，竟当着女老师的面一本正经地诊断为"月经不调"，告以不可在经期下水田、多喝红糖水等一系列经期劳保知识……

开放初期我在书店偶尔见到了新版的《马丁·伊顿》，那份喜悦绝不亚于邂逅了多年不见却朝思暮想的情人！如果不是杰克·伦敦的这部小说，真不知道今天之我会是何等面目？

当时，我是极偶然地看见这本书的，封面已破，照片全无，书脊断裂成几截。幸而这并不影响我了解那个穷途潦倒而又奇迹般崛起的马丁·伊顿成为一个大红大紫的作家的全过程。也幸亏那时的我并未完全理解马丁·伊顿何以在成功后竟会从他的私人游艇上悄悄地自沉于虚无的大海，而导演了《马丁·伊顿》命运的杰克·伦敦本人后来又以惊人的相似方式自沉于大海；尽管这令我唏嘘，但其中的深层意义对当时之我却并未造成什么负面影响，深刻影响我的是马丁·伊顿那充满戏剧性的成功。我为他写作屡投不中而扼腕，为他痛打《横贯大陆》编辑以索回拖欠他的5块钱稿费，却又被同样无赖的《大黄蜂》编辑推下楼梯的遭遇而发喙，也为他痛失可爱而高贵的露丝之爱而叹息，更为他以一部《太阳的耻辱》一举成名，力挽厄运之狂澜而扬眉吐气，战栗不已。我一口气将书读了两遍，第二遍没读完时我已在磨笔霍霍、搜索枯肠了——我蓦然发现当下的我就是发迹前的"马丁"！那时的他仅是个走背运的水手，一文不名而心怀忧郁，现在的我同样是个忧伤迷茫的小小工人，然而我却比他多了一个虽不够温饱却足以确保我不致饿死的铁饭碗。他靠自己的大脑改变了自己的命运，为什么我不能试着写出我的《太阳的耻辱》？

从此我走上了写作之路。前提是从小所读之书的潜在影响，触媒则是必不可少的《马丁·伊顿》。虽然我可能永远不能写出我的《太阳的耻辱》，但它却长在我潜意识里漫游，诱惑着我奋笔捕捉，直到今天，乃至永远。

有一种理论相信，后人与前人常常会在文化心理、艺术风格上产生惟妙惟肖的相似，这是一种转世的文化精神之心灵感应现象。我认为这是无稽之谈。相似缘于前人对后人的思想、艺术感染与影响力，更缘于两者间相近的性格、经历乃至天赋。遗憾的是，杰克·伦敦尽管对一个他做梦也不会想到的中国小子产生了决定性的影响力，但却由于这个小子的主客观因素与之相差太甚，而没能最终将他造就成一个中国的"马丁·伊顿"；这无疑是因为这个小子太不成器。但无论如何，作为一个作家，杰克·伦敦那漂泊在大海中的亡灵足以为此喝一杯的了。

纵观此生，对我产生过重大影响的书还有不少，《钢铁是怎样炼成的》曾让我挥泪赌誓为共产主义奋斗终身。《红与黑》则在诱我努力爬向社会上层的同时多多少少添了些自信多了些狡诈……然而回顾之余我却也发现，若论书会对人的影响，这无疑是绝对的，但这种影响却更是因人而异的。读书是一种过程，某本书给人的影响无论正、负面的，仍将在读书中或消或化；一概而论或夸大书本的影响力未必站得住脚。而且根据我个人经验，正如开头所说的，书对人的影响力主要产生于其最具可塑性的青少年期，所以在这个时期读什么书对一个人的一生真正是至关紧要，不可不慎之。成年人尤其是我这样的，自从自身成了个写书者后，所读的书尽管由于条件变化等因素，总量比青少年读书成癖时还多，但从单位时间来看，却因疲于创作、工作，数量少多了。更少的是读书时那种毫无功利的单纯的激动，那份膜拜式的投入。或许是同行相轻心理和有了功利的眼光吧，而今我之读书，尤其是读文学书，与其说是为了共鸣、愉悦，不如说是为了实用，因而沾染了匠气。更多的是对技巧或写作背景的关注，对内容则是反思甚至挑剔多于了接受。这于我是益还是害，现在还拿不准。或许这意味着我的成熟，抑或竟反映了我的偏傲、固步自封？

无论如何，我将永远喜欢读书、必须读书（尤其是外国文学）。这是由今天这个各方面都比较定型了的我所决定了的。但即便对任何人而言，读书终究是人生之无可替代的一大快事，哪怕仅仅是为了消遣。虽然书中看来是越来越不会有黄金屋了，但它充实人生，荡涤心灵之功却是永远不会消减的。读书本身就是意义。

父亲印象

　　早些年，如果你在马路上，偶遇一辆电单车，左冲右突地掠过你车头，请不要见气。骑车人已是古稀老者。他不得不骑得飞快的原因，在于他车后架上那捆刚批来的报纸。他要赶紧回去分发、零售、一份份送进订报户信箱。紧接着，还要再去取下一批——不同的报刊到得有早有晚。他便掐准时间，到一批取一批，取一批卖一批。年年如此，天天如此。风雨无阻，雷打不动。所以，与其说他是个开书店的，不如说他是卖报的，与其说他是卖报的，不如说他是送报的。

　　这老者是我的父亲。倔强、勤劳、一刻也闲不下来的父亲。

　　父亲退休后并不缺钱花，却在小区里开了个小书店。进、销、送，基本独自操劳。书卖不动，就出租，租也租不动了，就盯住报刊做。但父亲这种做法实在太辛苦。明明有人统一代送报刊，但那到得晚，还要付他报酬。父亲总是骑车自取。夏日的高温有时超过40度，他照骑不误。冬天的风雨有时把他浇个透湿，他一声不哼。去年骑不动车了，这才换了辆最低档的电单车。父亲卖报最磨人处在于他还代订代送报刊。因此一年 365 天，一天也歇不下来。但凡是人，谁没个伤风病痛的时候？父亲原有高血压，心脏也不太好，却硬是日复一日地顶了下来。而且，无论我怎么劝，父亲决不雇人，只让弟弟和弟媳下班后和公休日搭一把手。我在外地帮不上忙，年年劝他别干了；他的同事、学生也多劝他罢手，他总是呵呵一笑：这样蛮好，又便利邻里，又充实自己。再干一年吧。可一年又一年，至今已将 10 年了。

父亲卖报，是他命运的选择，也是他性格的必然。从前的父亲，原是苏州大学的系总支书记。再前推，他还是 47 年参军的老干部，渡过江、打过仗，当过军代表。尔后当讲师、兼教授；出过书、挨过批。基本经历和所有同时代的老干部没多少两样。所不同的是，别人退休后含饴弄孙、品茶读报或发挥余热兼这兼那的居多。而一头扎进报刊堆里叫卖起来的，大概只有他一个。所以我说，这是父亲性格的必然——以劳碌为荣，以苦自己为乐；事无贵贱之分且从不知享受为何物，是他的一大特征。早年的苏州报上，曾发过赞颂父亲为"保持工农本色的好干部"的文章。而这，或许是他的某种动力，却也成了我少时羞于对友伴提及父亲的原因。

印象中的父亲，头发早就白透了，一脸的温和，脸上总是笑眯眯的。但除了衣袋里插着的两支笔和下班时夹着的讲义夹，和现在得空时在报摊上戴着花镜读几行报，你没法从他身上找到更多大学教师或领导的斯文相。不修边幅，一年四季几乎从不见新衣服上身，是父亲的又一特色。少时曾有同学上我家，见父亲穿着土布工作服在院中挥汗拉锯，诧问道：原来你爷是木匠啊？

没错，父亲确曾堪称木匠。少时家中的一多半桌椅橱柜是父亲打的。除此之外，贫困年间的父亲还常年在大院中种拾边地、养鸡养鸭以贴补家用。心地善软的他，还养过好几只捡来的弃猫弃狗，并在水缸里养鲫鱼、养泥鳅；搬进楼房后，又摆弄了满满一阳台花草。也许因了这缘故，再加上心地坦然，劳动锻炼的结果吧，70 多了，却仍然保持了身子和精神硬朗的父亲，还能把车子骑得飞飞的。

有年春节我回家，远远看见父亲在小区里急急穿行，送报纸上门。身上穿着的，是我淘汰换给他的皮外套。皮面上已磨出斑斑花痕，拦腰还束根布带子——我没有闪避，而是迎上去帮他送报。现在我早已不以父亲的外观或劳碌为耻了。相反，我为我勤劳一生的父亲骄傲。因为我早已为人父，知道什么是人生的真谛。还因为我已明白，一个人是否活得有意义，是否体面或尊严，本质上与他穿什么或干什么没多少关系，而与他怎么干或取何生活态势有关。父亲的人生观是什么，他这一生是否幸福，我不敢妄测。但我敢说，他一定活得坦然而自信。而生命不息，劳动不止，自强不息而不尚虚荣地生活着；这样的人生不是最有价值的，至少也是值得自豪的。这样的人不是伟大的，至少也是可敬的。

俩老太

一个病房住着两个老太，本不稀罕。有点稀罕的是，这俩老太一个比一个高龄，一个比一个"健康"，也一个比一个怪。

A老太80岁了，容貌恰似60来岁者，且行动自如，来去都坐公交。她嫌另一个老太吵，从不在病房过夜。家人逼她住院的主因竟是，她越来越不爱吃饭，也越来越不肯正经吃饭。确切说，她不肯像常人那样坐着用餐。我亲眼见她非要像不能动弹者一样，侧卧在床上吃饭。女儿恨铁不成钢，说你坐公交都没事，吃饭就坐不起来了？她只作听不见。言重了，她讪笑着坐起来，可没吃两口又趴了下去。气得女儿咬牙切齿，看得我们呵呵偷乐。

B老太更不得了，91岁了，平日里还独个过日子，且在门口种着点蔬菜。她的问题是"浑身骨头疼"，且主要疼在夜里。因此夜里睡不到半小时就哼哼着疼啊疼啊，还频繁要解大便。每次拉上一小点，却死活不肯进卫生间，要护工拿高脚痰盂在床边上。同室人哪个受得了这份骚扰？白天就找话逗她，想让她不睡觉。哪知她基本失聪，任你叫得上气不接下气，她自在黑甜乡沉溺。B老太的怪在于，她的内裤腰围处折起一圈，用别针别成一小条一小条。醒来或如厕，首要的事情就是埋着头一条一条摸索，有时还解开别针察看其中的东西。但那里面藏着啥？我们猜不出。连医生护士查房偶触裤腰，也会被她使劲推开。护工悄悄说，她偷看过，全是些不值钱的破烂，甚至还有张药瓶上掉下的标签，她都当个宝叠藏在身！这让我联想起别些个老太来，她们也有类似的怪癖，比如我曾住过的小区档次不低，却常见几位衣着光鲜的业主老太在各垃圾箱前翻腾，收罗一切纸板、空瓶或包装盒之类，或堆于楼梯肚里，或常年塞满自家阳台……

或许，那些常人眼中的垃圾，或那 B 老太腰中的"破烂"，对于他们却具有特别的意义——某种情感寄托和心理支持？

马斯洛认为，人皆有生理、安全、尊重、爱和归属感的基本需求。假如一个人同时缺乏这些，通常对食物的需求是最强烈的，其意识几乎全被"吃"所占据。而方今斯世，国人已大多不再有饥饿之虞，安全、爱和尊重的需求便突显出来。尤其是老人，他们或因高龄产生失落，或因孤独产生焦虑，进而自认不再有用，不再被爱而缺乏安全感。那些老人捡垃圾回家，就未必是差钱，只是想忙碌起来，让空虚的心灵得些慰藉。再如 B 老太，她常年独居；而 A 老太则恰恰因为子女非常孝顺、呵护，反可能加剧了她潜意识中的无用感和对生命的留恋。偶然地趴着用餐，或许让她发觉能获得关注，或体验到某种舒适与慰安，从此便固化为一种习惯或特殊的"依赖"？

我的猜测未必有理。但两个老太的人生，都有不小的缺憾，想来是无疑的。问题是，谁又能没有缺憾？而住院就能医治她们的根本吗？家人或社会又有什么法子让她们都得着有效的帮助？我不得而知。唯愿我们的将来，能活得充实而美满一些。

听导游讲故事

　　在瑞士旅游。风光固然绝佳，漫漫行车途中，导游小马穿插的一些小故事，也让大伙儿听得津津有味。

　　他说：在国外当导游有一个好，就是能见识国内来的各色人等。有些简直就是奇葩。比如有天让他开上公司最好的大奔去巴黎机场接个湖北的贵宾。到那一看，贵宾是个20岁模样的细高个，一身名牌，一副韩范，头发像鸟窝扎散着，还染了几绺红毛儿。分明是哪个"富二代"。两个随从更不得了，黑西装，黑墨镜，活像电影中的"黑保镖"。"黑保镖"一张口就不客气，责问小马为什么不把车开过来接。小马说是规定，好在这儿离停车场没几步路。但对方执意要他把车开来接。小马只好绕了大弯开车到他们跟前。到香格里拉开房时，保镖又说事先讲好的，必得是看得见埃菲尔铁塔的贵宾房。那时小马对香格里拉不熟，悄悄打电话回公司询问。公司叫他只管答应是贵宾房。因为他们显然在装蒜，香格里拉所有客房都是看得见铁塔的……

　　还有一回，也是在瑞士。给某地来的副县长当导游兼翻译。一路上你给他讲什么都漫不经心，东张张西望望，草草拍上几张照，就说要看钟表店。两眼放光地看了许多品种，终于指定一款价格两千多欧元的，要人拿出来看看。翻来转去地看了一会儿不说话，往边上一放，再要看一块。店员心知有戏，耐心地一块一块拿给他看，谁知这位县太爷细细看了八九块，就是不说要哪块。见多识广的店员也不耐烦了，冲小马用英语说：您能告诉我他是怎么想的吗？小马也大窘，却不又敢得罪客人。不料看完第十二块，这位副县长满意地出口长气说："告诉他买单吧。""那您选中哪一块呢？""这些都要了"……

　　还有一位，感觉也是个官员。带个黑苍苍的中年人，逛完巴黎直奔瑞士。小马判断那黑脸汉是个跟班的，就是国内某些官员出来，通常会带一两个私企的人来买单。暗里探问后，黑脸汉闪烁地承认是这种角色，但就是不告诉他陪的是哪路神仙。只是吩咐小马说，一路上吃的住的和用的，只管往好里安排，务必让领导满意。可是两天下来，黑脸汉脸上蒙上了阴云。因为那领导成天一副心不在焉的样子，看什么都显得没什么兴趣。黑脸汉忍不住对小马嘀咕了一句："他要是什么东西也不买，我这趟不就白出来了？"

　　黑脸汉的担心是多余的。他们一进琉森的高档表店，那位领导的脚步便滞重起来。很快就在劳力士专柜前定住了。黑脸汉一脸惊喜，忙说："叫他们拿一块你挑挑看吧？"领导模样的人并没有接腔。目光在柜台下盘桓了好几分钟，终于沉稳地指定了一块——

　　"那都是好久前的事了吧？"许多听众异口同声叫起来。

　　"没错。"小马笑眯眯地说："最近以来，这种贵宾少多了。"

受用不尽的卡耐基

多年前，因过度写作、性格缺憾等原因吧，我陷入一场如今想来仍不寒而栗的精神危机。连夜失眠、连日沮丧、对前途莫名悲观、对现实也全都提不起兴趣。用当今那个时髦的说法，没准是得了某种程度的忧郁症。但那时还不太懂这个，懂了恐怕也不会、不愿往精神层面上考虑。思虑的成天都是我是不是得了什么绝症。于是小有不适便乱翻医书，却因生搬硬套而更加疑病。以至短时间内我一连"患"了包括癌症在内的至少十来种重病，闹得身心交瘁。

助我摆脱困境的是时间和心理医生，更有那远在美国早已谢世的卡耐基。

一本躺在书架上多年却一直没在意的竖排本《人性的优点人性的弱点》，如三月里温煦的风，吹散浓云，一下子晴朗了我的心。

"我们怕被闪电打死，怕坐火车翻车时，想一想平均率，会少得把我笑死。"卡耐基用这样生动的口吻对他的读者说："解除忧虑的规则第三条是：让我们根据平均率，问问自己，我们现在担心会发生的事，可能发生的机会如何？"

　　他又在规则第二条"解除忧虑的万灵公式"中告诉我："问你自己：一、可能发生的最坏结果是什么？二、如果你必须接受的话，就接受它；三、然后镇定地想办法去改善最坏的情况。"

　　诸如此类。正如读过卡耐基的人都知道的，他的书循循善诱，广征博引，举例生动而亲切，温婉地将你带入似曾相识而崭新的广阔天地，像位睿智的老伯父，将武器同时更将防身盔甲、照路手电之类最简单却最有用的器械，交给身不由己在人生沙场拼杀的人们，使他们获得安全，也获得了更为宝贵的信心。真正善莫大焉。

　　至今我一直推崇并向许多亲友赠送、推荐卡耐基，就因我是个实在的受益者。

　　记不得当时我是怎样具体领悟的了，但我一口气读完了收罗到的所有卡耐基的书，读书本身及书所授予我的心理武器，很快将我从忧郁的魔障里解放出来，并一直比较平和地生活到现在。今天，只要我心境灰暗不宁，总忘不了去和卡耐基倾谈一番，每每便获得我所需要的心理支撑。还使我获得另一个宝贵启示：开卷有益。但开什么样的卷，大有讲究。一个人可以读很多文学书、专业书甚至不读书，但不可以不读一点科普书，尤其是卡耐基这样有益处世、有益心理健康的书。因为现代人生活节奏之快，社会压力之大，七情六欲之丰富，都可谓前无古人。故无论你追求什么，无论你有多么忙，读一点言之有物的、励志的、处世哲学的书，是有百益无一害、甚至必需的。

　　正如卡耐基的出版者所说："卡耐基并没有解决宇宙中深奥的秘密，但他源于常理的哲学影响和教育实践，却施惠于千百万人，这些哲理如文明一样古老，如十诫一样简明。在帮助人们学习如何处世，帮助人们获得自尊、自重、勇气和信心上，在帮助人们克服人性弱点、发挥人性优点、开发人类潜能从而获得事业的成功与人生的快乐上，或许比他这一时代其他哲人所做得都要多。"

　　此言不谬。与卡耐基同时代的弗洛伊德，以心理分析学说开山鼻祖著称，其学说一度在全球广为流行。然至今日，却已"日落西山"。不仅学术界非议日多，普通人也几乎已将其遗忘。其因就在心理分析学说太艰涩太高深因而也就太不实用，同时也难以得到科学验证。而卡耐基并无高深理论，却是处世哲学、生活艺术之集大成者，一味千百万疲惫心灵的精神良药。

　　遗憾的是，尽管他的书在我国一版再版，拥有无可计数的受益者。却鲜见对他的推介文章。所以我想对所有一味疲于追求的现代人认真说一声：如果你读过卡耐基，不妨时时温习之；如果你没读或者不爱读任何书，务必也读一读卡耐基。尤其是对于至今仍视请教心理医生为畏途，视种种心理障碍为闹情绪而难以得到理解的中国人来说，读点卡耐基尤为切实而必要。要不然，洛克菲勒怎会说：我愿意付出比太阳之下任何更高的代价购买"卡耐基"？

好司机

我一向认为，自己是个天生的好司机。虽然我从没当上司机，但从小就有这个梦想。或许，这与我少时有台卡车玩具，我天天把玩，且作过无数驰骋之梦有关？工作后我头回领工资，首先给自己买了台新卡车玩具和一辆能开能跑、带履带的挖掘机玩具。早年下放煤矿时，我想学开车，却让我当了电工。我常站在路旁，呆望着那些满载煤炭的卡车，一辆一辆地在崎岖泥泞的土路上嘶吼着，颠簸着，颤巍巍地坚忍前行，胸中充塞了豪迈之情。当然，亦不乏我无缘驾驶的遗憾。

好在，车间里的八级工宦师傅敲敲打打拼凑出一台三轮"汽车"，他开上公路去试车。我央他让我试试。简单听他说了通离合器、油门什么的，我一松刹车，在众人的大呼小叫中，从没受过训，也没摸过方向盘的我，就这么驾着这土制车，在蜿蜒起伏的环山公路上逛了一个多小时，全身而返。2000前夕，单位要盖福利房，我有机会看到图纸。见上面有地下室设计，下意识地说了声："干吗不把地下室做大点？这样就能停汽车了。"至今记得众人的哄堂讪笑和头儿的嘲讽："嘀嘀，你这辈子还想有私人汽车啊？"

结果，怎么着？才不过几年后，满大街都堵满了"私人汽车"！

说真的，当时我也以为自己是在臆想。而当私家车主的身份似乎是突然之间就降临时，我经常会向人由衷地说上一句：改革开放就是好呀！做梦也没想到，我这辈子居然也开上了自家的车！

可能因为我是男人，也可能因为我有着特殊心理，反正我觉得我似乎比一般人更爱开车。典型的例子是，我曾有用公车的条件，但平时上班，我多半还是愿意开自己的车。而一跑长途，我又常让司机坐一边听音乐去，自己把着方向盘优哉游哉。有句歌词说"有时爱就像开车，危险又快乐"。那反过来说，开车不也像爱吗？危险又快乐。不过，我其实从没觉得开车有什么危险。只要你大胆、谨慎、不抽风，出事故的概率微乎其微。刚拿到驾照半个月，我就驾着自己的小"周末风"上了高速，一口气从南京开到浙江安吉。第二天又驰上盘旋入云的天荒坪。坐车的朋友直喊后背都湿了，我却只有愉悦和满足。对，就是愉悦，就是满足；无拘无束地叱咤风云的愉悦，仿佛掌控了自己命运的满足。而一个人来到世上，究竟有几多相对自由、相对自在的时候？仅仅就业选择上，就如安德生所言"世界上有一半的人都在从事着与自己天性格格不入的职业。售货员想要教书而不得，天生的教师却在经营着商店……"何况在人生的任何方面，几乎都呈现着种种不如意。不是社会掣肘，就是人事羁绊；不是这条规矩，就是那个道理，我们恐怕是太需要放松自我，太需要自主、自控了！开车，多像是一个隐喻，一种象征，尽管是虚拟的，甚至是意淫式的，却是很形象很直接地体验和伸展自我意志的好机会？

当然，也有人尤其是女性不爱开车，网上亦流传着"女司机"种种糗状。这恐怕恰从侧面说明，社会地位长期扭曲而已习惯于依附与从属者，既没能从开车中获得自由自主的体验与快慰，也缺乏必需的兴趣和期待。而没有意愿，尤其是没有自信的心态，焉能开好车？

江阴"三刘"

　　历史悠久之地，必有众星璀璨的人文名流。

　　江阴自不例外，这座已逾两千六百年历史的古城，自古为泰伯化育之邦、季子躬耕之邑、英才荟萃之地。仅宋至清，就出过文武进士400多名。史上先后名世的社会贤达、文化名士难以计数。早有春秋之际的季子，中有明清年间的徐霞客，近有清末民初的缪荃孙等，都是名扬四海，脍炙人口的杰出人物。而最引我兴趣的，则是难能可贵的一门三杰、亦称"江阴三刘"的刘天华、刘半农、刘北茂三兄弟。

　　流连于三兄弟纪念馆，仰慕之情如沧海浮云。古朴的庭院，繁茂的花木，清逸的流香，丰富的展品和绕梁不绝的二胡名曲，更是深慰我心。尤其是一曲"良宵"，勾回我多少少年梦境……

　　中学时我迷过二胡，可惜才赋不逮而仅学熟入门曲《良宵》。但此曲与刘天华《病中吟》《空山鸟语》等不朽名曲却至今令我沉醉、甚而潸然泪下。刘天华是我国著名民族音乐家，二胡学派创始人。他一生最大的贡献就是把"不登大雅之堂"的二胡从民间推向世界，建立了一个新型学派。他是我国第一个沿用西方五线谱记录整理民间音乐，大胆借鉴西乐，使二胡表现力达到前所未有境地的一代宗师。

刘北茂也是我国现代著名的音乐教育家、作曲家。也是刘天华事业的忠实继承者和发展者。除在中央音乐学院等任过教授外，他还创作过100多首二胡独奏曲。至于刘半农，则更是我这个文学中人熟悉而敬仰的人物了。作为新文化运动的一位"斗士"和"闯将"，他在担任《新青年》杂志编辑时，发表了《我之文学改良观》、《诗与小说精神之革新》等震惊文坛的进步论著。他还开了我国白话诗的先河，仅此即足以名垂千古。著名文学史家司马长风评同为白话诗开创者的胡适"缺乏诗情，根本不是一个诗人"。却称刘半农"诗才出众"，"品来品去，还是刘半农较有才气。他几乎完全用口语写诗，而能写出一种自然朴素的美"。刘半农还是我国摄影理论和语言学的奠基人。区别女性的"她"字，就是他的创造。他的"中国第一首白话情诗"《叫我如何不想她》，也曾令我陶醉：

"天上飘着些微云，地上吹着些微风。

啊，微风吹动我的头发，叫我如何不想她？

月光恋爱着海洋，海洋恋爱着月光。

啊，这般蜜也似的银夜，叫我如何不想？"……

步出纪念馆，忽有隔世之感。眼前高楼幢幢，车水马龙淹没了先前的一切。我如梦方醒，这已是市场经济的年代了！文学失宠，艺术商化。刘氏三兄弟如在，当会作何感想？

我想，他们也会与我一样欢歌祖国与故乡之经济腾飞，却也决不会"下海"弄潮。他们明白自己事业的真正价值。高楼可朽，人生如露，而文艺之树永世长青！

真人实事

这是一个真实到貌似传奇的故事。

这是一个聪明得仿佛傻子的人物——

邻里都叫她唐阿姨。长相很平常的一个胖老太。故事开始时，她已过 65 岁了。此时她丈夫刚刚去世。清理遗物时，她惊愕地发现一纸法院判决书，原来数年前丈夫就欠了他们曾经的好友魏老太 10 万元钱，做生意有出无进的丈夫无力还钱，又瞒着唐阿姨。而 10 万元债务，对几乎一贫如洗的唐阿姨而言，不啻于泰山压顶。她的全部家财就是一套 30 余平米的房子。她有两个亦不富裕的女儿，一个还是残疾人。幸运的是，丈夫去世多时，债主魏老太并无任何反应。唐阿姨按判决书上原告地址找到魏老太家，发现旧址早已拆迁，魏老太不知去向。上法院一打听，原判法官也已去世，此案早已停止执行！

这就好啦。邻人笑道：这是老天爷可怜你。况且又不是你欠的债。

可是，向来平凡而不苟言笑的唐阿姨却坚决地摇了摇头：既然我知道了，就该把钱还给人家。于是，让许多人匪夷所思的事发生了：一个贫穷的债务人，千方百计要找到失联多年的债主，把对自己而言是天文数字的欠款还给她！

患有关节炎、高血压和高血脂的胖老太唐阿姨，为省公交钱，连续多次步行十几公里，到魏老太旧址和社区寻访无果；又到派出所查询，但派出所说她没证明不能查。按说，她已尽心尽力了。然而她不，返身又反复上法院求助。终于感动上苍，法院帮她找到了魏老太，并主持达成一项分期还款协议。而债务加利息，已变成16万元！

自讨苦吃的唐阿姨凭什么偿还这笔巨款？她把30多平米的房子出租，自己另租间地下室凑合。一有租金就全部交到法院。可两年下来，魏老太没意见，唐阿姨自己又睡不着了。她想，我都快70岁了，又一身病，万一哪天我没醒来，这债不就还不成了？于是她决定直接卖房以清债。可女儿、邻居乃至法院都坚决反对，因为她们这片已定拆迁，一旦开始，那套房子有拆迁款不算，还有房子补偿。现在卖房，这亏可吃大发了——可是唐阿姨却坚称，她的身体可能等不及拆迁那天了。结果，她愣是卖了房子，把所余债务一笔还清。

顿时，唐阿姨的名字成了"戆大""二货""脑子进水"的典型，风一般刮遍社区、全城乃至电视台——后者是将她作为道德楷模弘扬的。可是唐阿姨对各种评价一概不接受：我不傻，也不是什么楷模。我就想活得安心点。欠人家那么多钱不还，我死也闭不上眼呀！

——如果是我，真不敢说自己会像唐阿姨一样实诚。但她这么做，在我看来还是明智而值得的。这涉及对金钱本质之洞察。我总觉得，金钱无论用来消费还是偿债，实质换得的，终究是一份精神体验，或甘甜，或寡淡。唐阿姨千辛万苦付出16万，换得巨大心理宽慰和死而无憾的坦然，难道不比她用这钱换吃换喝换其他要有价值得多？

同时，她又不失为一个伟大而聪明到让人仰望的小人物！

施与受

其实这是件小事，但有些触动我的地方，故而纪之。

去年我重病住院，出院前日，病室新来个十七八岁的农村小伙，陪同的是其五十岁左右的父亲。俩人黑苍苍的，一脸疲态与菜色。小伙子反复发烧，在市医院住过两回都没查明病因。转来省城已差不多油尽灯枯，这从父亲深锁的愁眉就可看出。他不停向病友探问医药费贵不贵；医院的饭只订一份给儿子，说自己有干粮。五块钱一张的陪夜床他反复多次才咬牙租下……我深知乡村人就医的窘迫，加上大病初愈，对小伙子特别惺惺相惜。看看钱包里还有几百块钱，就示意那父亲老张来到病房外，表示同情孩子，并把钱塞给他。不料老张大瞪双眼，手足无措地怎么也不要我的钱。我好说歹说他才勉强收下。回到病房他仍然坐立不安，一会瞟瞟我，一会瞟瞟我，末了竟又示意我到外面，掏出钱还我，说他没经过这种事，收了钱心里不过意云。我没料到他会是这反应，颇觉尴尬。但事已如此，收回钱也不合适。于是又是好一番劝慰，末了他要求我给他姓名电话，否则坚决不收。我只好把手机号给他才了事。

　　我出院后老张给我打过两次电话，反复道谢并告诉我，儿子查明是肺结核，已出院回家治疗云。春节前我又收到他电话，定要我地址，说要寄点自己种的花生给我尝尝。我想几斤花生不会太贵，要了花生他也心安了，于是就告诉了他。再也没想到，老张寄来的竟是满满一大编织袋，60 斤花生！虽是带壳的，于他也该是一种破费了吧。这哪是表心意，分明要还我的钱嘛！我立刻打电话给他，老张的语音很开心，说他本想寄油的，人家不给邮才……

　　我知多说无用，但又过意不去，便汇了 5 百块钱给他。几天后又收到老张的电话，一再说：我这不是卖花生了嘛，卖花生也卖不出这些钱哪！我要把钱退你吧，只怕你又汇过来；不退吧，我又怎么过意得去……我自然又是一番劝慰，但忽然也心有所动：我们像是进入了两难的胡同，分明感觉得到，他是真的不过意，尽其所能欲回报；我则也感到受了他的惠，如果不给钱，也会心不安……

　　说实在的，我尽管不是土豪或权贵，但先前那几百块钱对我、对他，真不算什么。说是送人玫瑰，手有余香，一点也不假，他头回收了我钱，我还真觉得心里润润的，谁曾想碰上这么个厚道又顶真的人，反好像我起头做了件不合适的事，让他、让我都为难了！再想想，这人情世故，尤其是施与受的关系，还真是相当微妙呢，它看似简单，其实颇有学问存焉。因为它涉及尊严和人格等大问题；何况表面看，施与受两方，似乎受方是得了实惠的，其实若非不得已，世上有几人愿成为那受惠方呢？故处理不好，尤其在某种情形下，真说不清施就是好，还是受就是好。至少，通常情形下，受的人比施的人看似得了实惠，实际也多了心理的负累；当然，这也要看受者会如何看待……

　　看官，你说呢？

父亲的"自助"

　　偶见幽默小品《吃自助餐的孙子兵法》。作者以不无揶揄之笔触，一气列出"空城计""攻其不备""知己知彼""关门捉贼"等几大招数，还细分为十大攻略和程序篇、细节篇，无不妙趣横生，令人捧腹。如其"空城计"：三天内要不沾荤腥，只吃果蔬稀粥，决战当日要虚怀若谷。"至入场时眼里偶现十几颗星星，属正常反应"。再如其"擒贼擒王计"：多荤少素，营养均衡的道理我也懂，但你是在吃自助呵哥们！平时你吃多少瓜果菜叶我不管，可在自助餐厅你就得拿荤腥出气，顶着最贵的使劲！而这么使劲的结果或目的何在？作者响亮地答曰：我们的口号是，扶着墙进（饿得双腿发软），扶着墙出（撑得直不起腰）！

　　这样的文字，无疑是夸张的，然则谁又能否认其基础是相当真实的？虽然从根本上说，会买的永远胜不过会卖的，自助餐发明者深谙人之胃口局限性和平均值的可贵性。哪怕你穷凶极恶的饕餮者再多，斯文或假斯文者及养生为重者也不在少数，故总体而言，终究是吃它不垮的。当然，自助餐厅并非日益兴盛反似有减少趋势也是事实。但这不是我想探讨的。我想说的是，我由这足以解颐的妙文获得的，却仅仅是短浅地咧了咧嘴，就再也笑不出的另一番滋味。

因为我新近刚刚见识过已逾83岁的老父是如何吃自助餐的。

缘于我姐从北京回家探亲。为示孝心，她将老父接到酒店住了几天。都道是让他享福，结果却或许加害了他——事出酒店的自助早餐。五星酒店的内容不可小觑，中西合璧，荤素横陈，哪怕"兵法"作者驾临，酒店也不会惧。再没料到，父亲竟也夸耀说他顿顿能吃六个鸡蛋，六小盒酸奶，四个南瓜饼，四个羊角包，四个小蛋糕外加蒸饺、菜包和稀粥，还有各式水果一大盘！我只当他人老发昏，吹嘘而已。及次日亲自去验证，我才傻了眼。但见他老人家志得意满端坐桌前，面前果然盆满钵满，盛放着鸡蛋、蛋糕、春卷甚至还有好几片肥厚的培根之类高脂高糖、让我望而发怵的食物；而家人还在帮他取水果！骇异之余，我吼了一句：你忘了你多大岁数了吗？同时伸手想把他眼前一大盘西点挪开，谁知他身手比我还敏捷，一手护住盘子，一手抢过只蛋糕就往嘴里塞，一面含糊嘟哝着"没事、没事"，一面强咽着，弄得襟前、桌上乃至地上都稀稀拉拉地落满碎屑……

天地良心，尽管是我父亲，那一瞬充塞我心的竟是前所未有的憎厌！人欲真可以无度到如此地步？仅仅因为免费，就连老命都不顾？何况这般无度的得，实际却分明是失。什么缘由竟使人连简单的道理都弄不明白？不，不是不明白，父亲平素还是注意保养的。而如果这是要花哪怕一半价钱的，他也决不会如此忘形……显然，彼时其理性已被某种不能自拔的潜在情结所遮蔽。这种潜意识或许来自他及同代人早年即深烙于心的饥饿印痕，或许来自他退休前为承载一家五口的生存重压而节衣缩食、自我苦苦的反弹，更可能来自他于浩劫年代被剥夺被凌辱多年带来的人格欠损——无论如何，对于心深处清楚自己已享世无多的他，我更多的难道不该是理解与体谅？

　　这么一想，我又被酸楚与怜悯包裹了。这么把年纪的人了，这般"自助"，或许是某种自赎；这份狂欢，或许是他仅存的生趣与寄托了，就让他尽兴吧。天保佑他别吃出恶果来——我悄然退出餐厅。尽管心头仍荷着沉重的纠结……

我的食客们

　　别以为我是孟尝君。他手下那虽不乏鸡鸣狗盗之徒，但关键时刻能大用的三千食客，我可是半个也养不起。我养得起的是只会冲人摇尾乞食的喵星人——待遇和地位比家猫至少低三等的流浪猫。

　　不过，我可不会因此瞧不上它们。在这点上我奉行"有饲无类"主义。尽管它们无主、尽管多半灰扑扑甚至奇丑、尽管还有少一条腿或胆小如鼠的，我皆乐意洒把猫粮给它们。看官是不是都会发现，如今几乎个个小区都活跃着这帮家伙。回忆儿时，好像看不到流浪猫。这不也是当代人生活丰富的一个标志吗？喂的人多了，食客才日渐增多。而我，起先只是怜悯它们同为生灵却活得困窘，又花不了我几个小钱才施以小惠。时日长了，我又发现，果然是付出就有回报，这些不会说话的伙计也跟咱们似的，有个性有情感，让我收获不少趣味甚至启迪。起码是乐在其中的。比如我每天在院中散步时，一路都有黑的白的灰的花的大小猫等追着我可劲儿叫唤，还纷纷拦在我脚前让我留意到它。有只白猫最绝，它知道伏地打滚，翻过来，滚过去，只为乞得你欢心。最老实温顺、任你摸任你抱的

"大头"，其实也相当狡黠，虽则总落在别个后面，叫得却最哀怨，眼里满是无助和可怜，让你忍不住在它跟前多撒点猫粮。当你抚摸它时，它便袒开肚腹、闭上眼睛，令你想起那幽居宫女偶然蒙幸而心花怒放的酸辛……那显然是一窝兄弟的几只小黑猫，则分明是精神需求大于物质需求，明明刚喂饱，还是会幽幽叫着，久久跟紧你，仿佛在求你收留它。当然，食客的队伍有时会扩展到老大一群，我哪顾得上，只好落荒而逃……

至于那又肥又壮的老黑，自我感觉好极了。每天几乎只干一件事，就是高视阔步，四处滋尿标领地，以确保对我门前那六只母猫的统治权。我多次见它凶猛扑咬入侵公猫，吃食却很少和母猫争抢。今年可能年岁大了，耳朵被敌人撕脱半只，却仍奋战不息，精神诚为可嘉！

那些母猫也都不辜负老黑期望，一入春便个个怀了仔。或许有着神奇的自我调节吧？每年产下那么多小猫，到头来总的数量大致平衡。"小不点"可谓英雄妈妈，每孕多能成活，但大起来分出去的或夭折的多。毕竟是无主猫，它们的育儿境遇常令我唏嘘。连阴雨天，居然见一个新当娘的把三只小鼠般的子女产在石楠丛下。幸好邻居老陈发现，送了只用塑料布蒙好并垫满旧衣的纸箱，才保得母子平安。碰上这年头、这种人心的猫儿们，也算得躬逢盛世了吧？

其实就是平常年景，这些无主猫也可活得相对自在和平安。原因无它，它们和人比起来，完全没有奢求。食色固然也是其性也，但一旦满足了，即不会为明天的饮食而劳神。舔舔爪子，洗洗脸，慵懒地东倒西卧打起了瞌睡。而我们呢？也知道随遇而安，也喊着要放下，哪时哪刻不盯着七红八绿的世界煎熬呢？当然，真要人活得像只猫儿也太卑微了。但它们所需少、贪欲少，且从不寻求同类或神明帮助，坚忍豁达的耐力，和某种"生存观"，不无值得我们学习之处。

羡慕嫉妒恨

　　说真的，网上的语言，即使不包括"火星文"，多半也让我挠头并难以接受。好在它们大多像流行歌曲一样速朽，很少散播到现实中来，否则令我们深为自豪的母语，不知会异化成何等面目。当然，存在就是合理的。它们为何会以这等模样出现，又何以如此盛行，必有其心理及社会渊源，只是不在我考证能力之内。我想说的是，有些网语虽然看上去不太合理，如"羡慕嫉妒恨"，把几种程度乃至性质有别的情感混为一谈；听起来倒是挺生动入耳，理解起来也并不困难。这或许就是网络语言得以流行的又一因吧？

　　世间之事莫不纷纭复杂。然最复杂而难以捉摸的莫过于人的心理了。还有什么，能比人心更幽深更细致更微妙更弯弯绕的呢？故仅仅是区分某种心理，比如羡慕嫉妒恨之异同，有时就是种有趣的思想游戏。而这世上只要是个人，就会有羡慕、有嫉妒、有恨等等情感，王公庶民，概莫能外。而这三者，也往往不是截然可分的。羡慕通常被视为一种正常的攀比心理，嫉妒则不然，恨就更不用说了。然而，羡慕实际上常常是嫉妒的导火索，而恨的内涵广泛得多，却也与嫉妒脱不了干系。不信你掩卷细想，它是不是常常会因妒而起？

羡慕是一面镜子。它曲折地反映出一个人对自己生活现状中某种局部或全部的，往往是不自觉的不满。当一个球星羡慕另一个球星时，他的运动成绩与他必有差距，但通常是很小的，他个人相信自己通过努力可以赶上的。倘若他毫无赶上的自信，那就或则绝望，或则嫉妒，总之不是羡慕了。虽然羡慕与嫉妒在心理机制上很相像，但两者的差异也同样是明显的。羡慕是一种可以理解的良性心理，反映的是一种不甘落后的向上心态。起码也是不存恶意的。它可能导致当事人的一声叹息或一句玩笑或两道不深不浅的皱纹。嫉妒可就不同了。它的后果轻则是冷嘲热讽，重则是谩骂诋毁。再重也是大有可能的，比如拔刀相向或者竟是拔刀自刎。

因妒而生的"恨"，则更是一种近乎绝望的颓废且极具破坏性的心态，它更多的是破坏当事人自己的心境。它与羡慕、嫉妒的根本不同就在于：它是建立在对自己某一方面的绝望和对别人成就与荣誉的痛愤与"红眼"之上的。它对其犯妒的对象必定是不怀好意甚至必欲除之而后快的。而人总不可能事事占上风，因而嫉妒或恨，也就成为人所皆备的常见心理。在这点上它又和羡慕一样。只不过，也许因为它常常导致恶果，所以人们尤其是要面子的中国人，多不愿承认自己会妒忌或恨别人，而宁愿潇洒地说一声：我好羡慕你哟。

现在，时代到底是进步了。网络的发达，也使得我们不再做这种心理游戏，干脆把"羡慕、嫉妒、恨"一锅煮了。说起来不仅不那么丢份儿，甚至还透着一份洒脱、大度，似乎还有点儿化干戈为玉帛的意味。这，或许也是网络语言盛行不衰的内因之一吧？

其实，从某种角度上看，羡慕嫉妒恨也可说是一种美德。古往今来，多少人被别人的羡妒之火烤得顺着竿子猛爬不已啊——社会之龙或许也因此而飞腾得更快更高一点哩！

且掼蛋去

"掼蛋"风行多年。具体发明者已不可考，都说是淮安人民对中华文明之新贡献。此说有调侃成分，但我信以为然。至少在江苏，其流风所及，起码令半壁河山都弃流行多年之 80 分、斗地主之类而热衷掼蛋；且老少咸宜，男女不拘而官民同好。有人竟为之废寝忘食甚而通宵达旦。以至有"吃饭不掼蛋，等于没吃饭"之说。而南京市长亦曾严词宣布，公务人员不得在上班时间掼蛋。

一种事物或衣饰、一种爱好或时尚何以会比感冒还流行，其因往往神秘错综。大抵总与人的从众癖相关，更与好此者的身份地位有关。"楚王好细腰，宫中多饿死"；魏晋士人中独多神情恍惚而满街散走者，人怪之则不无自豪地炫耀自己"服石"了。这无疑与天子及王公大夫均迷信金石仙丹、妄图飞仙不无干系。但无论如何，某件事或游戏，其本身特具的魅力，应还是首因。掼蛋这种牌戏，三分技而七分牌，通俗易玩；需合作却又无须添彩即颇具博弈性，因而很能满足人争强好胜之天性又无伤大雅，显然是这种牌戏迅速风靡的要因。即如我，天生一个笨伯，几乎毫无棋牌天赋与雅好，近来却也乐此不疲，视其为放松休憩、交际良方及转移颓情之妙药。掼蛋之魅，不可谓不大矣。

不过，有一利必有一弊。你若真当掼蛋可修身养性，也未免失之偏颇。掼蛋之谓，掼"炸弹"也。当桌上炸弹噼啪爆响，人心之硝烟难免也升腾弥漫。尤其两对不相伯仲的老"仇家"杀得难解难分之际，那喷火的眼神，狂蹿之血压，甚至有为张牌拍案而起者，心脏不够结实者，还是退避三舍为妙。当然，这么说有些夸张。一切牌戏乃至竞技体育的本质就是虚拟战争，通常一离桌，"仇人"即和好如初。但若谓掼蛋也切乎牵扯着我们的尊严荣辱，因而最见性见情，倒不为过。谦谦君子固多，偷看、混牌或猴赖者也不鲜见。有人平素寡言，一上桌却议论生风，几乎每手牌都有说道，其实多半是事后诸葛。有人酷好指使或暗示对家出牌，喝也喝不住。有人则擅长教导对家，仿佛不管三七二十一，总得要以他为中心出牌才是正道。有人喜怒从不形于色，回张贡牌也要斟酌十分钟以上。有人则一切写在脸上。你见他眉飞色舞、气壮如牛，牌甩得震山响，一准摸了起码三个以上炸弹；如其面沉似水，鼻息连连，反复问对手还有几个牌？多半是没了底气。即便公认的好脾气者，若自认没错而对家嗔怪，亦会一脸委屈甚至奋起抗辩。一旦自觉有错，即也会露出童稚般的笑来，连连自责甚而直拍大腿……

掼蛋之趣，不也就系于其中吗？

老子云："为学日益，为道日损"。掼蛋肯定不属"为学"。然"不为无益之事，何以遣有涯之生"？只不要过度，仍不失为好游戏。至于"为道日损"，无非要我们裁抑欲望。但欲望这东西，简直就像须发，你越剃，它冒得越凶。倒不如适时掼上把蛋，兴许于无形中消弭或转移些过炽的欲望。老禅师回答如何是禅时，常爱说：且吃茶去。那么，我们又何妨且掼把蛋去？

气壮山河

乾隆二十九年（1764）农历三月。大清历史发生了件芝麻绿豆大的小事：清政府从东北盛京（沈阳）一带，抽调1020名锡伯族官兵（连同家眷及一些自愿随行的亲友约4000多人），迁移到新疆伊犁驻防屯垦。

说其小事，是相对于朝廷和中国历史战乱频仍，动辄千军万马地大调动，大征伐，大厮杀的血腥而言，千把军人的一次调动，本身再平常不过了。然而这件几乎是随机的"小事"，对这数千人而言，却是关乎他们生死存亡的终身大事，深刻而必然地左右了他们乃至一个民族的命运与生存演绎史。且不说别的，在当时既无汽车、火车更无飞机的条件下，让几千人离乡背井，从中国的最东北扶老携幼、全靠两条腿和牛牵马拉地长途跋涉逾万里迁往最西北，不说他们今后面对的是何等陌生而艰险的生存环境和战事考验，就是途中那千山万水，大漠戈壁和风刀霜剑，细想就足以让人胆寒。实际正如此，这支男女老幼军民混杂的长征队伍走到半途，就先后碰上大雪封山和阿尔泰山积雪融化，山洪泛滥等险阻，受困长达 7 个月，以至口粮净尽而 3 千多马、牛、驼也倒毙十之八九。管带协领阿木胡郎等一面咨文伊犁将军派人接济，一面带领兵民采集野菜充饥，重新前进。终于在 1765 年 7 月顽强抵达伊犁，胜利完成西迁的伟大历程。可歌可泣的是，尽管减员不少，这支奇特的远征队还在一年零三个月（朝廷给他们的行期是三年）征途中，新添了 300 多个呱呱的新生命！这不能不说是锡伯民族史上的一大壮举。无怪他们从此诞生了一个独特的西迁节，年年纪念之。

我是在伊犁察布察尔锡伯自治县听到这段史实，且看到汪曾祺讴歌这段历史的文字："落日，朝雾，启明星，北斗星。搭帐篷，饮牲口，宿营。火光，炊烟，茯茶，奶子。歌声，谈笑声。哪一个帐篷或车篷里传出一声啼哭，呱——又一个孩子出生了，一个小锡伯人，一个未来的武士……英雄的民族！"

汪先生的笔触很诗意，其结语也深合我意。但我没法如他这么浪漫。当我看到锡伯农民艺人演绎西迁片断时，尽管表演很业余，但很少流泪的我竟几度潸然。杜甫的《兵车行》陡然活化于眼前："车辚辚／马萧萧／行人弓箭各在腰／爷娘妻子走相送／尘埃不见咸阳桥／牵衣顿足拦道哭／哭声直上干云霄……边庭流血成海水／武皇开边意未已……"更令我动容的是，当年清政府曾允诺这支队伍 60 年后可以迁回东北。实际却是，好几个 60 年过去了，清政府早已背弃承诺；而直到今天，这些人及其后人却忠诚于自己的职守，就此扎根于西北，200 多年，无论历史风云如何变幻，没有一个人后退或逃过边界、逃回东北。那次迁移成了这一支锡伯人与故土、亲人和血脉之地的一次永诀！

曾雄踞中国北方近 200 年的北魏拓跋鲜卑后裔锡伯人，虽然做出了巨大牺牲，却用事实证明了当初乾隆帝不远万里选调他们的决策有其正确性。或许乾隆正是料到，这个民族不仅骁勇善射

（方今中国优秀的射箭选手，不少还是锡伯人），更有对国家和使命的绝对忠诚与铁血意志。而且，如果没有那次气壮山河的西迁，锡伯族的民族和文化，会否也如今天的满族人一样，几乎完全汉化呢？

"低头族"

顾名思义，"低头族"就是成天埋着头，"各自想拳经"之流。想什么当然没人知道，为什么"低头"，却几乎尽人皆知，那就是一天到晚端个手机不亦乐乎。刷微信啊，看视频啊，打游戏啊，炒股啊，甚至男盗女娼搞诈骗。总之，有了巴掌大的智能手机，称雄一时的电脑都有了危机感。什么天文地理、鸡毛蒜皮，只要互联网上有的东西，它几乎无所不包，无所不能。而且那个方便、那个快捷，那个实用，那个神奇有趣呵，生生就是张大罗网，把一切需求和好奇心都尽收于怀了。地铁上、公交上，会场上、甚至法庭上，处处有人在翻手机。那曾以马上、厕上、床上"三上"勤读为荣的欧阳修，而今若醒来，必定会吓死回去。别说是"三上"，连开车时、课堂上、电影院和商场里，照有人闷头刷屏逛淘宝。至于这一切对现实世界造成的影响，看看跑得屁颠屁颠的快递员就明白了。无怪有人著文疾呼：20年后银行亦将因网络金融之崛起而溃败！而离婚，主因将不再是婚外情，而是手机。更有人悲天悯人地声称，百年前躺着吸大烟，百年后躺着玩手机，姿态和结局都有着惊人的相似——此言重矣！

不幸的是，一向有些迟钝，对时尚从不感冒，对一切新事物、新款式反应很慢甚而有些抵触之我，忽一日居然发现，我也低头且大有入"族"之势了！低头族们典型的标志，早上醒来第一件事开手机，晚上睡前最后一件事，还是玩手机，分明也成了我的特征。

实在说，我是颇为此惶惑过的。自从迷上微信，几乎不再碰以往必读的纸质书！如此下去，岂不要玩物丧志？夫妻俩躺在床上也各占一边，各刷各的屏，长此以往，莫不会家将不家？

不过，某天我在地铁上，忽然就开了悟。如果没手机，此刻乘客会干啥？看报、望呆、啃指甲，抑或想着种种烦心事，总之仍然都低着头，心里还转悠得紧！而有了手机，至少此时的无聊消解了。有啥急事也不用愁，一个电邮或信息，问题或许便解决了——推而思之，微信里确乎充斥着繁复的养生、格言或心灵鸡汤，甚至还有令人发指的流言蜚语，毕竟还有着更多珠光闪烁的经济人文、艺术瑰宝；一机在手，宛如琳琅满目的微型图书馆，随时更新还富有悬念，只要你耐心看，未必便是浅阅读。而这和读书又有何两样？至于夫妻俩各自刷手机，真就比对着一面电视屏，有时还争抢遥控器来得可怕吗？

毫无疑问，我们的生活和时代，早已从形式和内容两方面，发生并还将不断发生划时代的巨变。根本就在于，史无前例的巨无霸、章鱼般长着无数触手的互联网来了！而手机，不过是与它强强联合的工具和标志。方今斯世，网络已完全掌控了地球人的政治、经济、文化等几乎一切领域，亦必将更为强悍地重塑我们的人生！如当年，我们根本不知手机是何物，而现在，婴儿们一落地就习见不惊地看到手机和网络。新科技、新思潮势将还会如高山飞瀑，不可阻遏。而机遇和自由，从来只属于敢于或乐于畅游春江的鸭子们。

既如此，我们也何妨顺游而下，纵享新春？当然，等红灯时，你可得抬起头来。

垂钓者

一向很迷恋钓鱼。看见哪儿有钓鱼的，总忍不住凑过去，巴巴地望一阵。浮子一动，心就痒痒地飘荡不已。

学钓鱼的时候刚初一，赶上文革没课上，常和几个同学举着根细竹竿，煞有介事地到郊外河边傻站。说傻站是因为，技术差、渔具差，我从没钓上一条像样的鱼，每次都那么可怜的几条小鲫瓜、小窜条。可因为那年头穷，仍受过父母夸奖和伙伴羡慕，更刺激了积极性。哪回多钓着两条，回家那头都昂得极高。反之则灰溜溜。相声上说那虚荣心强的家伙，钓不着鱼就在摊上买些，我那时要有钱，也会买。

真正像模像样痛痛快快钓了回鱼的，是在昆山乡下。我姐姐在那插队，农忙时我去帮她烧饭，闲时就在门前河里钓鱼。可收获比城里还糟。有天便问坐我旁边的小三子哪里鱼多。小三子是队长儿子，大约8、9岁，听了我话眨巴会儿眼睛：我领你去。到了一片竹箊拦起来的小河湾，才告诉我：别站着钓，这是队里养的鱼。我心里害怕，可一看水面上浮游的鱼群，就走不动了。于是叫小三子望风，我猫着腰钓开了。也没下任何饵，用点饭粒子，那鱼就疯了般咬钩。一甩一条，一甩一条，都是尺多长的小草混，要不是唯一一条鱼线让大鱼绷断了，不知那天会怎样收场。就这样，个把小时里足足钓起二十条来。我要分给小三子，他怕老子没敢要。晚上，姐姐看了水缸里那么多鱼也直发愁，领着我悄悄带几条上队长家认错。队长眯缝着眼睛说了句：不知不为怪，以后再不能上鱼塘钓啦。事情就算完了。

那些鱼我并不记得有多好的味，钓起时那份沉甸甸、劲噔噔的手感却再难忘却。那份特殊的满足也在梦里回味过多次。

其实钓鱼者志趣多不在鱼，追求的正是那独特的收获与成就感。后来我写过首名叫"垂钓者"的散文诗，描述的正是这份体验，可说是我钓鱼来的真正收获："他的沉着、耐心，他的坚忍、执着，没有人比得上。浮子在水面上漂着，目光将它紧紧拴住。垂在水里的是一根丝线，牵住它的是万条神经！水下有一丝动静，心底涌百尺狂澜。鱼儿出水的瞬间，呵，那是他最美的享受！上钩又滑脱的鱼儿，呵，那是他最大的损失！在他眼里，逃走的鱼儿都是大的……"

"鱼的魅力竟这么大？集市上，难买到钓者的鱼，鲜美的鱼汤，难诱出钓者的馋涎。使他着迷的，是那潜在水底的希望。谜一样的希望，无穷尽的希望。最有希望获得希望的人——垂钓者，我祝你好运！"

人生在某种程度上看，真有些像垂钓。未来像水面一样，使我们看不清自己的收获。但我们相信，只要有足够的耐心和坚毅，总能将自己的希望钓出水面。当然，最好你有一把好一点的钓竿，有足够理想的场地和经验。否则，同是垂钓者，收获就相差大了。而垂钓者与垂钓者的命运不同，人与人的生活岂不也大相径庭？

"垂钓者"，愿我们都好运！

第三辑
———
漫　谈

重症监护室
——亲历与随想

缘　起

直到敲打此文之际，我仍有点恍恍惚惚、亦真亦幻的疑虑：这辈子除了 20 世纪 70 年代在一个乡镇卫生院"割盲肠"住过 3 天院、再也没生过大病或住过医院的我，真的曾那么"亲密"地与"重症监护室（ICU）"甚而是死神发生过干系吗？换言之，那感觉上迅即又漫长，痛苦又怪异却又仿佛自然而然的半个多月中，我真就差一点沉沦于鬼门关，我的生命真的经历了一场与"无常"苦苦相持的拔河战吗？

答案是不容置疑的。

顺便说一下，尽管我们总在说，天有不测风云、人有旦夕祸福云云，其实没病没灾时，绝大多数人不会真把这种哲理放在心上。该吃吃，该喝喝，该争什么争什么。即便真正遭遇不测，除非是那种顷刻让你呜呼的结果，否则，当其进展时，我们也未必真就意识到这是什么或将会演进为什么。无论感受到什么，我们的内心深处总还有着一种有时近乎于坦然的自信或希冀在撑持着自己。这似乎有些荒谬，其实真没什么不对，甚至还是非常必要的。人活一世，太不容易，不仅需要物质的，还真需要某种心理的自保机制；再者，天天念叨着病啊灾啊或恐惧着悲观着某种结局，人还活不活呐？

这次特异的经历还让我悟到一点是：还真是凡事都有其另一面。所谓大难不死，必有后福，便是一种通行的说法。未必有理也未必没理。但大病一场于我来说，真的有了许多过去想不到的形上或形下的体悟。比如我现在就常会生发些或让人觉得矫情的想法，即我觉得设若我当时完了也就完了；没完呢，那我现在的每一天每一分钟每一点人生体验便都是白白混来的，细想真其妙无穷呢！

即便从最实际的角度看，不是这场不测，我又如何知道突发一场大病究竟是啥滋味，或者住院生活乃至那因了禽流感而让许多人感觉神秘的重症监护室里，到底是怎么回事？我不知道还有多少作家亲历或描写过重症监护室，但我可以肯定的是，我所亲历的这场（虽属非自愿的）"采风"，还真比我过去所经历的许多"坐着小车转，吃喝一头汗"式的，或精心编排主题，实质却浮光掠影、走马看花、虚应故事式的所谓采风有意思得多——记下点什么来，谈不上多大意义，却自有其价值存焉。

不由分说滑向必由之地

我这病起得有些怪。莫名高烧三天了，其中有两天也挂上"头孢"和"地塞米松"且口服了退烧药"散利痛"，体温却仍由6月17日的38度9攀升到19日夜间的39点7度。是时我感到一阵恶心，到卫生间欲吐，突如其来的一阵晕眩，我向后便倒。幸好后背被洗衣机撑住，头没伤着。但我明白，这回绝非期望中的感冒发烧了，必须再上医院好好查治。但次日一早到医院，我却一时不知该看什么科。因为我至此仍然除了头痛、晕胀及高烧的疲弱之外，一不打喷嚏、二不咳嗽、三不觉哪里有明显的疼痛或不适。最终我选择了五官科，往年我常因咽炎发烧，看看是否有这方面隐因吧。经查，五官科大夫严肃地说我没这方面问题。高烧不退，应赶紧换个科住院细查才是。于是我和妻子立即经肾病科（因见其就诊人少些）办了入院手续。

　　住院医生换上了青霉素。同时决定次日开始查血、拍片等全面排查病因。通常不明高烧的排查颇不简单。病毒或病菌感染、血液或肝肾系统病变，甚至某种癌症等都可能持续高烧。而我的结果却又来得轻易——次日中午医生告知我，胸片提示右肺有明显炎症（结合血象中白细胞 100600），初步可诊为感染性肺炎。

　　为了证明医生的明智吧，当夜我开始咳嗽且逐渐加剧，几乎整夜不停咳出褐色或深黄色痰液，间或也有些血丝。更糟的是尽管加大了青霉素剂量，高烧依然顽固。用退烧药可遏止一阵，很快又回到 39 度以上，且在三天后的深夜，腋温攀达 40 点 3 度的高峰（换算成口表温度应为 40 点 6 到 8 度）——次日我即在亲友的强烈建议和努力下，转院住入本省一家著名医院的干部病房。该院医生面对如此高温和新拍的 CT 片子提示的症状：右肺和部分左肺有大量积液和炎症，第一个措施就是给我家属发了个"病危通知书"（此后又发过一次）；并进一步为我定性为"重症大叶肺炎"。用药则调整为头孢、阿奇霉素和泰西沙星三种抗生素同时输入，体温高时还加 10 毫克地塞米松和吲哚美辛肛门栓塞剂（新型退烧药）；睡觉时则让我双腋各夹一个冰袋以物理降温。为增强免疫力，还为我用上了人血白蛋白、静丙球蛋白和胸腺肽……

　　幸运的是，因为轰轰烈烈的禽流感 H7N9 问题退潮不久，医生认为我有必要做这方面检查（我自己也有这个疑虑），结果咽拭子检验结果为阴性。这让我大大地松了口气——虽然懂些医药的我很清楚，"重症大叶肺炎"的病死率也不低。而且我紧接着听到的又是，干部病房建议并已帮我落实，转入本院呼吸科重症监护室治疗。当然，我听到的是委婉的说法，呼吸科治肺炎比干部病房更专业，但他们的普通病床一时没空，故让我先在重症监护室过渡一下云。

至此，适当回顾一下我的心理历程，或也较有意思。虽然据妻子说，此前烧得太高时我曾不断胡言乱语，并多次大喊"怎么就这么难受哇！死的感觉就是这样的吧（持续多日高烧并由此引发的钾缺失等症状和虚弱感确乎相当痛苦）……"但我自觉整个过程中，思维和意识还是基本正常的。尤其是心态，远非自己或家人想象得那样会多紧张或恐惧。而我平时其实是个某种意志相对薄弱、对病痛和死亡的承受力不高且时而会有些疑病的人。但当一个医生或亲友眼中相当严峻的危难真正骤临于身之际，我的感受却并不如想象得可怕。怎么说呢，平时的担忧或预想毕竟都是臆测，而不确定因素总是比现实更令人恐惧吧，真到了现实之中，仿佛一切都是自然而然，本当如此的；而且它是逐步演进的，心理的承受也逐步增强吧，反正"听天由命"是我那些天脑海中转得最多的一个词。"纵浪大化中，不喜亦不惧；纵尽便须尽，无复独多虑"——陶渊明的诗也被我恰当地忆及并反复默吟。我甚至冷静地想过几次，如果就此"吾命休矣"，会是怎样一种局面，或者，得赶紧交待些什么……真的，或许人就是这样，内心始终存着某种特殊的机制，在关键时刻便启动而自保，虽然无助于事态，多少可以稳定些情绪。

所以，当我听说要转入重症监护室时，虽然并不相信医生的理由，却也并未因此而添几分紧张。人到了这种地步，除了听天由命，任医生处置，你还能如何？况且，去那儿虽然意味着你的病势严重，却也意味着你将获得更好的治疗保障，何忧之有？

然而，当轮椅转出电梯，眼前蓦然看见"重症监护室（ICU）"几个黑森森大字时，我的心还是不由自主地挛缩了一下。尤其是当那扇极少开启的大门为我而开，又很快在我身后闭上之际，"当尽便须尽，无复独多虑"不知去了哪里，脑海中油然浮现的，竟是个让我的身子好一阵微颤的念头：曾经有多少人，进来了就出不去了吧？

我呢？

优势与特色

重症监护室，英文缩写为 ICU。它与普通病房相比，根本的差别就在于，它的医技、设备和护理水平明显优胜一大截。如护理上，这里实行的是病房全护理制，即普通病房可由家属或护工代劳的一般看护、擦洗、大小解、喂食等，完全由护士及其助理（里面称之"阿姨"）担当，家属除每天可有一两人进来探望半小时外，理论上（实际上未必）不承担任何事务。这从初衷来说，可能是为了保障护理规范和质量吧。

ICU 里，每个床边一般都配有呼吸机（有创／无创）、心电监护仪、麻醉机、氧气系统、输液泵、除颤仪、有创血压监测等等，还有一套中心监护设备掌控全局。条件较好的医院，ICU 还会配备可移动的 X 光机、超声、心电检查仪甚至内镜等多种床旁检查设备。ICU 病房建设上也比普通病房有高得多的要求，需要无菌、空气和温度的调节、转运方便等很多方面考虑。

由于 ICU 收治的都是重危病患，病情变化快，除实时监控，医生还需要随时了解病患即时的病理情况，对他们进行频繁的检查。各种血液、生化指标，都常常一天之内反复查测。比如使用芯片进行血气分析时，它能让医生在几分钟内了解患者现在是否存在酸碱、电解质的紊乱，以调整呼吸机的参数，指导下一步治疗等，往往调整完毕还需再复测以了解效果，每次都要消耗一张芯片和一个专门的针管，检查费用达一百多元。

我住的这家医院呼吸科的 ICU 里，感觉颇宽敞。全部面积估计有 3 百平米。分成三个由走道连通为一体，但中间又有墙和窗户隔断的空间，每个空间约有近百平米大，放着 4 张病床，全部就 12 张床位（我在时这些床位都是满的）。每张床上方又各有可全方位拉动的落地布幔，必要时可隔断成一个独立的隐私空间。故这里的病患并不分男女，我住的这小间中，四个病患就正好是两男两女。而据我观察，住进这里的病人除我之外，少有 60 岁以下者，大多是 70 岁以上的老者或危重病患，因而也无所谓男女之防了。

设备都很新，显然也很先进。每床配有一台功能相当全面的心电监测仪。入住病患的头一件事，便是换上病号服，然后由护士将联接着七根细长导线的七个触极片贴在你胸部，导线另一端联接到监测仪，屏幕上便即时显现出该病患的心率、血压、血氧饱和度、血氨指标等许多生命参数和重要指标。每台监测仪都汇联到总监护台处，某一个病患的某项指标不正常，该仪器便会及时示警给医护人员。仪器还具备不少医治功能，如随时可使用的呼吸机等。

这些设备和病床等都是德国进口的，价格无疑不菲。但令我咂舌的是，听一病患家属说，他是干此类设备贸易的，曾特地向院方了解过，仅仅进口这一张病床，就要花费人民币 20 万元！病床当然不错，结实、宽大，下有轮子可随意转动；四面设有可随意升降的护栏；床左壁装有电钮，床面高度可由病人自己按钮调整。妙的是它不仅可任意调整头部高低，还可任意调整脚部和腰部床面的高低。但无论如何，一张病床 20 万，总让我难以置信。

相怜者

这里指的自然是我的同室病友们。称他们同命相怜者，无非是强调某种意味。实际上，这里没有轻症病人，凡有意识的病友，在这里也自然会有种特别的惺惺相惜感。而进来前亲友们曾对我说，你要有思想准备，别受一些状况干扰，尽量保持自己的心态平稳为宜。后来知道这是医生教他们说的。进来后感到这一"预防针"打得是必要的，里面的某种状况还真出乎意料。不过总体而言终究都会适应，毕竟自己也病病歪歪，常常就顾不得别人如何了。

不过，某些"别人"，却是你再"冷血"也没法不顾的。比如住我左侧对面 31 床、标牌上写着年龄 74 岁的 C 老太。

我住在 30 床，应对完管床医生和护士的种种例行问询和医嘱，刚放倒身子，就感觉到某种异常而相当粗重的声音。那声音仿佛有谁拿着个大喇叭筒在不停吹气，满耳是一会儿有节奏、一会儿有点乱、听着令人不快甚至有憋闷感的"呼—哇——呼—哇——"之声。细察才发现，那是 31 床 C 老太所发出来的。

C 老太瘦小的身子完全为被褥所包裹，而她那更瘦小的脸庞，则几乎被一个猪嘴样的东西罩没。原来她正套着呼吸机面罩，粗重的喘息声就是她被机器所放大的呼吸声。再也没想到 ICU 病房里会有这种噪音。这倒罢了，十分压迫人的喘息声中，还时不时夹杂进一迭连尖而迫切、粗嘎又含混、仿佛发自深井底部或空幽山洞的呼唤声。我听了半晌分辨不出是何意思，便问护士，为什么没人理睬 C 老太的呼唤或吁求。护士叹口气道："没办法理她。除非迷糊着，否则她就顽固地吵着要喝水，要吃东西。可是她一摘面罩就要咳呛，再给她吃东西或者喝水就很可能呛死。"

"那她不太难受啦？"

"根本就是受罪。可又有什么办法呢？"正说着，护士嚷嚷着扑向 31 床："不能动！不能动！再不听话又要把你的手约束起来啦……"

原来 C 老太又费力地抬起扎着输液针头、细瘦有如根枯枝的右臂，试图把呼吸面罩摘掉。

"哎哟哎哟，又拉了，全是稀的，还这么黑，不会有出血吧？要采个化验样才好——阿姨快来，31 床又拉了……"

白天犹可。晚上，C 老太的种种噪声，尤其是那凄惨无望却又顽强不息的"我要喝水、喝水"的哀求就更显突出、更磨人了。多次被她扰醒的我并不怨恨她，反而是那种感同身受的同情和绝望感让我久久无法重新入睡。总以为到了医疗条件这么好的地方，病人的生机或许未必能多些，痛苦至少该减轻一些；没曾想，许多苦，原是生命所不可回避的；许多难，仍是患者所必得承受的。甚至……直到死！

所幸（抱歉我不该这么想），两天后这份对我而言的特殊折磨就消失了——C 老太家来了一男一女两个亲属，和医生护士一阵窃语和忙碌后，贴着老太耳朵喊："你再忍忍啊，下来就不用这么受啦——我们帮你转到更好的医院去。"

"我要喝水！我要……"老太的哀声突然提高了。"好的，好的，出去就让你喝水吃东西……"

我既为老太庆幸，又有些狐疑。这地方都解决不了的难题，真还有什么医院能解决？直到细弱的老太被抱上推车，连带（便携式）呼吸机一起推出重症监护室后，我的疑惑才得到解答。一位阿姨对我的疑问撇了撇嘴："这还看不出来？老太回家等死去了。"

我的心猛地抽搐了一下，"这样啊……"

"你当她像你啊，有公费医疗。她在这里也是等死，也是活受罪，还不知道哪天能死成。早走一天对她家里人来说，起码能省两三千……老太是可怜。不过还算好，我估摸她离了机器，明天都挨不过。"

我怔怔地望着突然空寂的 31 床，觉得那里变得太静了，静得让人心里毛毛的，久久缓不过来。

与之相映照的，是我正对面 32 床的 Z 爷爷（护士语）。78 岁，看上去白白胖胖且曾是某研究院院长的他，命运和 C 老太似有云泥之别，实际上在我看来却几乎异曲同工。他们都是形活而实已死，早早失去了对自己生命甚至尊严的支配权——Z 爷爷是因为肺部感染住进来的。至我见到他时，已住了 30 多天。现在他的感染已获控制，血压、心率等基本生命体征也都平稳，却远远（甚至永远也）出不了院——据说他进来时还能说话、吃东西、认识人，但很快即因复发了脑梗而丧失了基本意识。每天探病时候，我总能看见他那满头银发、颤颤巍巍的老伴出现在他床边，贴着他耳朵固执而徒劳地反复呼喊着他的名字。末了总要对护士重复这样一句感叹："怪了！好好的一个人哎，这不真成了植物人啦？"

没错，现在的 Z 爷爷只要离开营养液的输入或仪器支持，随时就会丧命。而只要家属一天不放弃，他也就可以长期这么"活"下去。至于能活多久，我私下请教过一位护士。她的回答是："你住的这张床，先前就是一个和 Z 爷爷一模一样的女病人住的，知道她住了多久吗？整整 7 年半。"

"天哪，那不成了个毫无意义的烧钱机器吗？"

"意义嘛，要看你从哪个角度看了。对于自费但又承担得起的富人家来说，家属用高额付出换取的是心理和道德的安慰。对于 Z 爷爷这样有公费医疗也有身份的人来说，费用基本不必家属操心，而只要有口气，他的工资卡上每个月就还能给家庭贡献一万多……"

我恍然。而且，收治这样的病人，对医院而言，显然也会欢迎的。唯独不知道的是，他们本人会作何感想？如果他们还有我们不知道的内在意识的话。我想，没有公费医疗的病人，或会有所负疚；而对于 Z 爷爷而言，则或会觉得自豪，毕竟他在这样的情形下，还能为家庭创造价值。然再一想，谁知道这是不是他们的真实心态？谁又知道，他们这般不死不活苟延残喘的表象下的真实感受，到底是喜是悲、是苦是乐、是情愿是无奈？还是真如我们揣想的那样彻底地无知无觉因而也无愁无怨无遗憾了？

搞不清这一点，我们的任何推测或代其所作的"决断"，岂不都是臆断甚至残忍的吗？

但不论如何，以我的观感和直觉，我绝不愿意自己成为 Z 爷爷那样的人，或者说，像他那样"活"着。即便这类人自己的"感觉"还不错，或还颇有价值感，我也决不愿意！

我特地很认真地对妻子说：如果我到了他那种地步，请不要过度"抢救"；发现没有令我恢复意识的可能，就拒绝再医。

可是，妻子一句话就把我呛住了："要我像 C 老太家人那么做，可能吗？况且，她家是没条件，你是有条件的。就这样，C 老太本人同意放弃了吗？你如果真到了那种地步，究竟会不会被贪生怕死的本能支配而别有所愿，恐怕也很难说吧？"

可是，我又实在不敢想象，自己也像 Z 爷爷那样"生活"——他不会吃、不会喝、不会哭、不会笑。终日里只会闭着双眼日复一日地睡大觉。乍看起来，他睡得不仅是香，还可谓有滋有味。嘴里一刻不停地"吹拉弹唱"着，任身边 C 老太如何呼天吁地都干扰不到他，他自逍遥自得。时而鼾声大作，时而吧唧吧唧，似乎在咀嚼着什么美味佳肴或赞叹着什么。然而夜半你静听，那一声声深而又长的"叹息"（我总这么认为），莫非才是他真正的心声？

为了帮他擦洗常常被屎尿糊了一身的身体，更换尿不湿，翻身等等，可想而知曾经无限风光过的老人家，一天里至少两三次被剥光成一只白白胖胖的"大猪",任人摆弄。由于他魁梧胖大,护士和阿姨们得三个人一起发力,才能翻得动他。一边忙碌,一边便忍不住抱怨:"臭死了!这老头一天什么都不吃,怎么还老爱拉屎?爱拉你就痛痛快快拉个够,隔一会来一泡,隔一会来一泡,还糊得哪儿都是,不是存心麻烦人嘛?""尿也多哎!这人是有点怪呢。(平心而论,嘴上糙些,护士们的活还是不马虎,再累再脏,我看她们手上并不毛糙)"

有一天我听个小护士,叹着和我同样的心声:"我老了可别这样,宁可让个车一下子撞死。"

话都会这么说,可人的命运,谁又说得准呢?何况你还可能有完全无法自主的时候!眼前这位狼狈的"活死人",其如你我这般大时,何曾会料到自己会有这么一天?看他那高大白净的样子,当年在当院长、搞科研的时候,定是风流倜傥、气度不凡吧?当其扎着领带,穿着西装甚至燕尾服,潇洒出入于讲台乃至国际论坛,纵论天下大势、甚至把脉国际风云之际,难道会有一刻预料到,自己终将会沦至这么一个体面全无、更遑论尊严的可悲地步?

有一个细节,我踌躇许久,还是决定写下来。因为我觉得它貌似小节,实际关乎着某种人权和医疗之本质精神。

这天早上,一护士照例来给Z爷爷吸痰,被另一负责者制止,说是一会儿有个考试。个把小时后,来了几个管理者模样的人,看着一个小护士给Z爷爷作了吸痰操作,品评了一阵后散去。下午三四点钟,她们又对另一个护士作了同样的考试。之后,负责的那位俯身看了看Z爷爷说:"行了,这个人不能吸了,换别人吧。"

正是这句话,引发我思考。显然,吸痰对许多病人而言是必须的,所以医院才要考试护士,促其技艺精进、服务更优,出发点是好的。在Z爷爷身上考试也无不可,因为他本身需要人帮他吸痰。问题在于,早上考试的时间已过了他正常该吸痰的时间,延后吸痰对他会不会有所不利？

其次，我不知道他是否需要一天两次吸痰，至少，负责人的话证明，他顶多能承受两次考试。如果不需要两次吸痰，在他身上作两次，显然是不合宜的，且这么做无疑未得到他本人授权。再者，我看那吸痰过程，护士要将根细长管子通过他鼻孔插入咽喉部，再启动机器吸出痰液。这过程，如果手法不纯熟或次数过多，显然有可能对病人粘膜造成损伤或不适，如果 Z 爷爷有知，恐怕他未必会允许别人在自己身上考试，且一天考两场吧？

因而，如何更人道、更合宜地为某些特殊病人的权益和健康考虑，恐怕是重症监护室应该特别在意的。

阿姨

"阿姨"是护士对她们之助手的称呼（年纪也多为中老年妇女），她们实际也是护士，只不过专司病人生活起居而不及医护，工作脏累且缺乏医技含量，因此其地位，感觉有点像街头的辅警，包括编制性质、收入等估计都会比护士要低一些。这从服饰上也可明显区分出来。医生护士都是一水的白大褂，她们则都穿蓝大褂。好在，从她们的表现来看，阿姨们并没有因此有什么自卑或影响到其工作质量。

之所以要说到她们，是因为她们的工作性质决定了，她们和病人的接触更多也更密切，她们的工作优劣，也很大程度上关乎着病人对 ICU 的感受。而且，她们相对较为个性，说话行事都较随意些，容易给人留下印象。而那些医生、护士们的职责相对要严谨、规范得多，工作时间其个性也比较内敛，故就个体而言，几天的相处，她们的表现都中规中矩，无论是输液、打针、发药或抽血化验等操作都很规范而到位，反而像是没什么特别可说的了。但就整体而言，

ICU 的医生护士们包括呼吸科的主任、副主任级的医生们，其敬业精神、业务水准和规范程度，及其对病人的态度等，都给我留下相当良好的印象。门诊上我们都有经验，许是因为接诊了太多的病人吧，你难得在那儿领受到医生的笑脸或让你温暖的言语。病房就不然，ICU 就更不然，这里的医生护士几乎个个和颜悦色，表现得亲切而耐心，给人以应有的认真负责和可信赖的印象。显然，从院方而言，对这种特殊部门的管理和要求也是特殊而高标准的。

阿姨们也都称得上认真负责。我接触到的几个阿姨的服务也相当到位。而且不论多脏多累的活，偶有人会嘀咕几句什么，却没有一个人会因此而推诿、草率，感觉都很称职。

当然，W 阿姨有些另类。

她是那种让人看一眼就记忆深刻的人。也是几个阿姨中最年轻些的，年龄约摸在 40 到 50 岁之间，细长的蛋形脸，炯炯有神的眼睛，说话时表情总仿佛特别强调了的，相当突出。她个子很高，看上去也结实有力，难得是还挑染着头发，红红黄黄的，估计下班后换身打扮也够潮的。她的性格也明显属于那种开朗、直率型的。喜说话（有时可谓饶舌），常常是手上忙活着，嘴里也不甘寂寞地评这论那的。偶尔心情松快时，还会突兀地哼上几句"你是我的爱人，是我的牵挂……"

头回近距离与她对话，是因她在服侍我隔壁卧床不起的 29 床老太洗漱时，说了一句话（老太住得时间不短了，俩人显然很熟，W 阿姨常喜欢对孩子般和她说笑几句）："……笑一个嘛，笑一个！早晨醒来笑一笑，一天都会精神好……还笑不出来呢，我要像了你，天天人上人样让人侍候着，睡梦里都要笑醒来！哪像我，一天到晚地伺候别人……"

我信口插了句话："其实我现在真愿意跟你换个角色。没病没灾健健康康的，比什么都强。"

话音未落，两床间的布帘刷地扯开了，W阿姨一脸严肃地回过头来："你当真？你要有本事当真，我立马跟你换！一天到晚躺床上，吃好的，喝好的，用得还是最好的药，还不知足，还要怎样？"

我不禁无语。我知道她的意思相当真实，且无恶意。但话从她嘴里说出来，再加她那种特有的语气和腔调，不知怎么就有了点批评的意味，容易敏感的病患们怕不太好消受呢——有时候，就是病人本身不敏感，如植物人Z爷爷；但其家人在的时候，W阿姨那不经意的嘀咕，比如"冤家哎，我的饭都是为你吃的吗（指太为他费劲）！""还不能吃饱饭，不然都得吐掉……"听着恐怕也未必让家属舒服。

还有天深夜，隔壁29床老太忽然按了下呼唤铃，睡意惺忪的W阿姨很快来到她床前。这老太平时给我的印象是安静得仿佛不存在似的，既不说话，也很少哼哼，仿佛她没什么需要似的。但就好像有点空间强迫症，只要我需要拉起布帘时，不多会她就会微弱却坚定地喊起来："闷啊！"常弄得我心神不安，草草了事。原来她觉得拉了帘子会影响她呼吸足够空气。

不过，这老太也确实需要良好的空气，因为其血氮含量很高，医生护士每天都哄着劝着她用呼吸机，她则恐怕是被前面那个C老太戴着猪嘴的惨状给吓的吧，总是坚决摇头。勉强用上了，一个半个小时就怎么也得摘下来。

再者就是，这老太头脑满正常的，有时却会在吃的事上犯糊涂。明明吃了饭，不一会问她，便会说："好像吃过了。"有时甚至会反问对方："我吃了吗？"她还经常会在半夜喊饿，要吃东西。这天晚上碰上的是W阿姨值夜。跑过来后拉开她抽屉翻了翻道："吃吃吃，只有一包纸，拿什么给你吃？"

随即又道："哦，还有块小蛋糕。我给你倒杯水来。"

水倒来了，病老太也吃上了蛋糕。本来一切都正常。谁知老太又轻轻求了一句："水再热点。"而 W 阿姨呢，事情照做了，嘴里却未免又多了几句话："还不热？就吃块小蛋糕，几口就完了。"

"最好再热点。"

"就你事多……你看你看，又嫌烫了吧？真是的！说你越活越小了吧，你还不认账……"

——言语就是这样，有些话别人说可以，某些人说，或对某些人说，就不太合适了。W 阿姨这类话，就其身份、对象而言，几次一来，一般病患还敢轻易要求服务吗？

类似问题，我也碰上过。ICU 里每个病人都自备两个盆，放在病房外，需要时由阿姨端水来给病员洗脸或擦身。这天晨起洗漱，我一看 W 阿姨端来的是我洗身子的大蓝盆，于是赔着笑脸道："哎呀，这是我擦洗身子的盆呐。"W 阿姨掉头出去，重新用洗脸的小红盆端来温水。只是嘴里却在强调："昨天我问你用哪个盆洗脸，你说是用蓝盆，今天又说用红盆了。"——其实，这还是我第一天在重症室洗脸，哪来的昨天呢？这也罢了，怪的是第二天，或许是被今天的事绕了下脑子吧，W 阿姨又用那大蓝盆端来了洗脸水。我哭笑不得再请她换红盆。她二话不说又换了红盆。只是那嘴里更坚定有理了："我说你啊，是不是让高烧给烧的，昨天我给你用红盆吧，你偏要我换蓝盆。今天我给你用蓝盆吧，你偏又要用红盆，存心拿我开胃啊？"

我忍不住想争辩说，且不说红盆蓝盆了，就是看看大小，总不会洗脸用个大的盆，洗身子用个小的盆吧。但再看看她那（一早上特别忙而）汗涔涔的脸，硬把话给咽下去了。但实在说，心里总觉得，这 ICU 可谓周到但又多少让人有点"仰人鼻息"感的护理模式，因为"人"的因素存在，实质未必理想呢。

话也说回来，W 阿姨的某些言语是糙了也俚俗了些，应有改善为宜。但这种性格习惯了也并非完全不可接受。毕竟她并没有影响到服务的实际质量。一些方面，尤其是对 Z 爷爷这样危重病患的护理上，她力气大，活儿熟而到位的优势，还是明确的。而且，某种程度上看，重症监护室也非化外之地，有时候还真需要有这么一种人来平衡"生态"呢。比如，隔壁那小间里新来了一位"心衰"的老头，据说也有 80 开外了，脾气却一点不见"衰"，还蛮得让所有医护人员和几个隔间的病人私下里都摇头甚至切齿。这老头多年前据说也曾是个有点地位的官员。可其表现让人感觉比现任大官还要威风。一天里除了睡着了，基本就是莫名其妙地大声哼哼个不断。动不动还像个蛮汉般大喊：护士！护士！我要喝水！……我要吃蛋糕……我要拉屎……我又要撒尿了……我出汗了，快给我换衣服……

总之，一天里满耳尽是他的呼吼和层出不穷的吁求，病得到 ICU 来了，不知怎么中气还这么足，嗓门粗嘎得让所有人听着都心烦。这也罢了，护士或阿姨动作稍缓，他破口就骂，有时还骂得不堪入耳。有些要求还频繁或过分得分明像一种刁难或耍泼，对此多数护士和阿姨都能恪守规章，竭力满足老头的要求，或相互提醒忍耐着点，多哄着他点。可这种格局到了 W 阿姨这儿就大变了。老头初不知她的厉害，W 阿姨起初也持着基本的耐性，可当老头又一次骂骂咧咧之际，W 阿姨一下子像团火，倏地滚到老头床前："你又骂人吧？先头我警告过你，记不住是吧？那好，你再骂一句试试看？老娘我立马掐死你！"

老头顿时没了声息。好一会后，变成了一迭连声却逐渐低沉下去以至于无的"哎哟、哎哟"声……

我和正在给我换输液水的小护士相对笑了笑，都觉得解气。

我顺口问了她一句："这老头是不是精神有点变态，还是跟你们医院有过什么过节啊？"

小护士迟疑了一下，摇摇头说："其实他也……因为久治不愈吧，两个眼睛又瞎了……"

我吃了一惊："是才瞎的吗？"

"进来前不久瞎的吧。"

"哦！"我的心宛如乌云罩过一样，陷入沉沉阴霾……

吃喝拉撒睡

之所以还要谈这个问题，是因为就我之切身感受而言，ICU 的医治条件和水准当然是首要和根本的，但吃喝拉撒等看似平常的基本护理，其优劣却在很大程度上关乎着病人的"生存"质量，更关乎着他们的心理感受甚至人格尊严等大问题。缺憾太多，不仅有违ICU 设立之初衷，更可能会让病患产生反感、畏避心理而影响其医疗效果。据了解，不少医院的 ICU 都常有病患央求家属要回家，或换到普通病房去，很大一个原因就在于难以适应这种名为全护理，实际上有的达不到周全、理想程度之模式。

这里吃的问题在我看来是差强人意的。病患和普通病房一样，可根据病情和医生要求订普通或特别饮食。至于其饭菜质量和口味，虽说平平，但你本不能要求医院有多高的烹调水准，所以，至少我是能接受的。而家属还可将半小时探视时间定在用餐时，不仅可亲自喂食病人，还可带些合乎病人口味而营养丰富的饮食来。

喝的问题和拉撒的问题，或许我有片面之处，总觉得存在着不小缺憾。比如我，虽有自我活动能力，想喝水亦可以喝家属预先备就的凉开水或矿泉水，不需要反复麻烦护士或阿姨，但晚上想喝热水时，或那些不能自理的病人平时想喝水（尤其是经常想喝水），由于你没法依靠家属，势必要经常按铃吁求帮助，这就无形中形成一种有求于人和麻烦于人的心理压迫。尤其夜里，至少我，虽然呼唤按钮就在手边，常常就尽量少按甚至不按了。虽然也有护士或阿姨会主动看看或问问你有何需要，但并非都是如此，夜间则几乎完全没有这种关心了。此时我更不免要为那些没有意识或连按钮能力都没有的人担一份忧，他们渴了怎么办？

拉撒问题上也类似。没有意识的病人，多久需要检查一下其是否有便溺情况并及时清洗、更换尿不湿，全赖于护士和阿姨们的经验与责任心。有意识的病人，则往往不好意思频繁求助护士们，她们毕竟不是自家人或雇佣的护工。而就我及我问过别的有自理能力者而言，ICU 根本不设厕所的设计未必没道理，却欠考虑。无论能不能下地，一律要求人都躺在床上解决大小便问题，实在不是那么好适应，且多少让人别扭而有碍自尊。室内的空气也让人难以恭维。

值得一说的是，我初次向阿姨要个尿壶时，她拿来后竟向我枕头边一放，我赶紧拿起来想放地上，阿姨笑道：你放心，我们所有尿壶和便盆都是 100 度高温消过毒的。不信你摸摸，这壶还是热的——后来知道，这套便具清洗带消毒的设备，也是国外进口的。

我想 ICU 不设厕所可能是能用的人不多，或者担心让有些病患下地上厕所，可能会有摔跤等意外发生，但既然是全护理，此时为什么就不能有人看护或辅助一下呢？

同样，ICU 完全不设卫生间等可洗澡、洗漱场所。能下地者，早晨洗漱、平时清洁也都在床上。我住院正值大暑天，所有病患一律靠每班一两个阿姨（有时会有一两个实习护士辅助），实际很难照应周全，于是便发生暗示明示家属帮忙做病人卫生的现象。这实际上又是在推卸部分本属院方的职责。而且，每天仅靠擦抹几下身子、擦洗得到位与否还取决于阿姨的心情或忙闲，这种"清洁卫生"，短期可以，长期不洗澡，谁受得了？

类似不尽如人意的细节，据我观察还不在少数。例如大夏天的，病人仍然盖统一配备的相当厚的被子，热得我频频出汗。担心捂着容易感冒，要求换条薄些的被子，回答竟是没有。当然，室内是有空调的，本可以将气温调低些，即将风速调高以降温，谁知立刻又感觉头脸上凉风嗖嗖吃不消，原来设计时恐怕根本没有考虑到这一层，偌大的空间，居然将空调出风口都装在几乎正对每张病床的上方！

还有，为了病房内的整洁雅观吧，病患的毛巾等杂物须放在外间，可外间居然没设挂晾毛巾之处，以至湿毛巾只能窝着放于病患自己的脸盆内。冬天还好，大热天没多久毛巾已馊臭难闻，用这种毛巾，即使不会对身体本已虚弱的病人造成二次感染，心理上又会作何感想？……

睡觉的问题按理是不存在的，病患们除非为病症所制，否则从早到晚一直就是个时梦时醒的状态。问题在于，想要踏踏实实地睡上几个小时或一个整夜，却不那么容易。一是有前述之病患互相造成的骚扰存在；二是有打针、查体等医治需要形成的干扰存在，以至我出院好几天后，夜里还会一两个小时醒一醒，形成某种新的生物钟了。

至于"三"嘛……其实这不仅属于"睡"的问题——夜班的护士们通常还是遵守规章的。但有时也会有夜班护士扎堆聊天现象，音量还不小，似乎忘了这是什么地方。而且三个大间里的管床护士都爱集中于护士台处，或许也淡漠了应尽的职责。尤让我心有戚戚的是，我常会在夜间想到一个不应该属于杞忧的问题：整个ICU只有一个值夜的医生，待在外面的医生办公室里。偶然也见他们过来一会，多是初出茅庐的年轻医生。后经探听，晚上整个病区包括普通病房，确乎少有主任、副主任级或富有经验的资深医生值班。万一哪个病患在夜间出了状况，就凭三四个护士或个把青涩医生，处置得了吗？处置不了或不当的话，又如何补救，或者说，补救得了吗？

当然，瑕不掩瑜，重症监护室（ICU）的主流即根本价值，还是无可否定的。

相对医学发展史而言，它在世界上产生至今，还只有 30 多年历史，几乎还算个新生事物。但其功能与特殊的作用与意义却不可小觑，它实际上已成为现代化的医院中危重病患的抢救、特护中心。其监护水平如何，设备是否先进，已成为衡量一个医院是否先进，水平是否领先的重要标志。

我国的 ICU 事业起步稍晚，开始于 80 年代初期。历史并不比国外差多久，实际水平较发达国家有没有差异或有多大差异，我缺乏了解。但至少从硬件上看，目前国内设有 ICU 的医院还不普遍，但已受到很大重视，已有 ICU 的医院越来越多，而且其设备器材大多是进口的，估计比国外落后不了多少。某些方面由于后来居上等原因，可能还要先进些。若有什么问题，我想主要还是会出在软件如体制、管理水平和经验、态度上。

但不管怎么说，就我个人的观察和体验看，当下中国 ICU 的水准和质量还是可以信赖的。而其发展前景，也是值得乐观和期待的。否则，例如我，这回倘若没能及时转入 ICU，恐怕也就没法在此絮叨这类话题了。

由此我特别想再说几句应该不能算跑题的感触：

过去，我作为一个自诩具有环保意识的文人，常常对地球村日新月异的现代化进程持怀疑、非议的态度，总觉得人性太贪，原本一瓢饮、一箪食足矣，却仍要永无止境地耗损地球资源，并促进人类懒惰、奢靡和浪费等等恶习。而在医疗方面，或许出于对国粹中医之文化认同和传统情感，或许对西医药科学性、先进性的缺乏认知，以往也总和许多国人一样，对其持相当程度怀疑甚至贬斥。而现在我觉得，以往的观念未必不对，但多少是有所偏颇的。因为科技进步和现代化根本上还是一个造福于人类的、利大于弊的必然进程。看待它，应有辩证思维与合理的视角，不可片面或极端。这里存在的应是一个发展合理、有序、有度与否的问题，而不是人类社会该不该发展、该不该不断现代化的问题。

　　试想，假如没有突飞猛进的现代科技对现代医药技术的有力促进，再具体说，假如没有那么些先进、高端、精确的西医诊疗技术和设备，如 CT、彩超、磁共振和形形色色多达数百种的电子检测，乃至新医技、新药品和 ICU 等的产生和发展，人类将多么缺乏安全感，而又有多少人（无疑也包括我），将会早早地惜别这个总让人心烦却又更让人留恋的蓝色星球啊！

谁来教育"教育"？

"教育是通向人间天堂的康庄大道。如果儿童失去关爱，不能及时得到理想的教育。他们的灵魂就将失落。"

——夸美纽斯大主教

谈论这个话题之前，请允许我先提个问题：在您读中小学的时候，或者，您已有子女在中小学就读或就读过的话，请问：

您或子女曾在中小学文法课或数学课上，和老师讨论过什么是人格变态的问题吗？没有？那么，要不要实行死刑的问题呢？也没有？那总统和国王哪个大？我们国家现在有没有国王？什么叫工会？什么是人格？什么是绿色和平？

是的，是的，不用您说，我也准知道您或您的子女不可能有此经历。因为我本人及孩子从未有此经历。阅遍我们所有课堂、所有学校乃至整个国家，整个民族，整个历史，都不可能有此经历。所以我问您也是白问，或者说，明知故问。

是的。我就是明知故问来着。但这并非是想捉弄您。只因我还没从刚刚看过的那个电影中清醒过来。或者说，我愿意永远停留在那个由轻松的音乐、富有人情味的画面、谈笑风生而童趣十足的课堂，以及大量有趣而绝非不值得关注的话题织就的世界里。当然这是不可能的。所以我本能地想向您提那些个愚蠢的问题，并企图获得一个肯定的答复，以平衡自己的失落和某种莫名其妙的危机感。

这当然也是徒劳的。且不说我们和那部电影中的民族是两个许多方面的反差都如此之大的民族。就是从一些起码的教育理念、思维习惯或文化传统来看，我们的一个中小学生在课堂上，哪怕仅仅是想要和同学私下讨论某个问题，尤其是课本上不存在的、涉及性或某些敏感的政治的问题，本身就是个匪夷所思的问题。更别说正儿八经地和老师进行什么讨论了！

但那部名为《小学老师》的法国电影上，老师就真的在语法课上暂时丢下那些"复合式、现代时"，和一群不过三四年级的娃娃们，正经八百地讨论起偶然涉及的那些可怕的话题来。而且，那胖老师根本不待在那象征自己威严的讲台上，而是一屁股坐在同学的课桌上，两只大皮靴则搁到走道对面的课桌上，就在一个小女生的眼皮下晃悠着。那颗硕大的脑袋亦扭摆作秀地摇晃着：哦，先把他们一条胳膊砍掉，过一个星期再砍一条腿，直到最后把脑袋砍下来？这主意不坏！这么说你是赞成死刑的？那么哪些同学不赞成死刑呢？说说你的理由……哈哈，观察得真够细致的。工会可不就是帮成天打着花花绿绿旗帜在大街上喊口号的家伙吗？当然，准确地说，应该是，工会是维护劳动者权益的组织，它不同于一般的政党……

如果您没有看过这部电影，我多少要为您感到几分遗憾。或许，也值得庆幸，因为肯定有某些看过的家长会大为恼怒，担忧这样的"无法无天"出现在我们的讲台上。幸好这是不可能的事。只是类似这般有趣而开眼界的片子我们还播过些。比如热门于一时的美国影片《成长的烦恼》：学生与老师那种近乎兄弟式的亲密关系；课堂上吃东西；跷二郎腿；和老师抬杠；向区教育督导投诉老师侵权；为与学业风马牛不相干的政治问题而面红耳赤，都是比比皆是的镜头。当然我们可以说，这是电影。但电影的情节虽是虚构的，细节却往往真实地流露着生活的本质。当然你也可以说，这是西方人的课堂，他们讲究什么人道，什么平等，什么个人权益，什么言论自由；别说老师与同学，就是家长与子女，也得讲什么人格，谈什么尊重；如果你打骂孩子，他们可能报警；如果你把 10 岁以下孩子单独关在家里，法庭可能对你判罚；他们……

得了，得了！该允许我来反问一句了：难道他们讲究那些有什么不对吗？为什么我们不能（哪怕是假想一下）像他们那样，最大限度地给学生以自由与轻松呢？他们的教学质量因此而下降或不如我们了吗？他们的学生因此而学业受损、人格劣化、精神残次了吗？他们的人才结构、科学水平、经济发展、种族素质因此而受到拖累了吗？

如果没有，请容我进一步问一下：既然这样，我们的教育，在步入 21 世纪的今天，为什么仍如千年前的老塾师般，板着面孔，扯着嗓子，有时甚至舞着教鞭（我亲耳听家长向电台投诉说，老师爱用教鞭刷头，甚至打断过教鞭），使课堂充满沉闷气氛，使所有学生包括家长，都围绕着学校（实质是分数）的指挥棒，"小脚并并拢，小手放两旁"，活得像个痛苦不堪的屎壳郎，永远也望不到尽头般，年复一年推着那远重于身心负荷能力的大粪球，在那简直是永无尽头的高坡上爬啊，爬……

这就是教育吗？或者说，教育就必得长成如此一副令人憎厌的面目吗？

曾经不止一次发生过这样的事，某些外国友人参观我们的学校、幼儿园，一个个惊诧得合不拢嘴。不，不是因为校舍或教具比西方落后，也不是因为学生或娃娃的表现比洋孩子蠢。使他们深感不可思议的是一个在我们看来既合情合理，更令人鼓舞的"良好的教学秩序"：为什么要学生坐得这么端正？为什么让孩子把双手背在身后？为什么见不到师生脸上的笑容？为什么孩子们做着同样的游戏，动作也如此划一？为什么这些孩子一个也没向教师提出过异议？为什么回答的问题总和课文差不多？为什么整堂课也没人上厕所、要喝水的，他们的生理功能也天生与我们不同吗？

　　这么一大堆为什么在我们是不难回答的。但要真正让那些打小也像《小学老师》那样过来的洋人们所理解，恐怕就不是几点唾沫星子应付得了了。颇具讽刺意味的是，这些洋大人参观的，皆是我们的样板学校、典范班级！或许可怜的校长和老师们，事先还作了精心排练。幸运的是他们只需应付那么一两个课时。而那些洋人们也是幸运的，因为他们毕竟只是走马观花。如果他们竟不幸获知，许多学生每天仅作业就要做到十一二点，而每错一道数学罚做五十道，每错一个字罚抄一百遍；如果他们听到那打断教鞭的老师"告诉你父母，我不怕！我还要这么打"之得意；或者那些亲切温柔的"你真没出息""我看你没治了""告诉你家长，领你到脑科医院测智商去""明天你不用再来上课了"等"职业敬语"；如果他们看到每次考试后全班、全年级乃至全校公布的"排行榜"——我的天，真不知那班婆婆妈妈挑三剔四惯会小题大作的洋大人，会不会当场昏厥过去！

　　幸好，我说过了，幸好他们不可能得知这一切。甚至不可能想象得出，一个中国学生究竟是如何完成他那长达十来年的苦役的。

　　是的，苦役！当我使用这词时，确也犹豫过。但是，当我看到自己或别人的孩子如何应付他的学业，当我看到报纸上某些千捂百盖仍不幸泄露的"信息"时，我的感觉是，用"苦役"形容我们的某种高烧不退的"教育病"，实际上仍是太温和了：

　　"春节前，浙江省连续发生了中学生因忍受不了学习成绩名次和家长压力，用榔头将母亲打死，以及两名中学生将一同学乱刀砍死等多起事件；河南省一学生家长因其子未被评为三好学生，竟带人打了班主任；江西省几名初三学生因惧怕升学考试离家出走……"

　　其实多年来，此类事任何地方都屡见不鲜，且越演越烈。比如我所厕身的这座城吧，就刚发生过某重点小学一位六年级学生，考试成绩不理想而在家中上吊死亡的惨案。虽然事后又有媒体报道称，该校否认此学生是自杀，说警方已发现疑点，正在深入调查。调查的结果如何，至少我觉得意义不那么大。因为无论如何，我心深处仍难以抹去这学生之死与学校或家长的不当压力有关之印痕。

　　顺便说一句，在报道该小学生死亡的"豆腐块"后，一家报纸发表了一篇标题也寒气逼人的短评：《孩子，你不该这么做》——竟轻描淡写当下某种近乎疯狂的"教育"，及某些家长之畸零变态甚至残酷之压力（这种压力大到什么程度，仅看看浙江那个弑母的高中生每天的作息表便一目了然：他天天早晨6点半离家，直到晚上8点半才得离校！且不说还有如山的作业在等着他。别的都不论，就说这时间表，什么国家、什么样的法律，哪怕是劳动法可能或曾经允准过？），却将板子重重打在再也无力承受种种高压、不得不以死解脱的幼弱心灵上，其冷血、盲目到了何种程度？

　　这且不说它了。这不幸少年之死，多少还为某些报纸"客观"了一下，虽然此后再不见只字后续报道。我想说的是，中国人和西方人在生理上和人格上是否真有不同？我无从比较，但从上述例子已不难看出，我们的孩子无论生理或心理承受力都不可能特别发达。既如此，何以我们却要他们承受西方孩子决计无法承受的苦役？

　　而我们的孩子屎壳郎般埋首咬牙、苦苦推滚的，到底是个什么宝贝粪球？

　　——分数，分数，还是分数！而分数的背后，是那颗同样不断呻唤着却依旧痴迷不已的所谓的望子成龙之心！

望子成龙原是人之天性中不可或缺的良好禀赋之一。它是社会机体由低级向高级之新陈代谢中起关键作用的氨基酸。然而，正所谓过犹不及，当这种心态被某种欲望推至极端时，至少就个体而言，它就成了一种可怕的病态，甚至是可憎的残忍。

极端的望子成龙者几乎百分之百是未成龙者。失落感驱策着他们把自己的失败从子女身上挽回。弱小的心灵负荷的几乎已不是自己的权益和社会义务，而是父母的发家梦或明星欲。沥血赛场，苦读寒窗，年复一年甚至终其一生为填平他们父母的欲壑而推着沉重的粪球——一旦他们的梦想破灭，便又从自己的后辈身上谋求重温——很少有人会认为这有什么奇怪或值得说上几句的。一切都天经地义。甚至不太可能会有谁在某个早晨睁开眼睛后问上自己一句：难道非如此循环下去不可吗？

从这个角度上来看，所谓的望子成龙，不过是望己成龙而已。其极端者无异于精神虐待，且不仅是他虐，也是在自虐，因为孩子本是父母生命之延续体呵。或许这仍属可以理解的范畴，只不过，每当我细心聆听那被"望"着的一颗颗孱弱而疲惫的心灵之呻唤，总不免为之隐隐心酸。

幸运的是，正所谓物极必反吧，全国各地纷至沓来的种种恶果，引起社会各界。《人民日报》发表了评论员文章《全社会都要关心支持教育事业》，以及社论《不要"逼子成龙"》、《行行出状元》；《光明日报》亦连续配发了三篇评论文章。教育部领导主持会议时强调，要从国运兴衰、民族复兴的高度……明确减轻学生过重负担的重要性、必要性和紧迫性……

教育部副部长讲话说，"这些事件表面看是偶发的刑事案件，但从深层次看，实际上包括学校教育、社会和家庭教育等方面的诸多问题的一种反映。他批评各方面重知识教育，严重轻视思想政治、品德、纪律和法制教育。狭隘的教育价值观，陈旧的人才观和简单的教育方法，给学生造成很重的负担和心理压力，不但不能使学生全面发展，提高素质，反而使身心受到严重伤害。"

"使身心受到严重伤害"这就是我们教育的目的吗？当然不是。但现实操作为何屡屡结此恶果呢？

种瓜得瓜，种豆得豆。我们种下了什么，竟得到这枚苦果？

原因其实不必我来絮叨，是个明理人都知根知底。但令我不可思议的是，当从上到下，减轻学生负担的声势和行动风声滚滚，孩子们的脸上刚刚浮现出一丝犹带疑惧的笑容之际，竟从相当多的望子成龙者，即我们的家长们那里，发出了有些甚至是怒气冲冲的咆哮。真是孩子一欢笑，大人就发愁哪！他们居然抗议学校给孩子的时间太多了！居然还有人抗议作业太少："弄得小孩子天天看电视！"

我的天！怎么从没有家长抱怨自己的时间太多？而看上一小会儿电视也是罪吗？作为现代生活方式的主要标志，电视已经与现代人的生活息息相关。无论谈它的娱乐性还是实用性，对成人都几乎不可一日或缺。劳作之余，节假日时，我们尽可以泡一壶香茶，嗑一点瓜子，翘起那二郎腿，笃笃而悠悠地泡在那迷人的声光色前；哈哈开怀或唏嘘挥泪，破口大骂或拍断大腿。总之我们爱看什么就看什么，爱怎么看就怎么看。享用电视、调节神经原是我们天经地义的权利和需要嘛，何来什么该不该的问题！至于孩子嘛，谈什么业余不业余、调节不调节的，还是多做点作业要紧……

是什么使我们对同样是人，且由于年龄和阅历幼弱，而理应在精神、人格上更受呵护的孩子之权益和精神需求，漠视到这种地步？

与此同时，与减负形成鲜明对比的是，教师家教急剧升温，呈严重供不应求之势。尤以初高中为最。有些老师节假日也全无休息。

有些老师每晚都排了家教课，常常还要"翻台"，一个班接着一个班的上——分明理所当然的"减负"，为何得不到家长和老师的理解和呼应？

因为应试教育的皮鞭犹在人们头顶呼呼作响！因为高考的指挥棒还在人生的十字路口耀武扬威！因为只要重点与一般、名牌与普通的差异还存在，攀比之心和似是而实未必然的"不想当元帅的不是好兵"等"集体无意识"，便将永远在我们心头摇旗呐喊、推波助澜！

因为分数、升学率、办班、补课，这一切的一切，切切乎关乎着每个教师的评级、职称、工资、住房、创收等一切的一切。所以时下的老师本身也都成了分数的奴隶。一些人不自觉地将学生视为算珠、砝码、摇钱树或"产品"。他们在课堂上的角色时而是填鸭夫，时而是魔术师，时而是声情并茂的父母，时而竟又是"车工""刨工"甚而声色俱厉之"狱警"；唯独不再是"红烛"，不再是"兄弟""姐妹"，不再是让他们私下里笑掉牙的"人类灵魂工程师"！

然而上述这一切，实际上还仅是问题表面之泡沫。真正的本质还深藏于潮涌的底层。因而眼下这种"减负"运动，尽管闹腾得轰轰烈烈，却终将流于形式，其治标不治本的根本原因还在于：人文精神在教育上的缺席！

实际上，缺乏人文精神或曰人道主义关怀，绝非教育界或现代人才面临的麻烦。

在我们的传统文化理念中，普通人的权利一向是不值一提的。如果要有，那便是三纲五常、君要臣死，臣不得不死之类。顶多再有个"三十亩地一头牛，老婆孩子热炕头"，便是人间天堂了。至于心理健康、精神需求之类，想那个，不是奢求便简直是吃饱了撑的。所幸的是我们终于进入了现代社会，终于开始谈论法制，谈论民主，谈论我们的种种权利，谈论我们的娱乐、休闲、心理保健问题了。

　　然而无论我们怎么谈，孩子们的权益和精神关怀却天经地义提不上筷子！小孩子家家，也有个啥子心理问题，也有个啥子娱乐问题，居然还有个啥子精神需求？这不是奢谈，也是胡搅蛮缠。在家听父母，出门听老师，这就是你的权利；白天连轴上课，晚上加班作业，这就是你的需求！饭来张口，可以；衣来伸手，应当。不然怎叫小皇帝？至于精神上，只要金榜能题名，哪怕当乞丐！想放松，要娱乐，门都没有！除非你门门来个一百分，这还要看看你的钢琴弹得怎么样，美术学得好不好再说。说到底，考重点中学，上名牌大学；读博士、博士后，做总裁、董事长；给老子争口气，给祖宗贴点金，这才是你们唯一的权利！这才是老子为你好、为你的前途着想之根本目的！

　　同时，在我们的文化传统中，教育向来就只是"传道授业解惑也"之工具，而不是一种指向人，并以人为本的关爱与服务。教育之目的，口头上说得也不错，是要教书育人，实际结果却往往又只教而不育。而育人的目的，又只流连于"为国家培养有用之才"之功利目的上，忽略了国家之基石乃一个个活生生而具体的"人"；而国家富强之根本，原是要使"人"活得更幸福、过得更人道！因而，忽略了人文关怀和培养健全人格之根本的教育，导致相当一部分家长和老师观念的扭曲。在他们眼里，学生或孩子首先不是一个尊严的"人"，而是个不雕不成器的"玉"，有时甚至是"不可雕也"的"木"，顶多也只是所谓的"祖国的花朵"，独独想不起，他原是一个活灵灵而心灵稚嫩、易受伤害的"人"！

　　不，这绝非只是词语上的差异，而是本质上的分野。玉不琢当然不会成器，花不浇自然不会盛开。但学生毕竟不是玉，不是花！任何人、教师或家长，如果不抛弃这种习以为常的雕玉或浇花的偏执和自大，就绝不可能对学生产生真正的尊重与关爱。而这种尊重与关爱，甚至是合理的教育之根本目的和唯一归宿。

因而，没有这样一种前提的教育，就只能是本末倒置的教育。你可能雕琢出玉来（未必是美玉），浇灌出花来（或竟是病梅）。但却很可能扼杀了"人"！而接受教育者之本来目的，难道仅仅是为了成玉、成花，而不是为了成为一个本可能玉一样莹洁、花一般美丽，但首先是幸福而尊严的、精神愉悦而人格健全的"人"吗？

说到底，教育是以为人对象的一种服务，而服务就要以人为本，以人为"上帝"。相对于人的尊严来，知识乃至种种教育手段之本身，都是次要而从属的。

因而，有什么理由让我们的教育成为一种苦役？有什么理由让我们的服务对象，继续成为推着"分"球拼命喘息的屎壳郎？

诚然，在我们这个民族，历来有悬梁刺股、囊萤凿壁之传统。即使在学习条件大大改善的今天，我仍不认为这是应该唾弃的。学业本身、知识本身是压不死人的。不当的方法、严苛的期望才可能置人于死地。学习也好，工作也罢，刻苦的精神是永远不会过时的。但这应该是发自学生自身而绝非外力强加的精神。而历来的教育则理所当然地认为：我有"天赋人权"，要你"悬梁"，你就得"悬梁"；要你"刺股"，你就得"刺股"！

故而，看官：谢谢你听我啰嗦这么久。但我仍想请您允许我再问您最后一个小问题：

如果您是一个或假定又成为了现在的被教育者，即学生；或者，您有幸摊上了个今天要您悬梁、明天逼您刺股且无法无天的冷面上司，天天工作十来个小时，晚上还家常便饭般赶报告、写总结，总之无一日不加班的话，您会觉得这合理吗？您会觉得自己可怜吗？或者，您一点儿也不觉得那上司有那么点儿残忍，有那么点儿不人道；这局面也有那么点儿不对劲，有那么点儿不合逻辑吗？

如果您的回答是肯定的。那我的真正意思谅你已明白：无论就个人还是国家而言，都永远是至关紧要的教育，至少在眼下还远远称不上理想。"减负"像一派新美的月色，却又"疑是地上霜"。那么，是否该好好"教育"一下我们的教育，又得由谁来教育它呢？说了这半天，我已觉口干舌燥，该您来说点啥或做点啥了……

大清朝的御敌秘器

秘器显然是没有的。否则的话，大清朝还不得千秋万代固若金汤，我辈还不得至今仍是威猛天朝的大清臣民？

不过当其时也，朝野内外、上至慈禧和一大班股肱之臣及封疆大吏（甚至还包括向来被视为清醒而明智者如林则徐），下至村野匹夫和小小草民，绝大多数国人可都曾相当自信地以为，我国乃泱泱中华、万邦来朝的天下共主，小小番邦、红毛绿眼的蛮夷之徒，是怎么也奈何不了我们的。而他们所倚仗和依赖的，除了上述无知的虚骄之气，便是而今说出来足令人羞脱大牙的种种"秘器"——十足的愚昧和迷信的产物——从扶乩占卜到念经吞符，甚至还有女人的经血和装满臭粪的马桶……于是，中国历史在世界普遍进入现代化的十九世纪到二十世纪初叶，毫无科学思维而固步自封的大清朝，仍然在大敌当前之际，令人扼腕地演出了一幕又一幕令古今中外、后辈子孙耻辱而汗颜的闹剧！

且看几场经典之戏吧——

本场闹剧的主角兼导演，即第二次鸦片战争时期的中方前敌总指挥，可谓国之干臣的两广总督叶名琛。叶名琛在此战后被英国俘虏，并从此在史上留下"六不总督"之污名。讽其为"不战不和不守；不死不降不走；相臣度量，疆臣抱负，古之所无，今亦罕有"。当然，后世也不断有人为叶名琛声冤，而我从其前后一系列表现，尤其是不作守备，独倚巫术之愚蠢表现来看，称叶名琛六不总督还是轻的，称其渎职总督、糊涂总督甚至罪人总督都不算冤枉。

首先，身负对敌要职的叶名琛，未开战前，心已先怯。他曾上书咸丰帝，说道："默念与洋人角力，必不敌，既恐挫衄以损威，或以首坏和局膺严谴，不如听彼所为，善藏吾短。又私揣洋人重通商，恋粤繁富，而未尝不惮粤民之悍。彼欲与粤民相安，或不敢纵其力之所至以自绝也，其始终意计殆如此。"可见他是怯懦的，并把御敌的希望寄托在敌人的自退和并无多少战争能力之民众身上。

虽然当时南方的军力很多被抽调到北方去镇压太平天国造反，南方守备空虚，以至叶名琛难为无米之炊。但以两广剩余的军力而言，也并非不可战守。事实上叶名琛之所以基本不作战备，主要原因在于他极度迷信，把主要希望寄托于巫术上。一方面，他在兵临城下之际表现得非常镇定，"高谈尊攘，矫托镇静，自处于不刚不柔、不竞不绣之间"。以至英军三艘军舰已越过虎门、攻占广州东郊的猎德等炮台时，叶名琛正在阅看武乡试。他闻讯后微笑着说："必无事，日暮自走耳。但省河所有之红单船及巡船，可传谕收旗帜，敌船入内，不可放炮还击。"次日，英军攻占省城对岸河南凤凰冈等处炮台，叶名琛闻报后仍不动声色，继续阅看武乡试的马箭比武。他的部下却害怕了，说"风大，难马射，请早收围"。叶名琛这才退堂，招集各官到督署商议对策，并仍然胸有成竹地断言：十五日内无事！

原来，叶名琛不仅迷信，而且笃信不疑。他甚至在总督衙门里建了一个"长春仙馆"，里面祭祀着吕洞宾、李太白二仙，且把一切军机进止都取决于占语。他所谓十五日内无事之说，居然就是两个大仙"告知"的！而结果如何呢？广州城恰恰是在第十四日内沦陷的。故而当时民谣这样嘲讽叶名琛道：

"叶中堂，告官吏，十五日，必无事。十三洋炮打城惊，十四城破炮无声，十五无事卦不灵。洋炮打城破，中堂仙馆坐；忽然双泪垂，两大仙误我！"……

以今视之，清廷委派叶名琛这样的愚昧而糊涂之人担当封疆重任，那皇帝也可想而知有多昏庸可悲了。而相比起来，另一个权势和声名都不亚于叶名琛的清廷大员杨芳，其观念和头脑之昏聩、之冥顽，更是青出于蓝而胜于蓝了！而尤可悲的是，杨芳在当时的清朝中，还算个相当不错且颇富战功的干吏，因此其身上的典型意义就更耐人寻味了。

杨芳先后担任甘肃、湖南、直隶、广西、四川等省提督。道光七年（1827）二月，杨芳奉令随扬威将军长龄等率兵平息回酋张格尔叛乱，最后生擒张格尔。道光帝大喜，下谕宣示中外，封杨芳为三等果勇侯，赏戴双眼孔雀翎，晋升为御前侍卫，加太子太保衔，像绘紫光阁。此后杨芳又应召进京，被道光帝召见20余次，晋封二等果勇侯、太子太傅，准许在紫禁城骑马。

道光十三年（1833），杨芳在任四川提督期间，采取招抚与镇压、恩威并施的手段，镇压了四川清溪、越西等地的彝族起义，被晋封为一等果勇侯。

道光二十年六月，中国近代史上第一次鸦片战争爆发，道光帝下诏对英宣战，命杨芳和户部尚书隆文为参赞大臣，调兵开赴广州，抗击英军。后因清廷腐败，签订丧权辱国不平等的《广州条约》后，杨芳仍留守广州，继续管理军务。

就是在此期间，这位战功不凡的宿将壮志凌云，开发出几项独家秘器，满怀信心地表示定要让洋夷折戟沉沙。于是，"广州百姓欢呼不绝，官亦群倚为长城"。

而杨芳这独家秘器究竟是何东西？说来别当我捏造，原来就是他听从某大师级巫师的鬼话，竟决定采用马桶、粪便为武器来对付英军的坚船利炮！理由就是：英军的坚船利炮乃是邪教妖术，而马桶秽物乃破除妖术的不二法宝（天知道从何而来的这般"理论"）！

那巫师还进一步阐明他的理论，女人秽物具有强大的以邪镇邪的作用。于是杨芳传令收集了大量民间使用的马桶、溺器，装满女人的粪便、经血，用木筏小船装着，密布于海上、江面，并要求将马桶等之口对准敌舰炮口；如此妙招有没有用且不论，先就苦了广州的百姓，许多人家没了必备的方便之物，生活想是不会"方便"了。这倒罢了，问题是，漂浮满江的马桶武器还没等呈现威力，就被英军的炮弹炸得七零八落而臭气熏天……

尤为可悲的一点是，杨芳使用马桶这一法宝之前之后，正是大英雄林则徐也在广州的时候。杨芳是林则徐的老部下，史载，仅从3月5日到18日，两人就会面达11次。此后杨芳更干脆住到林府上8天！这期间，杨芳会不向林则徐通报他的御敌妙术和具体战略战术吗？如果说，林则徐知道了此事，从结果来看，他显然又是没有阻止这一蠢行的，那么这说明了什么？只能令人怀疑这位素称大清朝的英明之臣和最有头脑之人是赞同至少理解了这一法宝的！而林则徐这等人物居然也表现出如此迂腐的一面，那杨芳之流的表现，就不是个个人素质高不高的问题，而更可能是整个民族和传统文化所体现出来的惊人的落后与毫无科学思维的愚昧了！当然，我们可以振振有词地说，这是时代的局限，科学还不发达的局限云云，问题是当其时，西方与中国通商交往也不算短了，民众罢了，士大夫很多已是很清楚西方的科学发展和思想进化程度了，却仍自以为是地斥之为奇技淫巧而不思学习；且时代再局限，是个有脑子的，铁火大炮和臭气熏天的马桶之间决无可比性，总应是起码的常识吧？

乃信之不疑，还有模有式地运用于实战；这样的思维，这样的军队不败，谁败？

实际上，迷信巫术，并将之运用于实战之中，在中国至少在大清朝是有着悠久的传统的。比如扬威将军奕经在浙江的一场战事中，就为了配合在关帝庙抽的签和他做的一个梦，命士兵打扮成老虎的模样，说是这样就是虎吃羊（洋）了！结果呢，不说也知了。而当有一次道光皇帝在朝中问起为什么英军有进无退时，大臣耆英竟一本正经地回答道："英军都是光棍，没有老婆的，所以打起仗来都不怕死！"

此外，早在乾隆三十九年，山东王伦白莲教之乱时，叛军围攻临清城，据《临清寇略》记载，开始城上守军向敌军开炮，但并不能命中，守将也是听信巫言，将鸡血、粪汁洒在城上，真以为这是可以御敌之术！就因为中国传统文化中向来轻视科学思维，并且还存在着歧视妇女的偏见，那经血马桶之类"邪器"，便也就具有了（不知是何逻辑的）以邪制邪的魔力！

如此看来，杨芳在鸦片战争中仍用此法宝也不为怪了。而且不止是清军，他们的敌人太平军，也在战事中运用过此等妙法（可见中国文化某些方面的巨大影响力）。如鲁迅在《阿长与山海经》中回忆了小时家中女佣阿长的故事，阿长就对他说过："闹长毛时，我们也要被掳去。城外有兵来攻的时候，长毛就叫我们脱下裤子，一排一排地站在城墙上，说那样外面的大炮就放不出来……"

迷信祸患最烈的，自然要属清末的义和团事件。到头来，不仅自身一败涂地，还引来八国联军之侵略，火烧圆明园，占领北京并最终重创清朝统治之根基。

本来，义和团反抗外侮、扶清灭洋，有着正义的性质。但因其存在着根本的迷信思想，这场运动从一开始就是个注定要失败的祸事。由于构成义和团主体的中国农民在当时缺乏先进的思想武器，只能以落后的迷信思想来解释外国侵略者给中国带来的灾难，从根本上就是虚妄不经的。当时的义和团普遍看不懂世界大势，而认为中国的灾难是遇上了"劫运"。称是"劫运到时天地愁，恶人不免善人留"（《庚子大事记》）。而灾难的源头就是洋人："天无雨，地焦干，全是教堂遮住天"，这种认识对义和团的迅猛发展起到过推动作用。同时，也把外侮之因看偏了，并且还将抵御外侮的希望寄托在超自然力量上，希望通过迷信仪式达到刀枪不入的效果，如《闭火分砂咒》："弟子在红尘，闭住枪炮门，枪炮一齐响，沙子两边分"。宗教迷信观也是义和团进行宣传鼓动的形式，义和团在"请神"时"以降神召众，号令皆神语。传习时，令伏地焚符诵咒，令坚合上下齿，从鼻呼吸，俄而口吐白沫，呼曰神降矣，则跃起操刀而舞，力竭乃止"（《拳变余闻》）。用"升黄表，焚香烟，请来各等众神仙"的形式吸引群众，因而义和团运动中始终大量充斥着形形色色的迷信思想。

当然，迷信思想并不能在先进技术前取胜，故其失败也是必不可免的。在义和团运动后期，迷信思想在很大程度上失去了作用，故只能是"其兴也勃，其亡也忽"了。大批义和团员曾经高涨的士气突然衰落；如天津六月八日之战，练军以三炮相助，"洋人果出，仅三人。各执枪向团，团即反奔，途中自相语曰，天雨矣，可以回家种地矣，似此吃苦何益，次日即散去大半"（《天津一月记》）……

悲夫！秘密武器，竟都是此等货色，在历史的巨轮之前，摇摇天朝，焉能不坠？所幸今日之中国，早已步出愚昧的泥沼，科学思维，日益昌明，国之命脉，蒸蒸日上，一个崭新的世纪强国，正崛起于东方……

旅游漫谈

　　旅游无疑是人生一大快事。它也像极了人生，预期比实际美好，过程比结果重要。其中充满期待与憧憬、充满好奇与满足，同时也不可避免地充满了疲惫与挫折，充满了期望与现实之落差。但不管怎么说，很少有人不喜爱旅游，所以，旅游事业便如火如荼般方兴未艾。无论是煌煌都会还是偏远小镇，无论是名山大川还是幽幽古漠，到处飘拂起红红黄黄的小旗，到处攒动着昆虫般密集的游客。谁不知道旅游业是国民经济一个越来越强劲的经济增长点呢？哪个地方会不施出浑身解数来广为招揽呢？于是，绝大多数旅游者便也自然而然地成为了某某旅行团的一分子。绝大多数旅行团便也自然而然地形成了一套运转熟练的模式：看什么，吃什么，住如何，都有详尽到小时的内容保证。这种旅游方式之所以红火而越趋模式化，恰恰在于它符合多数人的一个基本心理——以尽可能少的金钱乃至时间付出，逛（而非"赏"）尽可能多的景，看（而非"游"）尽可能多的地方，购尽可能多的便宜货，或拍尽可能多的足够自我满足或向亲友炫耀的照片等等。总之，贪多、图便利（这一点与我们的人性多么相似啊），是这种模式化旅游风行的一个基本因子。人们在这里分明步入了一个误区：似乎旅游和捞世界就是同义语，多就是好，满就是乐。实际上，正如"色即是空，空即是色"，多与少、满与亏从来就是相对的。上述那种"多"和"满"在我看来实际上是一种虚幻的满足和实质的亏欠。匆匆掠过十个地方，何如细细品味一景来得丰富？何况你跑得再"多"，也不可能穷尽这世界万分之一的美景。而大多数人并非不明白这简单的道理，就是无法不服从心中那个朦胧的目标之诱惑。

其实这种情况又何止发生在旅游中呢？我们的整个人生之弦哪一天不是绷得紧紧的，似乎有谁在后面拿鞭子驱着我们，实质上，通常只是我们的欲望或观念在驱策自己而已。

敲这些文字期间，我刚巧从央视看到个介绍瑞士风情的短片。一帮子洋人们开着汽车，露营于四面雪山、风景如画的谷地。一连几天就在那儿不再流窜。或垂钓于湍流，或漫游于野田，或采摘于硕果累累的葡萄园中，或又在酒坊中品尝新酿美酒。更有人干脆就懒洋洋地躺在阳伞下晒一天日光浴。他们周围除了阳光、自然，再没有任何碑石或寺庙，甚至也没有一个我们称之为导游的人物在讲这讲那。

人各有好，不能强勉。但至少，我们的出游方式也该考虑一下不同性格和爱好的差别，寻找一些告别以多看、多到为目的的新方式了。对于我们的生活，我素来相信，缺少的不是形式而是内容，不是人缘而是观念。不仅旅游，实际上我们整个社会发展无不如此，新形式或生活方式，总是由某个支流或"异端"所激发、引领出来。当然，一旦某种新形式汹涌成潮，我们又会渴望新的激情。但，这有什么不好呢？富有选择的生活，总比单调而缺乏选择即自由的生活来得让人快乐呀？

而快乐，难道不是人生一切内容的应有之义吗？

可笑的笑

　　脸是人生之云，瞬息万变；笑是生命之花，绚烂缤纷。

　　不过，正所谓比喻都是跛足的，实际上表情这片云儿远不是轻飘飘的，其意之重有时就像座直插云霄的大山。而笑容，几乎是根本不可与花儿同日而语的呢。花儿或红或紫或香或淡，哪一朵不是绰约美丽的？但人之笑，尤其是在人生舞台厮混已久，或在社交圈里摸爬滚打惯了的"成熟"或"成功"人士，其脸上的笑，又有几多真称得上美的？有的售货员的"微笑服务"常让人感到手足无措。有的推销员的甜言蜜语常常令人疑虑重重。有些美人儿的倾城一笑似乎总有些虚浮缥缈。甚至恋人间的卿卿我我也多半好似化妆演出，更别说某些下级对上司拼命挤出的谄笑，某些上司对下级程式化了的强笑。至于那健美运动员使出吃奶的力气才憋出（为使那一身受虐过度的肌肉鼓突得更畸形更可怜）的"健美"的笑，在我看来简直就是痛苦与尴尬的同义语……

　　"清水出芙蓉，天然去雕饰。"

　　笑的本质，难道不应如出水芙蓉一般天然、淳朴的吗？这样的笑无疑才是美丽的。不信你察之襁褓中的婴儿，或品味那俯身热吻婴儿的母亲，他们的笑容之纯真之动人，非阳春三月原野上的清风、夏日月夜绿荷上的雨露不可比拟。

什么内容使人类之笑的形式常常变得凝滞而沉重，乃至于异化成千奇百怪的畸零，甚至笑的本身也变得可笑？

或许这才是笑之本质，人生之本质？

无怪一生写过许多令人苦笑的作品的法国大作家拉伯雷，在死神降临时竟还要这么微笑着说："我这就去寻找另一个辽阔的自然王国。启幕，笑剧开始了……"

其意可能是说：又一幕笑剧开始了。我猜。

镜子告诉我们什么

镜子可说是人类最忠实的朋友。它不受感情或理智的支配，将你的姣姣倩影或"牛头马面"不加粉饰地传达给你。或喜或悲，相信或是怀疑镜中的自我，是你自己的事，它从来不予理会。

当然，这也在无形中映出了一个可悲的疑虑：如果镜子是有理智、有情感且如我们一样聪明而不无狡诈的生物，是否仍会如此耿直不阿地忠实于客观？

疑虑归疑虑，且不管它。但若真以为我们人人都会因此而从镜中看到真实的自我，未免就失之天真了。

镜子忠实与否，有没有灵魂是它的事，我们可是有血有肉有灵魂的哟！看到眼角的鱼纹，我们不会不明白此乃镜面蒙尘的缘故。瞧见丝丝白发，我们不能不考虑到光线的作用。气色似乎有些晦暗，谅必是天气阴郁所致。至于那几颗黑痣或暗疮，"看"上去与鲜美的苹果上那几颗小小的疤斑有什么两样？瑕不掩瑜嘛，衬出的只能是分外的美丽呀！至于别人眼中的自己美不美、丑不丑、英俊不英俊、潇洒不潇洒那是别人的事（天知道他们有没有偏见，持的又是什么审美观），镜中之我永远是俊美而洒脱，年轻或轩昂；要不然，我们怎么能信心十足地离开镜子，投身于浩渺人海呀？

当然也有相反的情形，别人和自我都告诉自己：你沈腰潘鬓，你美轮美奂。然而镜子却无情地刺入你眼中几颗可恶的"青春美丽痘"或是一条（其实决不）太粗的腰！你挤啊挤，束啊束，可气的是痤疮挤而复生，腰围束而仍粗——除了砸掉镜子，或者改用西施时代那雾里看花式的井中之镜，还有什么更好的办法？

如此看来，镜子的忠实是否是我们人人所需要的，似乎可以打上一个问号。换句话说，人活于世要直面现实还真不是容易的，有时候呈现在眼前的明明是绝对的真实，然却未必是最讨人喜欢的。这倒也罢，客观的忠实与真实毕竟还是客观地存在着，不以我们的意志为转移。而主观的（包括自我对自我的）真实与忠实，是否也真正地不以我们意志所转移地存在着，简直也可以打上个大大的问号哩！

医　院

　　这地方相当耐人寻味。需要它时，我们疾如星火趋向它。不需要的时候，老远见了就腿肚子转筋，恨不得永远不要看见它。

　　它呢，本应、也确实会给我们安慰，给我们保障，令我们恢复信心、重振生机。然而，也不可避免地因其充满不确定性，而令人压抑、烦闷、担忧、恐惧。所以你在此难得见到展颜欢笑者。何况情绪也和这里特多的病菌般，是会传染的。来此者无论是否当事人，大多沉着脸。连一点大婴儿被抱来，也会因莫名其妙被戳一针而哇哇啼号。这里更充满了极端性和戏剧性，常让人忽想哭、忽想笑、忽而又哭笑不得。如那满心疑惧、以为将不久于人世者，却被专家宣布无恙，那如遇大赦般的畅快无以形容。反之，满心渴望化险为夷者，却会猝不及防地被一纸报告击倒，活像挨了记闷棍，天旋地转而五内俱焚。

　　环境也欠理想。谁曾在稍上点规模的医院，感受到清静有序或简洁便利？我们的情绪本已被病痛和恐慌绑架，还要从挂号起就再被蹂躏。比如候诊、待检、交费、取药，哪个环节不是漫漫苦捱？

我没有责怪院方之意，实在是人满为患。若要我在这种环境从医，时时对着无休止的嘈杂和各色人等，甚而大哭小叫、呻吟咆哮，恐怕连一分钟也笑不出来。郑州有家全球最大医院（分建成若干家不成吗？），床位过万，年住院者达 31 万人次，营收超过 75 亿。可这么大医院，找个诊室怕就够呛吧？唉，救死扶伤、医术和设备不断改良的医院，是人均寿命大大延长的要因，却又因庞大的人口压力而反受其累。

有回我在病房外听到个农妇在打电话："爸，医院又发催款通知单了。"电话中的回复显然消极，农妇又惊呼："不治怎么行？"另一回，同病房一位上着呼吸机还终日呻唤的老太，忽然被家属接走了。我当要转院，护士说："这还看不明白？估计拉回去，老太挨不过明天……"医院，真是个矛盾和危机的集散地呵！然而这得怪谁呢？没错，"医者，是乃仁术也。"然而它终究非社会福利机构，它的仁，它的维持和高效运转，是要钱来作动能的。

医院一词源自拉丁文，原意为"客人"，是供人避难，休息处，后来才逐渐成为收治病人的专门机构。它的诞生和发展无疑是人类最切实的福祉。我国是世界上最早设置正规医院的国家。汉武帝时，就在各地设专所，配备医生、药物，免费给百姓治病。而欧洲最早的医院组织，为基督教妇人建于罗马的医疗所。西医自近代才传入我国，对我们医卫事业的现代化和科学化发挥了推动和互补的巨效。尤其西医的化验、诊疗技术不断发达，许多过去闻所未闻的病种被准确揭示，及时救治。然而，有时我也会暗自嘀咕：好些毛病还无法根治，到底是确诊的好，还是含糊些混着过为妙？尤其是某些检查，如胃肠镜，本身就有痛苦。而 CT 和磁共振舱内那轰嗡巨响，胆小的恐怕已丢了半条小命……许多人爱看中医，别的不论，或许那"营卫不和、气血失调"之类诊断，朦朦胧胧，似懂非懂，听起来却不至于恐怖吧？

歪议服饰

三个女人一台戏。叽叽咕咕，咕咕叽叽，话题的中心是什么呢？反正少不了服饰。倘在某人家中，自然更来劲啦。打开衣柜，翻箱倒箧，脱来穿去，照来照去，当然更得评头论足。作为旁观者的我，虽也叹羡女性的这份乐趣，却总免不了某种疑惑。总觉得女人这股子乐此不疲的劲头不可思议。

如果我说，服饰之于女性，几如脊柱之于生命；女性之于服饰，活似飞蛾之于灯火，你大概不会反对。但若我说，服饰并不如我们想象的那般会有助于我们的美丽，甚至可能适得其反，你，尤其是女士们，谅必不会首肯了。

其实我的意思是想玩味一下：服饰与服饰着的人，到底是一个什么关系？究竟是服饰使我们更靓丽，还是我们使服饰更美好？

一个时装模特在台上娉娉婷婷、搔首弄姿；令我们眼花缭乱、心旌摇荡的，到底是她身上那五光十色的时装，还是她那姣好的体态和花容月貌？换个普通小姐或是乡间大嫂来裹上那些大师的作品会是什么效果？大师仍是大师吗？

现在该直率地说出我的一个偏见了：我不太喜欢服饰这厮的又一原因，即它不太够公平，甚而"嫌贫爱富"。马太效应曰：富者还要加给他，穷者还要剥夺他。服饰之于人，似乎也没脱出这一怪律。你如花似玉，袅袅婷婷，那么，打扮吧，修饰吧，什么样的服装不合你呢？你因它锦上添花，它因你风采照人。真个是相得益彰哪！不信的话，看一看入选时装模特的都是什么人吧。而如果你如不了花，似不了玉，甚而先天不足，或者腿太短些，腰偏粗些，那么，打扮吧，修饰吧。可是，什么样的服饰能帮你的忙，又能帮到多大程度呢？专家商人们在各种场合、传媒上大谈服饰能怎样掩饰缺陷、美化人生，可是我对此总难无限信赖。因为我至今不曾看见一台专为五短身材或天生丑陋者设计的时装演出；大量看见的倒是如我一般其貌不扬者穿什么不像什么的尴尬相，至少达不到预期效果。更别说那些画虎不成反类犬的大量实例啦——看看某些黑不溜秋、行为粗鄙却西装革履的汉子吧，是服装糟蹋了他，还是他丑化了服装呢？

诚然，我也意识到这样看待服饰可能难以令你信服，所以我想强调的是我并不认为适度的修饰是没有益处的。我想提醒的是对服饰的迷信和过于依赖可能会适得其反，你得承认有个先决条件不同的前提。即使是一个美轮美奂的国色天香者，也有个度的问题。否则，花花绿绿的衣饰恐怕反而会分散了人们至少是我这个人的注意力，恰如一个天生靓丽的少女热衷于涂脂抹粉，抹掉的恰恰是她最迷人的魅力。

没有一朵花儿不是美丽的，没有一朵花儿是经过修饰的。精心剪饰过的盆景固然是美，但它实际上已是一种园艺而非花木本身。最高明的艺术在我看来也还是不及浑朴天成的自然来得可爱。而赤条条上街无疑不雅，艺术化了的人也未必见得更可爱呢。何况他毕竟代替不了那个本真的你。

过犹不及

　　没有一朵花会用雨露来粉饰玉容，没有一只鸟会以云霞来装束羽毛。会打扮会美化自身的，只有我们万物之灵长的人类。这是我们值得引为自豪的。更重要的是，人类文明也因了这种需要的刺激而永无止境地进化、升华。服饰业、美容业、化妆品业在任何时代，甚至经济大萧条时代都如火如荼着，便是一个最明显的证明。唯一有点儿遗憾的是：需要的无止境似乎并不能证明实际意义的无止境。一个人真能靠着无休无止地往脸上涂抹据说是越来越神奇的、富含这个"因子"、那个"活性成分"的化妆品而达到更美的佳境吗？至少我的经验和感觉是怀疑的。论证这一点甚至不需要长篇演说，请一位天生丽质、质朴如花而素面朝天的村姑，和一千名盛妆女子站在一起，起码我会在一秒钟内毫不犹豫并轻而易举地指出她是其中最吸引我的。

　　原因也同样简单，她本身是美的，美即是她。尽管那一千名女子中肯定有许多不亚于她的美貌者，但对于我甚至相当多数的人群而言，质朴无华的美反而是最有魅力的。一修饰一涂抹或许会使她加倍鲜亮起来，却也会因此而失去了原先那个她，同时更可悲地使其淹没于那一千个如花似玉的"美"之海洋之中。

　　这么说并不意味着对美化自身的努力泼以冷水。爱护、珍惜自身，企图使自身更臻完美是有理性的人类最可理解的天性之一。且不论美化自己的潜欲和实际效果是什么，也不论那些千篇一律的美化手段是否真可能彰显个性与特色；至少它有助于提升自卑者的自信且丰富我们的视觉，故无可非议。可以说上几句的似乎只剩下一点：爱美之心，人皆有之，然则过犹不及。提升自信可不能以损伤自信之本为代价。如李笠翁所云："妇人之衣，不贵精而贵洁，不贵丽而贵雅，不贵与家相称，而贵与貌相宜……妇之面色不宜文采，而宜缟素。必欲去缟素而就文采，不几与面色为仇乎？"

　　然而实际生活中，我们看到的是太多对自身的缺乏信心甚至苛求者。而自信原是多么神奇而有效的美容术呵！太多的色彩、太浓的脂粉、太多的怪异（诸如用染发剂将自己脑袋搞成一个个红的蓝的黄的鸟巢，却不知这吸引的也只能是求怪心理甚或鄙夷的目光），大大损伤了自身及公众的美感。更有甚者，某些天生丽质者，竟也如同容貌缺陷者一样，几近迷信地频繁光顾整容医院，其效果，恐怕未必能如其所愿，甚至，竟可能是适得其反的。

美与自信

　　爱美是女性的天性，这似乎已是确切无疑的定理。然而我却窃窃有所狐疑。且不论男性是否无此天性，亦不论这个定理实际上将美这神圣的概念狭义而平庸化为特指女性之对服饰、脂粉的痴迷，因而成了她们永无餍足地渴求扮饰的通行证与挡箭牌。我想说的是，果真这样的"爱美"是女性的天性吗？

　　在我的印象中，自然间大多生物中，似乎唯有人类的"雌"性才比雄性来得华美。动物中的雌性之外貌与雄性不可同日而语。雄狮那漂亮的鬃毛，雄孔雀那斑斓的翎屏，公鸡那美丽的羽毛，无不令我们叹为观止。而它们的另一性是什么模样，我们有目共睹。如果要说天性，雄性的天性才真是爱美。同为动物的人类应该亦不出这一规律。

　　人类虽没有羽翼的区分，生下来时至少也是一样的光光溜溜，为什么长成了与动物相反的"天性"呢？故此我要说，这不是天性，实乃后天的社会、文化、经济诸多因素共同作用的结果。追求美，尤重外在之美，不过是社会化的人类中女性从属地位的本质反映而已。不论内在美不美，外在之美对女性具有什么样的意义，不论男人女人心里都一清二楚。社会仍在每时每刻地提供着无可计数的样本，诱导着驱使着女性们拼命扮靓，痴迷脂粉。因为这，常常给女性尤其是天生丽质的女性带来远胜于男性的优越结果和意想不到的好处。而这一"天性"实质上又使女性代复一代定位于某种社会角色上，循环不已。这似乎有些悲哀，实质未必。尤其是对天生丽质的女性而言，涂脂抹粉总比拼命劳作来得轻松。而那些相貌天资不足而又窥透不可能由此途径达到理想境地的女性们，则干脆放弃这一"天性"，追求内在之美去了。这也又一次证明"爱美"并非女性之天性。

无论如何，追求内在美或是外在美都是合情合理，无可厚非的。只不过，我对那种服饰可以给人带来自信的简单说法，不敢苟同。生活中究竟是谁扮饰得最凶呢？难道不是那些公认的如花似玉者吗？她们的衣柜里至少有三十套甚至数百套华丽的服饰，看到别人的新衣仍然心尖滴血。这是自信的表现吗？她们实际上已是多么美丽呵！其实这很正常。企图从服饰获得自信，恰恰是不自信的表证。而越依赖这份"自信"，越将不自信甚而自卑。因为这虽可能给你带来一时的快慰和赞颂，却更可能因此而变本加厉地追求或维持这份肤浅的满足。结果就像一个备受宠爱的娇宝宝，越发地娇而越发地难以满足，难以自信！

如果你美丽，适度的服饰、脂粉自然可以锦上添花。但这首先是因为你美丽而不是因为服饰和脂粉。明乎此，才可能谈得上自信。

苟富贵，勿相贱

据司马迁先生史记所载，秦末农民大起义时，陈胜曾与一班义士对天盟誓，誓曰："苟富贵，勿相忘。"遗憾的是，结果正如我们所看到的，陈胜并未实践他的誓词（虽然这并不能证明他先前盟誓时就没有真心）。可是，从此以后，被陈胜扔到九霄云外的那句誓词，却成为千古名言，泛化于世世代代中国人的心目之中，如一把道德之尺，度量着世间的人伦世态。然而，极端如陈世美，平常如我们这般芸芸众生者，苟"富贵"后，又有几个人真能勿相忘呢？

其实，"苟富贵，勿相忘"，就个体意愿而言，诚为美德。然笼统地将此作为一种要求他人的义务，先已失之武断。个体之所以成为个体，既是主观性格、道德的产物，亦是一定的社会环境之产物。一个人"富"了，不仅意味着他的物质状态改变了，更意味着他的社会环境变了，他的情趣、学识、思想内涵必然也会随之渐变甚至突变。然而，这只不过意味着他的性格而并不一定是道德层面的变化。物以类聚，人以群分；在此前提下，倘若希望别人勿相忘于他的另一方，其地位、情操乃至性格、学养等等仍然在原地踯躅，即"我还是我"，却要求别人勿"相忘"于他，我看未免不太公允，也无实际意义。或许会有一些涵养功夫好的人，虚与委蛇式地与之"勿相忘"，在我看来倒不如"相忘"来得对彼此更人道也更真实些。

或曰，你"富"了，别人尚"穷"，总得理解人家一些，总得恋些故旧之情，帮衬则个吧？这倒不算过分。但这是"相忘"者或原本就不相识者都可以办到的，非一回事。

至于那些"富贵"者，要求他们理解旧友的心理，当然更是合情合理的要求。只不过，这也有个相辅相成的前提，即：彼"相忘"了，也是可以要求您理解的呀。

其实，在有差别社会中，相识又相忘，而后又相识，原是一个再自然不过的规律。与其求别人"勿相忘"，倒不如去求自己的"富贵"与新相知了。

"苟富贵，勿相贱"，诚已万幸。

活　法

世象纷纭，千人千面。有一个人就有一种活法。

而想怎么个活法，从逻辑而言，应是每个个体的自由意志决定的，但实际上自己能决定自己命运的可能是微乎其微的。社会分工、阶级地位决定了个人要改变自己在社会中所扮演的角色是非常困难的。个中原因不是轻易探讨得清的，故不论。我感兴趣的是：一种活法与另一种活法之间的物质差异无疑是明显的，但从人生本质而言，两者间是否也有差异，这种差异又有多大？为人鄙视的引车卖浆者流与人人仰慕的官僚士大夫之间，差异从常理来看也是不可以道里计，但从抽象的、精神的或人生总量来看，两者之间的优劣得失也是可比的吗？能分出孰高孰低吗？我的看法是即使有某种差别，也只是现象上而非本质上的。一个终年穿行于酒山肉海中的豪绅，未必能得到一个风卷残云般消灭一顿粗茶淡饭的力夫那一份口感。一个终其一生埋头街角的鞋匠，肯定没有一个手挽小三赫然出没于豪华宾馆的大腕那样的志得意满，但那位大款，肯定也得不到鞋匠在数着自己一天收入时的那份满足与舒坦。鞋匠的一生很可能是平稳而相对安宁的，大腕则必定是大起大落的动荡不已并且常常是身不由己的。

　　从某种意义而言：人是为期望或曰目标而活的。而目标与期望是无止境的。目标与目标，期望与期望之间又是不可比的。常人的目标在大腕是不屑一顾的；大腕的期望在更大腕眼里又是可笑的。目标或期望又是十分具体的，前一个与后一个之间几乎没有过渡带。一个期望刚成现实，另一个目标又在眼前诮笑。人即又沦入新的不满足。而期望是因人而异的。一个农夫期望的是好收成，这相对比较容易得到满足。但一个万人之上的王公则不同了，金钱美女、宝马香车已不能唤起他的快乐。他要求的是疆域和霸权，然而这一欲望的实现谈何容易？由此而论，或许他的人生比一个农夫还要不幸一些。当然，这要先确定一个前提，当那个农夫连起码的温饱也满足不了时，是谈不上幸与不幸的。且无论如何，农夫的物质满足度总是比王公贵胄的差老鼻子了。物质缺憾不能不算是人生的一大缺憾。

　　或曰：超然世外的僧人，是最不受物质生活左右的，他们的活法可谓最洒脱最理想的了。此言大谬也！且不说终日诵经吃斋的日子是何等单调难耐；这世上从古到今何曾有过真正超脱之人？至少罕见。果能超然物外，所有关于色空的说教岂非都是多余？终日把戒这戒那放在嘴上者，"空"得了吗？而超脱者也总是相对于金钱、名禄、酒色及形形色色的贪欲或某种哲学某种痛苦而言。问题是这个世界上的名山利海实在是太高也太深了。种种痛苦又压根儿就是人贪婪天性的必然产物……

　　如此看来，何种活法更优一些，或是否可说是各有千秋，我还是说不准。

还缺什么？

据一份权威调查称，目前中小学生的"品德缺乏"已达令人忧虑的地步。其根源据称在于家长。"他们只重文化教育，轻视甚至排斥品德教育。许多家长教育子女要学会乖巧，讨好老师；要凶一些，别太老实；别人打你，你也打他……"

的确，这幅真实而生动的当代家庭教育图欣赏起来实在难以令人愉快。如果我们不加反对或纠正，"祖国的花朵"们未来将结成个什么果实，实在堪忧。但如何纠正，如何反对这种不良倾向？是否还得要想想当代的家长们为何突然"众口一词"地只重文化、不重品德起来？须知，作为社会的产物，家长们的大多数未必会希望看到全社会都是些只具文化、缺乏品德的接班人，但为什么作为一个"家庭的人"，就会如此狭隘自私起来？

其实，品德缺乏症绝不是当今时代的暴发症。尽管我们的家长们在他们的青少年时代受到过良好的品德教育，尽管我们这个儒学渊源深而精良的文化古国世世代代都不乏品德家教，但实际结果如何呢？只要看看现在这些"只重文化、不重品德"的家长们就可想而知了——不久以前他们还是青年、还是孩子，他们那时受到的教育不可谓不品德不崇高吧？那么，是什么令他们非但自身且欲令子女也"不重品德只重文化"的呢？

问题的症结显然清楚起来：品德缺乏的岂止是孩子？岂止是家长？而我们缺乏的仅仅是品德或者品德之"教育"吗？换句话说，如果真如那份权威调查所说的改善了家庭教育，孩子们的品德就会稳定持久地丰富优良起来了吗？

当然不无助益。但当务之急或百年大计究竟何在，想必无须我再絮叨了。

证明你自己

绝大多数人是永无面对法官证明自己没有作案时间之殊荣的。但这并不等于我们不需要证明自己。实际上人的一生几乎可说就是一部"证明"史——有意无意间，主观客观里，男人叱咤风云甚至不惜焦头烂额，证明自己是勇者、强者、大丈夫；女人涂脂抹粉、主内主外甚至包揽一切家务，证明自己是贤妻、良母、美人儿。证明的形式、途径千变万化，证明的结果自然也是千姿百态，但却不外乎是证明了自己是什么人或者不是什么人。拿不出好作品，牛皮吹得再凶恐怕也没人相信你是好作家；盖不起房子来，图纸画得再漂亮谅必也算不上建筑师。无论如何，证明自己是个称职的某某家或某大师、某能人是全人类的基本心愿。遗憾的是终有那么一大批人，到头来只能证明自己曾经在这个世上活着。这倒还不赖，活着本身就不是件容易的事，尤其是能够清清白白活一生，某种意义上来论，几乎不失为一介勇士。赖的是还有数量可观的家伙，用他的无赖、歹毒甚或是刀子，证明了自己终于成了不齿于人类的狗屎堆。当然还有颇富幽默感的那些人，其一生好似神气活现的大爆竹，嘭一声蹦上天，大红大紫 30 秒，一头落进粪坑里……

证明的结果证明了证明的前提：差异的产生或许就在于各人心底有没有那个法官——浸透了善愿之良知，富含了文明之修养，饱蕴着进取理想之人格……

愿我好自为之。

一念之差

存在对意识的作用力真是巨大。许多人包括我，自以为是耐得住清贫，甚至常常是鄙薄金钱的。然而每当我置身于富丽堂皇的商场或豪华酒店中，却又常常于瞠目之余，愤愤然地生出一股对金钱的渴欲；尤其是目睹了那种一掷万金以博佳人一笑的颐指气使，充塞我们胸间的竟不仅是鄙夷，还有那莫名其妙的自卑！与其说我们此时倍感金钱的价值，不如说倍觉人格的灼痛；但无论如何，此时仍说我们耐得住清贫，不如说我们耐得住屈辱。心底里，几人不油然生出股到哪儿去大捞一把的邪劲？

幸好，一旦走出那个光怪陆离的世界，我们被一股扑面清风一吹，晕乎乎的脑袋转眼便清醒起来。刚才的一切很快如那座壮丽的大厦一样，消失在我们习惯了的生活之外。我们又心平气和地干我们喜欢干的寡油少盐之事去了。我们毕竟是我们。

也许这就是我们相对于那些明火执仗、打家劫舍者的根本差别之处。回味起来真有点虚凛凛的：恶棍与良民有时竟只有一念之差。幸而这一念中间隔着一条人格与理智的鸿沟。

预　期

我们随时随地都在预期着什么。很少有人想到预期正是我们失望的根源之一。到了山顶我们觉得疲软，觉得旅游其实也并不如想象的那么美妙；结了婚我们又奇怪他或她怎么也有这么多不如人意之处；星期天我们难得与孩子一起去一趟郊外，回来却大叫再也不去挨挤受累、自讨苦吃了……

是的，完全可以接受一次又一次教训而不再重蹈以往的覆辙；然而实际的情况是我们一次又一次地踏上"上当"的快车。支配我们的正是那可恶又可爱的预期。说它可爱是因为如果不是它的诱使与驱策，我们的人生与社会将只剩下一片死灰，爱与情的泉源也将枯竭——如果不是对未来的新的预期，我们如何还有从山顶走回来的力量和勇气？

何妨将预期看作事物的终端？

事实也许本来就是如此，只不过我们的习惯将它颠倒了。

超　脱

超脱，在口头上和书本里是个屡见不鲜的好词。但在人世间，至少我还没有碰着一个真正"超脱"的人。

超脱者也总是相对于金钱、名利、酒色及形形色色的贪欲或某种哲学某种痛苦而言。问题是这个世界上的名山利海实在是太高了也太深了。而种种痛苦又压根儿就是人贪婪天性的必然产物。故而又有超越自我一说，奈何此自我又常常是彼自我的手下败将，超脱云乎哉！

比较公认的超脱者，大约要算西洋的修士，东方的僧尼们了。所有的宗教几乎都给现世的超脱者们一个美好来世的承诺，这就使得僧侣们比较能心平气和地与现世的声色犬马相决绝。遗憾的是美妙绝伦的来世毕竟渺茫了些。故真正能宁神静息苦修到底者又是凤毛麟角。剩下的到底是不是算得上真正的超脱者，我也还是有些疑虑的。夫果能超然物外，所有关于色空的说教岂非成了多余？终日将这戒那戒放在嘴上者，"空"得了吗？

其实，借着一个十全十美的来世，来超脱一个远非理想的现世，这种超脱恐怕本身已难以算得上是真正的超脱了。何况，它比入世者的种种超脱努力实际上是要容易得多。

眼里的世界

时间是心理的。一个企盼情郎的少女眼中死水般凝滞的光阴，步入 30 岁之后，便成了每时每刻都在她镜中簌簌飘落的雪片。

概念是心理的。即便时下最流行而与每一个人都密不可分的"食文化"之谓，在厨师那里是血淋淋的肉块和令他浑身冒油的噬噬烟火；而在餐馆门口的乞丐脑海中，这三个字顶多等于一碟残肴或一大碗他日日渴慕的大肉面。

文艺自然更是心理的了。一部红楼，"经学家看见易，道学家看见淫，才子看见缠绵，革命家看见排满，流言家看见宫闱秘事……"

看来这轰轰烈烈的世界虽说是共性与个性的统一体，但个性的偏执常常却淹没了一切。对于一个乡居老农，你说地球是圆的也好，北极是冰的也好，他只需淡淡扔给你三个字：俺不懂。这地球，这世界，和压根儿就不存在有什么两样？而对于一个终老在都市里的人而言，你告诉他某个旮旯里有那么个老农，和不告诉他有何不同？

如此看来，最热门的理解万岁之类，往往只是种美好的愿望罢了。甚而言之，一旦我们撒手人寰，这个让我们恋恋不舍的世界，实际上也已闭上了眼睛，随了"我"去喽……

癖　好

　　有天我偶然念及张岱的名言："人无癖不可与交，以其无深情也。"不觉愣了一下。总觉得此言不无道理，却不太信服。人生在世，谁能无癖，多少深浅而已。比如有人嗜烟嗜酒，有人痴迷于书，有人发烧于音乐，有人把个茶事琢磨得一佛升天、二佛出世，还有人整天伺花弄草、周游四方或沉溺于网游、网购。顶不济的，还有个洁癖乃至异装癖、丝袜癖、甚而施虐或是受虐癖，这各式人等，哪个无深情，又哪个都能交吗？便是张岱自己，曾自得曰："少为纨绔子弟，极爱繁华，好精舍，好美婢，好娈童，好鲜衣，好美食，好骏马，好华灯，好梨园，好鼓吹，好古董，好花鸟"，那这好男风者，也是随便谁都交得的吗？何况，谁能有他那个财力或闲暇来好这好那呢？

　　倘若换个角度，说一个兴趣广泛、性情执着、处事投入而无心计者值得交，他的生活也会因此愉快一些，充实一些，从而其人生会较一般人理想一些、幸福一些，我以为是有道理的。因为我自己就有所体会。少时我曾酷爱集邮和烟标，为集成一套邮票，可以不惜求爹爹告奶奶、钻墙打洞。得之大幸，不得则如同掉了块肉，有时甚而如丧考妣！一旦觅得只自己没有或稀少的空烟盒，或夜来细细赏玩自己的邮册，那份感觉，有时不亚于土豪们坐拥财城般快慰！可惜的是，"文革"割除了我的集物癖，抄家、下放，邮册等荡然无存，且从此再也找不回旧时狂热。现今我看着周边越来越多的收藏爱好者，交流起来眉飞色舞，说得津津有味，时有艳羡之心。而有人如我同事老张，甚至能奋不顾身跳下工地深坑，从起落的挖机抓斗下抢出块碎瓷片来。于是我也有心玩玩收藏以怡情悦性。可见了那些破铜烂铁旧物什，非但生不出审美心，还常觉腐气扑鼻。有时也想淘点儿古玉啊、珠串什么的，一到那人头攒动的古玩市场，不免又深深狐疑：这些人有几个是真玩家？那铺天盖地的玩意儿中，究有几成真货色？自己没有那金刚钻，还是别揽这瓷器活吧。可见一个癖好要生成，也并非那么简单。内因外因与个性，甚至还有个时代性，几乎缺一都不可。不如有则顺其自然，无则不去强求。事实也只能如此，如我退休后，也曾暗誓要像许多能人一样风雅一把，泼墨挥毫，寄托余生。却发现没点儿童子功，只能在纸上画蚯蚓，于是又悄悄降了温。

好在，是个人就不会一无是处，比如我读书的爱好就还在，闲时写几笔的兴趣亦还有，所以日子倒不至于太无聊。而说到这个，倒也算得份童子功。小学一年级时我便迷上看课外书，家里家外能看的书读了个遍。有回还以请吃 20 根油条的代价，借同学一本《不体面的美国人》，结果还书时无力兑现诺言，让人揍了个鼻青面肿。至于写作，倒要感谢下放，百无聊赖中，想到我读了那么多名家名著，何不也学学他们？而文学本身也独有让人成癖的魅力，一发而不可收。

"有心栽花花不开，无心插柳柳成荫。"癖好啊、兴趣啊、甚至志向什么的，恐怕也多半是这么来的吧？

早餐奇遇

　　说是奇遇，未免夸张。但就我的实际感受来说，那份完全出乎意料的心境，却不啻于一种"奇遇"感。

　　我参加的是巴黎华人旅行社组织的东欧七日游。这种旅行团有个不同于国内组织的出境游之处是，国内团一天三餐都包含在团费中。而国外团可以享受酒店提供的免费早餐，午晚餐都要自己解决，或者导游临时组织大家吃团餐，但要各人自己分摊餐费。

　　这本来没什么，统一吃分开吃，实际的羊毛还是出在羊身上。但也许就是这么个细微的差别，导致某种微妙结果的产生？

　　有天早餐时——须强调的是，这是我多次海外旅游经历中唯一的一次——我走进自助餐厅取食时，发现每天必吃的煮鸡蛋和小肉肠的容器盖上粘着张小纸条，上写几个中文字：请加两欧元。

　　我有些困惑，因为从没有碰到过这种事。有同伴反应过来：意思是别的都可以随便吃，就这两种东西，要吃的话，要在原定餐费标准上，另外现付两欧元。既然如此，那就不吃吧。我嘀咕着取用别的食物。别的食物其实也蛮丰富，咖啡、牛奶、果汁、各式面包和夹面包的黄油、果酱、肉片应有尽有，且有好几种奶酪。但是不对呀，邻桌的外国人，分明都取用了鸡蛋和肉肠。为什么偏偏中国游客要另外加钱？而且，那提示语也只有中文的！莫非……这不是歧视吗？

正在愤愤议论的时候，有同团伙伴伸出食指示意我们，在公共场所低声点。同时告诉我们他的想法，说是这家餐厅的措施虽小气，却也未必算得歧视。他的判断是，这两种食物都是很方便带、也是最多被某些食客带走的。估计餐厅怕吃亏，才出此怪策。而只对中国人，说明这两样食物，我们的同胞消费量较大。我恍然大悟：早餐猛吃一顿，再往口袋里塞几个鸡蛋、肉肠甚或苹果之类充午饭，不是前几天团中常见的现象吗？

我顿觉一阵燥热。随即联想起微信上看到过的，有些外国邮轮的自助餐厅，面对中国游客旺盛的食欲，曾经大呼吃不消……

实在说，写不写这次"奇遇"，我曾很是纠结。这虽非大事，好像也无关道德，但毕竟不是光彩事。况且我并未经过核实，其缘由未必就像我们揣测的那样。没准人家老外定的餐费就是比我们高呢？但嫌我们的标准低，你可不供应那些品种呀，何必出此仅针对中国游客偏爱的鸡蛋和小肉肠之怪策呢？不管怎么说，我最终还是决定记下此事。如果是我有误解，请这家餐厅谅解。如果我们的揣测属实，请某些同胞下不为例。如果根本没什么特殊的，那让大家当个趣闻一笑或闻者足戒，未尝不是好事。你说呢？

骨鲠在喉

这题目听着就让人不舒服，别说真鲠你一下了。偏偏我还常会遭一下这个罪。对，就是爱吃鱼闹的。不少人因此避忌食鱼，我做不到，这不是因噎废食吗？小心点就是。可常在河边走，还真是难免不湿鞋。幸而多数时候发生麻烦也有惊无险。专家反复强调，不能用吞饭团、喝醋的办法来对付鱼刺，那既无用且可能有生命危险。但我这辈子，至少靠这办法渡过几十次危机了。可见专家的话未必要全信，何况这年头的专家，许多都不会说正话了。当然，这话还是靠谱的。土办法能对付的顶多是小刺，大刺或部位特殊的，您就赶紧上医院吧。

比如多年前的一回遭遇，至今我想来还不寒而栗。我们在双沟酒厂开会，一道鲜美无比的乌鱼豆腐汤喝得我眉飞色舞、满头冒汗。孰料乐极生悲，突然又骨鲠在喉。而乌鱼刺有多了得，看官可想而知。更糟的是不但土办法没用，双沟镇医院的医生拿根长筷子探弄了半天也摇头束手。我又惊又疼地强忍了一天，才歪着头，唾沫也不敢多吞地赶回南京。可那时还没有电子喉镜，两家医院的医生又是照，又是用间接喉镜，还用根钢管样的玩意在我喉咙里探得我又痛又呕，甚至还拍了张片子，终于还是取不出刺来。绝望中我又央人找到省人医一位老主任，忙乎半天后，他认为刺可能已掉了，只是受伤处的感觉被精神放大了……谢天谢地，我遵嘱吃了两天抗生素，居然真没事了！其实之前有位医生也说过类似的话，我不敢信。非要听一位"老专家"之言，我才放心。人之心理也如此！

　　然而，近日又一回遭遇就没这么幸运了。给我取刺的也是位"台湾专家"，他辛苦半天也说是再观察两天，没准刺已掉了。可我已如坐针毡地"观察"两天了，坚决要求再想办法。专家说那只有做喉镜。于是我战战兢兢地让护士喷了两回麻药，躺上床去。不料长长的镜管从口腔探进去不到两分钟，就稳稳地夹出一截半厘米长的鱼刺根！哇塞！以往我常觉得人类的发展太疯狂了，现在看，没有科技的发展，哪来现代医学的进步？若无喉镜这发明，真不敢想象我还要受多久的罪。尤其那份忐忑不安的心理，活活能把人磨死！

　　说到心理，不禁又唏嘘：人活于世真是大大不易。实体的骨鲠在喉，还未必是最糟的，精神上那些因种种因素形成的压力、歉疚、良心发现、心理疾患等"刺"儿，一旦扎在心上，可没那么容易取呀！

　　所以为人处世，实在当慎之又慎。不仅吃鱼要多加小心，为人更得修身养性、遵纪守法。尽量少让形形色色的"刺"扎着才是。

看医生

　　看医生这种说法，和看病一样，穷究起来是站不住脚的。你是去求治，要看也是医生"看"你的病。如"打扫卫生""恢复疲劳"之类说法一样，语言学家气死也没用，人们照说不误。没人真有那雅兴上医院玩儿，发烧不过 40 度，许多人见了医生也绕道走，怕他。

　　实质是怕病，怕死，怕不吉利。我倒不怕什么吉利不吉利，却受不了碾人的病痛，有点头疼脑热就要上医院，开点对症的药。出差前也要拿些药备着。"嘴里没有味，下面开个会"，开会岂止很有味，往往浓得过了头，拉肚子之类是经常发生的，防着点好。

　　不仅不怕，我见了医生真有一种亲切感，且还兼有点崇拜式的信赖感。病得哼哼唧唧的时候，一坐到那种戴副宽边眼镜，如从云中俯视般高深的医生面前，病痛便会得着缓解。如果他从鼻子里哼一声："没事，吃点药就好"，说不定连药也不必吃，回家就能吃上三大碗泡饭，霍然而愈。有人说气功治病是江湖骗子的鬼把戏，我则感到不能说得那么死。对于虔信者，那类玩意还真有点效，尤其是对心病患者。早年我下放煤矿时，有个老想上井工作而不得的矿工，常发一种突如其来的"绞肠痧"，痛起来什么药也无计可施。却让一个医生用"刚进口的特效药"，实际是生理盐水给治好了。相反的例子则是：有位患上慢性白血病的患者，缓解两年多了，却因一位医生马大哈，让他看见病历上"白血病"三个字，这位吃得香睡得好的可怜虫立刻神魂颠倒，寝食不安，不到三个星期便上了西天。

现代医学的发达，是人类预期寿命不断延长的根本保证。尤其是诊疗技术的发展，使人类对疾病的认知仿佛从晦暗的地洞里一下子跃升到阳光明媚的山巅。许多先人无法确诊或科学认知的疾病如癌症、心血管病、糖尿病等在血液分析、血压计等烛照下，一下子清晰明了，这就给治疗带来极大的成功率。故如果仅从诊疗技术上说，西医的实用性和准确性是中医难以相较的。中医的望闻问切自然有其独到甚至神秘的优点，然而那套阴和阳，气和血，风和湿的玄奥理论，又多少让你有种摸着石头过河的不踏实感。哪像西医，X光照照，血液测测，就很有把握地告诉你，长了瘤子还是感染了细菌，然后该打针打针，该动刀动刀，一切都这么清晰，准确，干脆，速效！

话也要说回来，西医的诊疗技术乃至设备相当了得，但其本身又充满了过于权威的"科学"式神秘，因而其检察过程及其迅捷得出结论的特质本身，常常又给人心理带来巨大的压迫感。有时候，仅仅让一个精神敏感的人躺进电流声嗡嗡作响的CT机舱，听着那仿佛在脑门上敲打的咔塔咔塔声，就足以让他魂飞魄散，吓出身冷汗来。

对"医"的回避、怨尤根本在于人们对疾病的无知与恐怖，还有对人生无常的本能畏惧。由此形成的与医生、患者间沟通阻滞，又加剧了让人头疼的医患矛盾。所以，如何从医患两方面促进理解，强化医技，整饬环境、秩序，是达致理想医疗之前提。看病效果如何且不论，啥时让人想起上医院不再心悸，便是国人一大福分了。

溃不成军

　　这么说显系夸张，但也确是我每次远游至中后期时的真实感觉。咱们的哪个旅游团出发之际，不像支雄纠纠气昂昂的远征军？其时憧憬也美美、兴致也勃勃而又个个摩拳擦掌。尤其几十只拉杆箱一起咕噜噜滚动，那气势，像不像"车辚辚马萧萧，行人弓箭各在腰"之行伍？当然，采购清单也是长长的一溜，尤其是向海外进发时，完成它的任务可不轻。这也就是为什么几个地方一跑，几次"采购战"一打，队伍多半军容不整、疲态日重乃至"溃不成军"的重要原因。

　　南梁沈约曾有句云："旅游媚年春，年春媚游人。"可见旅游是大美事。从字面看，旅和游也应是不二主题。即以实现游览、观光，尤其是休闲、放松为目的而作的旅行。遗憾的是，我在实际旅游中感受到的，却总与之背离。咱们的首要目的，显然不是什么休闲观光，而是以到的地方多为荣；到了景点则以拍照多为荣。以至所有热门景点，甭管原先多美，实际看到的都是挤挤攒攒的人头和"长枪短炮"，再加各种手机。几乎人人都在争相喀嚓或即时发微信，观景云乎哉。而为了多逛点，喀嚓完就得赶紧驱驰，再到下一点去喀嚓。我总有些怀疑，热衷拍照，内因多少有些人类通病即贪婪，带不走的东西，多照点相也好；此外虚荣心也推波助澜：看看我到过多少好地方吧。殊不知，现今谁没相机或手机，网上图片海了去，亲友们爱欣赏你这么些相片的恐怕不多。而上述过程多累人，可想而知。所以"下车拍照，上车睡觉"就是理所当然的了。只是与所谓"休闲"差之远矣。

许多人眼里的第二大目的及旺盛的热情，是我每每都大为惊诧的。即所谓"穷家富路"——玩命购物、大肆采买。尤其是伟大的、在此方面从不知疲倦的女性们，几乎从第一天就坐立不安了。导游还没来得及煽乎，她们就热火朝天地询三问四了。实际采买一开始，则从世界顶级奢侈品到家常用品如指甲钳、刮胡刀到锅碗瓢盆无所不采、无所不购。冲破做足功课的采买清单是再正常不过的了。所以我常纳闷，国家出台什么不得强迫购物的通知分明多余！反正我见到的从来是旺盛而自发的采购需求。无怪有导游眉开眼笑地夸奖道：旅游购物和日常购物是不同的，它是调剂身心、扩大视野、陶冶情操、享受快乐旅游活动的重要组成部分。

此言或许不虚，然而后果就有些严重。归期前晚你到各房中看看，床上扔的，地上摊的，皆是难以装下的战利品。以致有回在日本旅游时我们的车到大阪就走不动了，因为团中人一气新购了九只大号皮箱，只好再租辆中巴运行李！至于"丢盔弃甲"也很普遍，甚至还有丢护照的。最惨的是，一位女团员竟从行梯上倒栽滑落，所幸仅浑身青紫，人命无恙。绝的是下跌中，其手中的七八个包包都被她死死揪紧且一只没丢！

亲，看看这是不是有点儿溃不成军的意思了？

不成军就不成军吧，咱就是来购物的、"疯狂的"，又如何？谁规定旅游必得是什么模样？也是。自得其乐就好。能安全、有序些更好。

生　活

生活这个词，再寻常不过了。寻常得人们几乎不觉得这个词的存在。虽说理解各个不同，也很少有人细品一下它的意味，但它哪一天不在我们舌尖滚几个来回？有趣的是苏南人还有个引申的说法，他们称"事务""活计"叫"生活"。且有一说："生活，生活，活儿，是生出来的。"意即：活儿、事情是不为人们意志所左右，自然而然生发（牵连）出来的。依我看，不仅其引申意，单从其字面意本身来看的话，这种说法也再精辟不过地触及了生活的本质。

谁也无法选择自己是否被生下来，道理不言自明。但又有多少人能明了自己为什么要这样，而不是那样地活着呢？大而化之地说，似乎很明确：人嘛，不外是为理想，为信仰，为金钱或者是为着一个个具体的目标而活着。但细想想，为什么同样的理想同样的信仰，甚至同样的工作环境下，我们的生活又表现得千差万别，远近高低各不同了呢？原因虽然多得头疼，但也与"生活，生活，是生出来的"大有关系。我们可以闹不清为什么会恰恰生出一个自己来，为什么会不这样而那样地活着，但我们至少可以闹清一个基本道理：

为了活，我们才生下；因了生，我们就必得"活"起来、动起来；怎么活，怎么动是另一回事，但"生活"也就这么有意无意有时甚至是不由自主地"生出来"了……

为了当一名科学家，我们得大学、硕士、博士地拼命读书。为了读书有成，我们得选修更多课目，泡更久的图书馆。这是有意地"生活"；而有了有意的，就必不可免地生出了无意甚至无奈为之的"活"来：为了上图书馆，我们得买部自行车。为了保养好自行车，我们得打点蜡。打了蜡我们得洗手，洗了手我们得修一下那早已漏得不能再漏的水龙头。为修水龙头……天知道我们又得怎么个"活"法！

人生就这么丰富起来了，社会就这么庞杂起来了。至于有人欢呼精彩，有人叫喊太累，有人嚷嚷无奈，有人干脆不哼不哈地从楼上跳下去，那主要因为主观感受的不同。世界、"生活"不会因此而停止膨胀。打个不太雅的比方，我们都有点像一只屎壳郎，推呀推呀，推一生，直到再也推不动那只越滚越大的大粪球……但是且慢，屎壳郎推粪球，活的可完全是一种本能，它可不知道它活得有没有意义，有没有价值（这倒也使它们避免了自杀之类悲剧的发生）。我们可不同，我们至少可以选择推什么样的"粪球"，怎么推才更经济更有效。因此我们活得有了选择，有了意义，有了意义的深浅、价值大小之比较、判别，有了"推"的过程中的酸甜苦辣、美丑喜怒……

看来，生活的面目如何无关紧要，本质还在于：要活出意义来。

时间与生命

　　梁实秋说过："最令人触目惊心的一件事，是看着钟表上的秒针一下一下地移动"。此言不谬，尤其是当你意识到即使你能将这一下一下固执的移动扳停，也丝毫改变不了它昭示的趋势之时。可是，此乃事情的一面；就另一面而言，梁公或许也有盼着钟上的秒针甚至时针一格一格加速掠去的时候，比如等车，比如在车上巴望着目的地。再比如，情人掐算着约会的日子——此时岂止是巴望时针移动，恨不得眼前的日历也秒针般嚓嚓如飞才快慰呢！

　　时间即生命，而生命居然也有一钱不值甚至令人生厌的时候！目的，或曰动机、感情，无疑在此扮演了一个戏弄我们理智的角色。而我们却常常不自觉，甚至自觉了也引颈就戮，甘为其戏！这真是人生中一种奇特而荒谬的悖象。但有何办法呢，没有目的的时间（即生命）再长，又有何趣？而无趣的生命又谈何长短呢？

　　再者，有回搬家，翻出盘旧录影带。上机一看，惊喜交加：相去这才几多年呐，竟几乎认不得谁跟谁了！自己真的曾如此清瘦？妻子真的曾那般苗条？而那小狗般满地乱跑、活泼天真而嬉闹不已的，真是那个头 1 米 8、已然参加工作的儿子吗？

早知道岁月魔幻，沧桑弄人，但浑浑噩噩、明日复明日的蹉跎之中，我们未必察觉得出这种变化。那天天向我们谄笑的明镜，按说是我们最忠实的伙伴，却因其印象连贯而蒙蔽了我们的真实感觉。以致这冷漠无情的录影会备显真实，突兀得令我们目瞪口呆，不知所措！

这也罢了，无论你清晰还是麻木，岁月的驰速或戏剧性决不会因此而受到丝毫影响。那就让我们顺其自然，做一个老老实实的乘客吧。

生命无疑是一条不归河。这种宿命性不仅体现在归宿上，便是那蜿蜒曲折的流程中，那扑面而来、令我们满怀期盼眺望着的良辰美景，岂不也转瞬便成了船尾那飘逝的碎浪？

哲人说，太阳每天都是新的。这没错，但太阳也因此而每天都成了旧的。

每个人都清醒地意识到这一点。我们因此而渴望着更多新的；因此而麻木于更多的旧的；因此而时不时地为之怅惘、焦虑，甚至恐惧。

好在我们不是机械的存在，我们有记忆，有情感，它如银针，像丝线，将散逝的一切都穿缀在一起。寻常看不见，偶尔露峥嵘。在某种相类的生活，某些隐秘的暗示之电击下，它那温馨或酸涩的一闪，竟会令我们宛如重新航行了一回，陡然充实抑或是空虚起来。生存因此而又显现出一种回旋往复甚至无穷的意味。尽管时间和理智总会适时地告诉我们，某些东西毕竟是永远地远去了。

远去就远去罢。让我们像每一个昼夜的轮回一样，轻轻地，潇洒地，道一声再见。实际上，更潇洒地说，应是"世界因我而存在"。亦就是说，我在哪，世界就在哪，何来"再见"？

标语与车贴

　　老夫我已年届花甲矣。从小到大，一直有个鲜明的印象，即标语口号盛行不绝。无论内地还是边疆、无论天涯还是海角，抬头不见低头见，神州处处有标语。从学习雷锋到计划生育，从奥运开幕到贯彻落实什么什么，还有世界什么"日"，如气象日、环保日、水利日之类，总之形形色色、林林总总的标语充斥眼帘，以至国人早已习见不惊，反而视若无睹了。不过，出国之际，我还是会有些异样感的，外国的街头巷尾似乎从没见过标语，他们是如何宣传其主义、动员人民抗灾救灾或显示自己工作成绩的呢？

　　这且不论。有趣的是，在国内时还可一睹高妙、甚或雷人的标语，令人为之莞尔或皱下眉头。比如"垃圾分类，从我做起""发展内衣制造是我们的基本国策""国家兴亡，匹夫有责，计划生育，丈夫有责"等等。还有些乡村常见且格外扎眼的，如"坚决打击流产女婴"，你到底是想打击流产女婴者，还是女婴？如"袭击警车是违法的"，那袭击啥样的车是不违法的？至于"此处大小便者是猪"之类，未免不太文明也未必有什么奇效吧？

所幸，满街形式主义的标语，现在已有所减少。另一种现象渐趋醒目，即开车上路时，断续可见的汽车尾贴。这些东西本质上还是种标语，却多了些人性化而少了些宣传味，内容有俗有雅，但多不招人厌。虽然主题有些单调，多是提醒人注意驾驶、不要追尾的，但多半比较文明且直接关乎开车人利益。话说得也较艺术或形象有趣，是其一大特色。这些简短而别出心裁、富于创意的句子，或幽默，或冷峻，或调侃，或矫情，或锋芒毕露，或意蕴绵长，其效果远胜于直戳戳的标语口号。看了非但不觉刻板或流俗，反让人会心一笑，于紧张、烦乱的行车途中，不啻为一种有益的精神调剂。我颇欣赏这现象，数年来陆续记下不少，择些于此，以飨同感者吧：

> 开车无难事，只怕有新人。
>
> 新手上路，刹车天后。
>
> 新上路，让让我吧！
>
> "距离"，产生美。
>
> 驾校除名，自学成才。
>
> 核弹装置，保持距离。
>
> 吻我一次，恨你终生！
>
> 有本事从我头上过！
>
> 车技差，脾气大。
>
> 新手上路，腾云驾雾，闪开！
>
> 性感小屁屁，谢绝亲吻。
>
> 大龄剩女，追撞必嫁！
>
> 招手即停，仅限美女。
>
> 车与老婆，概不出借。
>
> 脚下三个踏板，到底哪是刹车？
>
> 我是出来打酱油的。

　　奥拓、宝马，无非都是代步工具，为什么不能自豪？

　　后轮爱上前轮，可他知道他们永远不可能在一起，所以他就吻遍她滚过的每一寸土地……

借点水

"子在川上曰：逝者如斯夫，不舍昼夜。"

孔子喟叹的是流水般义无反顾的时间。其实那"奔流到海不复还"、大量白白流失的逝水，亦足让人叹惋。科学和现实早已证明，水不仅是地球上一切生命之源，亦是维系生命、繁荣种族和国计民生不可或缺的血脉。所以古来人类都逐水而居，为水而歌亦为水而战。一切生命都对水有本能的亲和。当然，这是在其平静温婉之际。水的天性是双面的，既能载舟，亦会覆舟。恣性肆虐起来，鬼神亦要为之战栗，人则或为鱼鳖。而水资源，尤其是淡水在地球上分布极不均衡，我国亦甚。旱的旱死了，涝则涝死了。倘能天人和谐，"环球同此凉热"，岂不要太理想？

水利应运而生。从远古的大禹到历代帝王，几乎无不重视水利，某种程度上说，中国的文明史也可说是一部水利史。如乾隆皇帝六下江南，四次都在宿迁驻跸，为的就是督导黄淮水利。他还钦敕宿迁建了座我所见过的最宏大的龙王庙，殷殷之情可见一斑。但囿于时代和政治、科技、国力等制约，古来的水利成就虽不乏鸿篇华章，总体还很有限。新中国成立，尤其是改革开放以来，中国的国力和科技水平突飞猛进，水利成就才掀开了划时代的巨篇。典型的如三峡水电，还有前无古人的南水北调，都是"当惊世界殊"的杰出工程。而三峡的总投资是两千个亿，南水北调初步预算即达五千个亿！

早在开国伊始，毛泽东对水利的重视就提升到国家战略的高度，其对黄河、海河、淮河、长江等治理做过的多次指示、题词，举世共瞩。耐人寻味的是，毛泽东这位极具浪漫情怀和诗人气质的领袖，经常口出豪言，坚称人定胜天且"与天奋斗，其乐无穷"；"安得倚天抽宝剑，把汝（昆仑山）裁为三截，一截遗欧，一截赠美，一截还东国"……如此气魄盖世的他，在南水北调问题上，却体现出特别的科学与务实精神，出言相当审慎："南方水多，北方水少，如有可能，借点水来也是可以的"。他不说拿来，他说借；他不说定能胜天，而说如有可能。而借，则意味着协商，意味着对自然的尊重与讲求工程的科学性；还意味着，天道好还。把南水"借"给北方并不是单方面受惠的，而是通过对水资源的合理整合，实现南北互惠的战略目标。事实上，南水北调战略构想与实践，就是一个严谨而符合科学发展观的、立体而系统的全方位工程。如我省南水北调工程，通过开挖新河道，拓疏大运河，把富余水源济向京津的同时，不仅可极大方便北方的粮食，煤炭、矿产等南运，还在漫长而广袤的周边区域收获了旱可灌，涝可排，污可治，物可运的综合成效。实为一项利人利己的双赢事业。

因为充分尊重自然规律和实际条件，南水北调工程从1952年构想以来，历经了长达50年（其间也有政治干扰和各种合理争议因素）的缜密论证、筹备，终于于2002年在东线和中线破土开工。由于早在20世纪60年代就有了引江北济工程，我省的南水北调成了全国先行者和初见成效者。全部工程按计划在2013年底完成，而当我有机会沿江都、淮安、宿迁、徐州沿线考察之际，欣喜地发现大部分工程已高质量而卓效地完成。水更清，河更宽而星罗棋布的泵、闸、枢纽大部已投入运行。尤让我感慨的是，这项在江苏境内建设输水干线达 404 公里，修建九个梯级大型泵站群、扬程达 65 米的宏伟工程，表面却看不到如大型电厂般的壮观设施，也看不到千军万马挑河工的热闹场面。这自然因为是机械化作业和工程将竣；也因其所有工程，大都如同其巨型水泵一样，显露地表的仅部分电机、主轴、泵机、叶轮等百分之八十的设备都深建在负数层的水下。这让我联想到在淮安看到的一座铁牛雕塑，古人靠它来镇水，实际上起作用的唯有人。而铁牛无意中成了世代水利人埋首苦干、坚韧不拔、默默奉献精神的象征。正如一个老水利人说的：“别人刮风下雨是往里跑，我们刮风下雨是往外跑”……

此言是矣！我在为南水北调这一历史性伟业欢欣鼓舞之际，亦对厥功至伟的水利人对国计民生的杰出贡献充满敬意。纸短情长，且再占四句，聊表寸心：

由来旱涝最桀骜，龙王束手铁牛沉；
而今春风度玉门，南水济得北国春。

高　铁

"朝辞白帝彩云间，千里江陵一日还。"

豪放而富于奇思瑰想的李白，可曾想到，千年后之今天，即便其浪漫到夸张的想象，也早成了小儿科？千里往还，别说飞机，便是地上的高铁，也只是一个多小时的事儿。

今天，高铁已然成了方今多数人出远门的首选。

而从历史来看，铁路在 19 世纪初便在英国出现。直至 20 世纪初发明汽车，铁路向来是陆上运输主力。其质的飞跃，标志便是 1964 年日本新干线高铁，时速也从 2 百公里发展到 3 百公里。随后法、德、意、英等欧洲大部分国家和美国，都大规模修建高铁并逐步成网。中国高铁开通虽晚，却因后发优势而很快居于世界先进行列。

与世上最快的交通工具飞机相比，高铁没有那么快的速度，也无法掠越高山大洋，然而其舒适度已不逊飞机，载客量则飞机要拜下风；速度也慢不到哪去了（法国高铁时速最快超过 5 百公里）。尤其是准点率。乘飞机者，谁没有早早就得往机场赶，却常遭遇晚点或关进飞机苦等多时的不堪？高铁则几无晚点的。再者，虽然我相

信飞机的安全率是所有交通工具中最高的，但还有许多人不由自主
地为自己孤悬于云中而忐忑、战栗。而高铁给人以"脚踏实地"之
慰。

　　所以，每当我坐上宽敞舒适且又相当平稳的高铁，轻抚着洒在
身上的阳光，心中常会一派明媚。生于这么个来去如飞且轻松自如
的时代，我真算得是有福之人了。

　　现今的高铁，速度仍有提升的空间。环境与服务则还有待更上
层楼。譬如我在乘坐中多次遇到有不少人站着，其票价却与二等席
相同。这显然不合理。而高铁似乎也不应有站客。因为其在客观上
影响了整体观瞻和其他旅客的空间舒适度，且未必安全。再如高铁
不卖方便面而盒饭很贵等，也令旅客诟病。我最失望的则是，以高
铁的档次和票价，车上的创收意识似不应太强。然有的车次上叫卖
声却不让普通列车，几乎不绝于耳。有时我很想打会盹，耳畔却冷
不丁响起阵"啤酒、鸡爪、牛肉干、香辣鸭脖、花生米"；且一会来
吆喝一通咖啡、水果，一会又来叫卖一番哈根达斯冰激凌，你还让
不让人合会眼呢？

抢票记

　　许多人相信，命运是天定的。因而习惯于"听天由命"、随波逐流。我则觉得"事在人为"。人生是一拳一脚去踢打、一针一线去编织出来的。当然，时机、境遇也是决定因素。所谓"时势造英雄"也。比如互联网时代之前和之后的社会和人生，无论你个人能耐如何，其差别何止云泥！互联网这已然无所不包、无所不为的魔术师，早已出神入化地几乎重组和左右了地球村与个体的方方面面。

　　即如买张车票这么个小细节吧，也充分体现了互联网的神奇所在。你想，往年我们要买张票得遭多大罪？小品中那个为夸个海口不得不裹上军大衣，去通宵排队为人买票者的事，毫不夸张。而今呢？你只需在手机上轻点玉指，不仅本地，全国任一地的往返车票，尽在须臾间搞掂！当然，遇上春运或长假，购票网也往往奈何不了那份中国式拥堵，但它依然能给你提供许多昔日想都不敢想的机会。使我们的生活也多了份意外纷呈的惊喜与可能——这个长假，我早早开抢，顺利订到3号到秦皇岛的高铁。然而返程票不仅7号，8号、9号的都毫无踪迹，只订到7号清早9点到北京的普快。行程4小时，还无座。再订到晚 9 点北京到南京的高铁，4 个多小时。这样，去时仅 5 小时多的行程，回来要花 15 小时，且要先站数小时，再倒车。

所幸，如今买票不必亲往车站，网上改、退也很方便。那么何不再试试别的路径？比如，没有直达南京的高铁，但到中途的天津、北京、德州等有没有呢？一试果然发现，人生中固然有许多铁壁一般的绝望，却亦有更多只要我们努力它就出现的希望与机会在，只不过它们喜欢猫在转角处，等着你去寻觅！第二天，我们就改订到从秦皇岛到天津的有座车，再从天津花半小时转北京，就可坐北京的高铁回南京，这样全程有所缩短，还免于挤站之苦。再一日，居然又搜到（显然断续有人退票）有天津到德州的高铁了，而德州到南京一段虽然无座，但高铁环境宽舒，再站两个多小时也不可怕了。何况这就不用再赶往北京转车了。但既如此，有没有更理想的途径呢？果然还有！5 号那天，我们居然发现并抢到直接从秦皇岛到南京那趟高铁到天津的票。就是说，我们不必先从秦皇岛坐普快到天津再去转高铁，而是直接上高铁，直接到南京，只不过途中在天津后要补站票，站上 3 个多小时，但全程却可从 10 来小时一下子缩短到 5 个多小时！

欣慰之余，毛泽东的名言忽又浮上心头："最后的胜利，往往产生于再坚持一下的努力之中。"对啊，反正是在手机上鼓捣，那不到最后时刻，就继续鼓捣呗……就在 7 号去秦皇岛车站的路上，手机上赫然又跳出这样的提示：你订购的 G1222 次秦皇岛到南京 2 张，购票成功一张……哇塞，尽管有个人仍要在天津后补票，毕竟又比原先有了很大进展！更重要的是，那份于无望后不断萌发的希望与意外之喜，给我们平庸的生活增添了多少情趣和启示！而这一切变幻，在网络时代前，哪怕你把脑筋转断了，谅必也想象不到吧？

第四辑

行　吟

你的风情我的眼
——窖湾书简

各位亲：

　　……正如新闻所言，我参加了江苏省旅游局、省作协和扬子晚报联办的"名家、名作、名街镇"全国作家江苏采风活动。活动精选了全省有代表性的 18 处著名街镇，由作家们分头前往采访。那么，能猜到我的任务是采写哪个名街镇吗？

　　呵呵，今夜我在徐州。在她所辖之新沂市的窖湾古镇。

　　这个地点，是我自己选择的。

　　因为一提及窖湾，我的眼前即刻闪现出多年前，那个胸臆间弥漫着浓浓古风和淡淡春意的晚上。我乘着酒兴，撑着雨伞，独自穿越婆娑于大运河畔的柳荫，漫步到青石铺就、曲曲弯弯的小街上。街两畔，幌旗飘摇。店铺间，灯红酒绿。房子则全是高低错落的小瓦青砖、飞檐翘角的古民居。妙的是那份令人难忘的意境：缠绵细雨不绝如缕，一路追随着我。密集的水珠在伞尖上沙沙流淌，仿佛在和我娓娓絮语。这美妙而醉人的"杏花春雨"时节呵！虽不在江南，但那氛围、那建筑、那动人的情韵，却和我江南的故乡，有着太多的相似。以致我乘兴吟就一首小诗。其中这么几句，至今记忆犹新——

> 燕尾剪断了严冬，
>
> 嫩柳编出个新春。
>
> 我忽然缅怀姑苏的春雨，
>
> 分外柔、分外亮、分外亲昵。
>
> 今夜我又在遥远的雨巷，
>
> 和那伞沿的雨珠谈得多么投机！
>
> 窖湾雨呵，多谢你给了我
>
> 梦中的童年……

一晃，这么多年过去了。窖湾，你一定出脱得更为妩媚了吧？

今夜无雨，却有一轮大大的月亮，早早地浮上了柳梢。那么圆、那么亮、那么多情！老熟人般，冲着我微笑。"太阳底下无新事"，那么月亮呢？亘古如新、阅尽古今风情的明月呵，在你眼中，那环镇而去的千古运河，那尾灯闪烁的长长船队，是不是也一如既往地流向远方？只是在我看来，河畔的老杨树，明显地高了、大了，繁茂得多，也似乎更好客了。而纵横交错的街巷也修葺一新。街两厢的货栈、钱庄、当铺、丝绸店、药店、酒馆、名人老宅和博物馆也明显增多。鳞次栉比的店铺和窖湾特产、名品一如既往地古色古香。比如，多年前令我叹赏不已的，上百口宛如戴着巨大斗笠的"窖湾甜油"的酿缸，犹在大院中散发着清香。比如，我当年品尝的清甜绵长又具滋补作用的"窖湾绿豆烧"，今夜又令我有几分贪杯。这一切，都使得印象中的窖湾古镇变得更有韵味也更富古风了。

有道是，"月上柳梢头，人约黄昏后"。瞧那些红男绿女，也分外情意缱绻呢。显然，他们有的还是从千里之外自驾而来的，车一停就相依相偎、窃笑着隐于华灯齐放的老街之中……

对了，现今喜欢窑湾的人不在少数，但知悉详情的未必很多。那么，何妨就随我抚今追昔，四处看看？

窑湾的地位颇有得天独厚之处。她位于徐州新沂市的西南边缘、京杭大运河及烟波茫茫的骆马湖交汇处。横亘南北五省的大运河，在这个地方自北向东拐了个弯。久而久之，这个湾子便形成了一座繁荣的古镇。当地人善于利用特有的淤泥烧制黑陶，制作陶缸、陶罐盆等生活器皿；湾子里分布着方圆达 20 余里的窑群，窑湾地名也因此而来。

三面环水的窑湾，又与宿迁、睢宁、邳州一水相连，是一座具有千年历史、闻名全国的水乡古镇。从空中鸟瞰，其形宛如一叶扁舟，生机勃勃地穿行在历史的云水之间。据典籍记载，窑湾始建于唐朝初年，是京杭大运河上的主要码头之一。明清漕运和海运鼎盛时期，曾扼南北水路之要津。方圆百里的农副产品大都集中在窑湾装船远运，从南方水运北方的棉布丝绸、火柴煤油、食品卷烟等生活品，也多在窑湾转运各地。有的还远销南洋、日本等地。

"日过桅帆千杆，夜泊舟船十里"。水运的兴盛带动了商业的繁荣，小小的窑湾古镇，曾设有 8 省会馆和 10 省商业代办处。著名的有山西会馆、苏镇扬会馆、福建会馆等。

交通便利，经济又发达了，美国、英国、法国商人以及意大利也纷纷来到窑湾经商。先后开设了美孚石油公司、亚西亚石油公司和五洋百货公司。外国的汽艇、国内的小货轮在窑湾码头来往穿梭，使窑湾古镇又有"黄金水道金三角"和"小上海"之誉。

窑湾历史上虽是集镇建制，但有个全国少见的独特之处，她是一镇两辖，分别由邳州和宿迁管辖。以至有镇右犯法的案犯，逃到镇左便可无事之说。镇内由东宁、中宁、迎熏、西临四大部分组成。分别以东西两大街为经，南北两大街为纬，连通其他街道相互交错，并在各交叉口建过街楼一座，互相响应，构成极具特色之格局。

窑湾之古风，主要体现在建筑风格上。其主流是明清时期的南北交融风格。山西会馆和山东会馆庄重宏伟，是中国古代建筑艺术传统标准模式。福建、江西会馆则在南方园林布局结构上注入了新的活力，富丽豪华，生动活泼；山西人住房布局结构严谨，呈现山西古建筑特色——"天井院"；福建住宅则仿南方园林式建筑，整体砖木结构，青砖小瓦，院落宽大。如历史建筑吴家大院，有四进院落，是古镇保存最为完好的古宅院。

江西、福建、苏镇扬人住宅多注重室内装饰，多悬挂家乡名人字画。此外还有大户人家所建的北京四合院构造、欧洲宫殿式小洋楼，甚至还有座相当宏伟的天主教堂，为典型欧洲哥特式建筑风格。

徜徉于斯，我不由自主地感受着一波波心绪来袭，仿佛时间的指尖，轻轻地划过我的胸臆。当年辉煌处，而今人安在？唯一确信的是，光阴历来是位独行侠，匆匆地来，匆匆地去。留下的也许是迷茫，也许是惆怅，也许是怀恋，还有那风烟斑驳的遗痕。好在，建筑是久远的，历史是不朽的。是是非非不重要，古老的记忆终究会在后人的情感中复活、长存……

古老的地方自有古老的故事，窑湾的历史也自有她众多的可圈点之处。比如，她亦曾是军事重镇。韩信点将台、楚王城楼、关羽马槽等遗迹，见证了窑湾的古代战史。而今天，弥天战云早已消散，但许多军事建筑风韵犹存，亦成为窑湾古镇的特色建筑。如镇上建有城墙、城门，还设有18处军事哨楼，7座过街哨楼。护城河上仍建有吊桥，四面城墙还设着8处炮台。总之，到处是高墙深巷。外地人初来，恐怕会在大白天迷路。据说，清道光年间，窑湾人臧位高、臧纡青，还曾在窑湾建造了砖石结构奇门遁甲的八卦迷宫阵，以防犯太平天国军的进犯。

概言之，迄今保存完好的窑湾古镇，"形胜之美称于江淮"。

古建筑遗产丰富无疑是其一大特色。而窑湾还是大运河文化的象征。其建筑特点既不同于北方的四合院，也不同于江南的小桥流水，体现出街曲巷幽、宅深院大、过街楼、碉堡式等特色。古民居、古街道、古店铺、古码头、古遗存，铸就了窑湾古镇的文化品位与文化内涵，是古运河文化在民间传承的真实写照。而从人文来看，窑湾亦不让别处。岳飞、朱元璋、史可法、乾隆皇帝等不同朝代的历史名角，都曾在窑湾粉墨登场或留下足迹。

细细地揣想当年的人情世态，是不是有一种物是人非却又令人神往的况味？

令我饶有兴趣的，还有窑湾的邮政史。这也是她的一大特色。

众所周知，通信是人类生活中不可或缺的基本需求。杜甫的"家书抵万金"，无疑是其重要性的最好写照。而在我国历史上，除了军事驿站外，正规的民间邮政，始于大清邮局。但窑湾邮政的创办比当时的大清邮局还要早，距今已有 100 多年历史。这与当时窑湾发达的经济和密切的人际交流分不开，也与窑湾邮政史上一位重要人物叶竹三分不开。1874 年，窑湾商人叶竹三率先在窑湾开设了民信分局。而这个时日，与万国邮政联盟在瑞士成立的日子几乎同步！

有意思的是，此来窑湾，我所下榻的宾馆，便叫作"龙舟驿客栈"。它建在历史上真实存在过的清代驿站的遗址上，距今亦有 3 百多年历史。信步馆驿，但见院内亭台楼阁、曲桥流水。成群结队的游鱼，红红黄黄地在假山石下优哉游哉。置身其间，仿佛已穿越至古驿当年的盛况之中。那后院按真人比例铸造的驿人驿马的铜像，栩栩如生。顿时将我引向动辄便是马蹄翻飞、鞭声阵阵的岁月——

"一骑红尘妃子笑，无人知是荔枝来。"（杜牧）

"折梅逢驿使，寄与陇头人；江南无所有，聊赠一枝春。"（陆凯）

两诗皆与驿使有关，也皆蕴寓着浓郁的挚情。只不过后者让人温馨、释怀；而前者令人悲凉、怅伤——试想，滚滚烟尘之中，一骑快马流星般驰来，那驿卒稍事喘息，又飞身上马，加鞭疾去。那马儿犹在厩中喘息，早已汗流浃背的驿卒却还得披星戴月，甚至冒着战火流矢驰往长安。古驿三十到六十里一设，从岭南到长安少说也得两三千里，得换多少匹快马，抽多少道重鞭，才能让新鲜如初的荔枝及时运达。而其所为，只是让唐明皇博宠妃一笑！念此能不让人肠热齿冷？能不让人想起戏诸侯的褒姒，能不让人为那想必有不少累毙荒漠的人和马扼腕三叹！

当然，古驿的功能与价值绝不止于满足帝王私情或"聊寄一枝春"，驿站是古代官办飞报军情、递送仪客、运输军需的机构。历代王朝都十分重视邮驿，称之"国之血脉"。故古代驿吏属国家编制的准军事人员。一遇急事和战情，则快马飞骑，八百里加急，驿路风尘，朝发夕至，完全与军事行动无异。若无它编织的通联网，帝王与统帅纵使能运筹帷幄，又岂能决胜于千里之外？

不意窖湾，亦曾是天朝神经网络中举足轻重的一结……

各位亲：逛了这一遭，不知你们有没有和我相类似的感受。反正我今夜在窖湾，虽然是身在异乡，却丝毫没有疏离之感。相反，许是多喝了几盅"绿豆烧"吧，反而有一种莫名的亲情感，抑或是思古之幽情吧，充塞于臆间，思绪久久不能平静。我仿佛刚刚意识到：一个人，在他人生的旅途中，无论背后的烟云有多浓厚，无论脚畔的收获有多丰硕，亦无论前头的景致有多繁喧；在他心灵深处，最渴望的，有时不过是一小块澄澈清宁的净土。像他故居的老屋，似他记忆的童年，或者想象中的桃源；好供他疲了、乏了、累了、烦了或喜极悲绝时憩一憩，静一静，缓一缓，靠一靠——说这是怀旧也好，道这是思古也罢，终究是人人能够理解的情愫……

然而，当代的都市中，又有几多这样的净土呢？而窖湾，又是多么宜于做我们心灵的憩园呀！

其实，这是我多年前初次踏上窖湾时，就有的想法。记得那回是坐着大客车，从一条不太平坦的乡村公路颠簸而来。虽然疲累，但沿途弯弯曲曲的河道，曲曲弯弯的岸陌，还是让我觉得胸襟大开。而此来则更有一番新光景。从新沂到窖湾的土路，早已变成崭新而宽畅的一级公路。行程既快，衣襟里还灌满新稻初刈的清香。还有那河网边飘摇的芦絮，似乎无边无涯的漫延……交通如此便捷，风情又如此古朴。如若我将来老了，能在这样的地方租一所小宅子，静静地读一点书，幽幽地回味一下人生，该是相当惬意的吧？

人声渐稀，市声渐杳，我却仍无倦意。于是披着幽幽的月光，到古运河边盘桓。风很轻，水面很静。远处星星点点的渔火也昏昏欲睡。我不禁想起马斯洛关于人的论断。他认为人的性格发展中最高的层次是自我实现，而次一层的就是美的需求。按理，社会的发展也同样不应该忽视美的需求，遗憾的是，在什么是美上，社会往往步入误区，总以为高楼大厦，香车宝马才是美好而理想的。而相形之下，我们却不难发现，如窖湾这般古朴、隽永而雅致的境界，才真正是心灵所钟情的美。

偶一抬头，月亮已穿过柳梢，高高地挂在淡淡的彩云间。阅尽万古的明月呵，你这是在看我吗？

面对着今世今夕之人间，你又会作何感想呢？

皎月无语。但她那漫天银辉，在我看来，却清楚地昭示着什么。

恍然间，便又想起了张若虚的《春江花月夜》——

春江潮水连海平，／海上明月共潮生。

滟滟随波千万里，／何处春江无月明……

江畔何人初见月？／江月何年初照人？

人生代代无穷已，／江月年年望相似……

历史以新沂行走

　　"秀才不出门，能知天下事"。此言不无道理，多少也透出秀才们的矜夸与浅薄。毕竟，"纸上得来终觉浅"；毕竟，纸上演绎不了整个天下。何况，"不是我不明白，这世界变化快"呀。

　　说起来，这点儿小小的感悟，也是我到了新沂才油然生发的。

　　身为江苏人，对新沂我本不陌生。知道她是本省的北大门，地处苏鲁两省交界、徐州治下的一个县级市，走起来距南京也不过3个来小时车程。可因为从没有去过，印象中一片模糊。甚至还多少有些轻漠，想当然地以为，作为江苏欠发达的苏北之北的新沂，恐怕不过是一片灰茫茫的穷乡僻壤而已。孰料到了新沂才知道，一个人的思维定势是多么可笑。且不说历史，就是今日之新沂，也早已是地位独特、经济腾飞、人气旺盛而城区开阔美观的一大重镇了！论交通，她是亚欧大陆桥东起第一座交通枢纽城市，公路、水路四通八达；周边80公里范围内竟有徐州、连云港、临沂三处机场。论经济，新沂是苏北县域经济中工业基础较好的城市，恒盛化肥就是苏北地区最大的尿素企业，年产量超过35万吨。新近引进的徐州市重点招商项目江苏斯尔克化纤纺织公司，一个企业总投资就达 12 亿元。论物产，新沂素有"一山一水八分田"之称，是国家重要农业生产基地和全国绿化造林百佳县。依托波光浩渺的骆马湖形成的水产养殖面积超过 30 万亩，居江苏前十名之列。而若论新沂在全省乃至全国发展中的战略地位和前景，则更令我咋舌：早在 1993 年，著名社会学家费孝通就曾专程到新沂调研，预见新沂必将成为我国新一轮发展的热点地区。近两年来，江苏省委对新沂更是倾注了异乎寻常的关注和支持。省委书记李源潮同志四次视察新沂，要求新沂发挥区位优势，加快发展，建设成为"东陇海线上第三大城市，第三大工业城市"，相对于江苏这样一个发达省份而言，这是何等宏伟而令人鼓舞的战略目标啊？

然而令我震撼的还不止于此。作为一个文化人，当地的自然、人文景观无疑是最能吸引我眼球的。说来汗颜，我是到了新沂才知道，这是一块历史人文积淀多么神奇而丰厚的土地：早在一万年前，这里就留下了古人类活动的足迹。已出土石、陶、玉等文物 1 千多件的花厅古文化遗址距今亦有五千多年。被誉为苏北周庄的千年古镇窑湾，浑如一首古风盎然的怀旧诗，流连于风清月白的骆马湖畔，可谓现代都市文明间难得一遇的世外桃源。山水相抱、沟涧纵横、融自然景观与人文景观于一体的马陵山，曾被乾隆称为"第一江山"；而说到马陵山，你也许会如我一般漠然。但若提及"孙子兵法"及孙膑与庞涓这两个名垂千古的军事家的大名，说起孙膑以增兵减灶等大智大勇灭恃强逞骄之庞涓于斯的那场著名战役，那马嘶人吼、刀光剑影的铁血悲歌，是不是也会赫然重现于你的眼前？

没错，中国军事史上最著名的战役之一"马陵之战"，就上演于新沂至郯城一线的马陵道中，而自以为算个秀才却孤陋寡闻之我，直至身临新沂之日，才刚刚弄清这点！不出门的秀才们，还是不要轻言什么能知天下事为宜哪！

看来，欲知天下事，不仅要"读万卷书"，更得"行万里路"才来得可靠。其实，人生在世，想活出点意义或生出点价值来，就得追求点什么，要追求自然就得"行"、就得"走"。此可谓人生一大特征。至于行走的哲学本质，台湾诗人楚戈说得绝妙而精辟："人以双足行走，蛇以身体行走，花以开谢行走……生以死行走，有以无行走，动以静行走，诗以文字行走，行走以行走行走！"

至于古老而年轻的新沂，倘其固步自封，焉有今日之辉煌？而哲人有言："一切历史都是当代史"。换言之，一切当代史也无不折射着历史的光辉。从这个意义上说，新沂是以其丰厚的人文积淀"行走"，而其日新月异的历史，又何尝不在以新沂"行走"？

小巷深处

　　"苏州，这古老的城市，现在是睡熟了。她安静地躺在运河的怀抱里，像银色河床中的一朵睡莲。那不大明亮的街灯，照着秋风中的白杨，婆娑的树影在石子马路上舞动，使街道也布满了朦胧的睡意。城市的东北角，在深邃而铺着石板的小巷里，有间屋子还亮着灯……"

　　这是陆文夫在其名作《小巷深处》的开场白。之所以想起这段话，是因为我现也在苏州，在那不大明亮的街灯下，漫步在"深邃而铺着石板的小巷里"。只是，时近晚上9点，许多地方如城东南的吴衙场、叶家弄一带的小巷，确很安静，也很美。小河拱桥，路灯幽幽，沿河铺展开去的也多为改建过的一幢幢漂亮的公寓楼，掩映在"婆娑的树影"中。只是当我步入南石皮弄这一带九曲回肠似的弯弯小巷时，发现这里的巷子深则深矣，却毫无睡意；也远非"有间屋子"，而是几乎间间屋子都亮着灯。屋里大多是外地来做玉石加工生意的商户，其中有很多高鼻深目的新疆人；不少人还埋头于小机床前琢磨玉石。使我惊讶的是，这密集的商户租住的房子，还多为儿时的模样，巷道逼仄，有的仅容一人通过；房屋狭小，有的仅有几平米，且家家都挤满人和杂物，转个身都不易。房型则多是几十年前甚至可能还有民国时的两层矮楼，风味倒是相当独特。小瓦翘檐、木格子花窗或老虎天窗随处可见，只是多已老旧，泥墙斑驳，令人联想起鸽子笼。这样的地方很适于我这样重回故里者或游客怀旧、叹古或照相，住人则怎么也算不上合宜了。不禁暗自诧异，贵为"天堂"、富甲天下的苏州，经过几十年的改革发展，大拆大建，居然还有这样大片的"贫民区"存焉？冬天还好，到了夏天，住这里怕要中暑呢。何况，住此者再有钱也没法提升生活，如开车，曲巷幽径中，自行车都难过，遑论汽车？好在，一个本地人小店主期盼地告诉我：再熬熬吧，早晚总要拆迁的……是呵，房价腾贵之今日，拆迁可谓大多数老百姓改良居所的迫切愿望。但从传统或文化保护角度想，这样的拆迁多少有点让我遗憾，恐怕也会让许多文化人难以接受吧？然再想想，传承与发展历来是一对矛盾；且从历史来看，这些老城区的风格，也是不断变迁、演化而来，汉是汉模样，唐是唐光景，并没有一个固定不变的"传统"或文化在。而那些蜗居在此地的人，显然无不"穷"则思变；那些疾呼保护者之流，包括我，恐怕也没一个住在或愿意长住这种小巷了吧……

再说那么些外乡人吧，他们究竟缘何来到此地？又打算居留多久？或是真像毛姆说过的："有时候一个人偶然到了一个地方，会神秘地感觉到这正是自己的栖身之所，是他一直要寻找的家园。于是他就在这些从未寓目的景物里，从不相识的人群中定居下来，倒好像这里的一切都是他从小熟稔的一样。他在这里终于找到了宁静。"

真是这样的吗？

阳澄三叹

谚云：秋风起，蟹脚痒。我倒觉得称"人脚痒"更恰切些。这些年哪待秋风起啊，三伏里就有人念叨着要去阳澄湖吃蟹了。其实如今哪儿没蟹？甚至四季都有蟹吃。可不成，人们偏偏对阳澄湖情有独钟。蟹季里高速公路上车如流水人如潮，日日夜夜流不歇。来客近至上海和江浙，远至港澳和日本，许多海外旅游团打的就是食蟹团的旗，那个闹腾，那份繁荣！正所谓"未识阳澄愧对目，不食螃蟹辜负腹"呀；要食就食最好的，谁不道阳澄湖水质清澄，水草丰茂，是螃蟹生长的理想之地。谁不道阳澄湖大闸蟹那与众不同的四大特点，什么青背、白肚、黄毛、金爪呵，什么阳澄湖蟹个大生猛，放在玻璃上都能八足挺立，双螯腾空呵，津津乐道的结果是，"阳澄湖"几乎就成了大闸蟹代名词。而品蟹、赏蟹、咏蟹、读蟹已蔚然而成阳澄湖特有的文化氛围。食蟹固然多味，领略那份独特的氛围岂不别有情趣？无怪人们趋之若鹜。尤其在以对外开放，经济腾飞名震中外的昆山，巴城镇上更是早已形成多处名声赫赫的大闸蟹美食圈。到了美食文化节时，满街都是吃蟹人。张牙舞爪向大蟹，满嘴流油满湖香。哦，那一份鲜红，那一份异香，那一份诱惑，那一份美呵！来得最多的要数上海人和在上海周边的台商了。以致巴城人有一说是：来昆山的台商多半是大闸蟹做的"媒"。他们在巴城"食蟹过后百味淡"，于是对昆山魂牵梦萦，为饱蟹福，干脆投资到昆山，使昆山成了在大陆投资台商的热土。

此说未必全面，但大闸蟹对昆山经济腾飞之促进却是不争的事实。当然，蟹文化如此繁盛，说到底还得感念阳澄湖大闸蟹独特的味道，更得感念这经济盛世，否则何来这般红火？而小小螃蟹，大大的牺牲。不仅为昆山之旅游、经济打开又一条独特的上升通道，而且还大大升华了我国的食文化。功莫大焉！

不过就我而言，阳澄湖之美又岂止在蟹？打从80年代起，我就有幸多次叹赏那风韵不让西子的阳澄风光。尤其仲春时节，放眼望去，湖畔触目皆是一方方浓郁而娇黄的菜花；蜜蜂吃力地嗡嗡着沾满花粉的翅膀，出没于粉嘟嘟的花蕊间；风也像喝醉了，懒洋洋的晃悠着。而密如蛛网的支流河荡，橹声欸乃；渔人网中蹦窜的群鱼，在艳阳下噼啪闪亮。水边正迅猛拔节的苇茎，麦苗般青绿于风中。古人谓初生芦苇为蒹葭。而"蒹葭苍苍，在水一方"，不仅别具风情，还是春天与诗情的触媒。远眺近抚，置身其中，我不亦乐乎！而漫步苇荡，你所感受到的远不止它的妩媚。那些看来总在风中东摇西伏的芦苇，其生命力之强是远出人想象的。那割过的残苇，尖茬锐如利剑。而每一株幼弱的蒹葭下面，都牵缠环绕着深不可测的根系。你可以将主茎砍去或折断，却休想轻易扯断它的根系。况且你砍得越净越彻底，甚至放一把野火烧成灰烬，只要来年春风一吹，它反而窜得越欢、越猛！至于在风中东倒西伏，则恰是芦苇的聪明之处。它简直就像个哲学家，深明以柔克刚、以智性与群体之力来图存的辩证法。所以当狂风大作之际，孤傲的大树或轰然倒塌，柔弱的芦苇却依然生机盎然。

黄昏或傍晚，或许是阳澄湖最美的时候。此正所谓"水光潋滟晴方好，山色空蒙雨亦奇"。岸柳梢头，悄悄栖了淡黄的月亮。湖上仿佛笼上层彩色的薄纱，朦胧含蓄，倍添遐思。巴城古镇一片祥和，所有的店铺都大亮起灯火，镇里镇外，无论何处的空气里，总氤氲着花木和芳草气息。当然，更有那鲜润而无处不在的水汽和蟹香。而月下的湖面越发诗意盎然，万顷柔波，轻抚绿岸，点点星光，闪烁如梦。彼岸则镶着度假村的迷离灯火，远远看去，欧式建筑如海上仙境，迷离而充满诱惑，恰与巴城古镇和幽深水色相映成趣。

不过，印象最深的却是一次雨夜。风冷雨摇，幽雾沉沉的湖心犹明灭跳荡着不眠的渔火。细看才知是蟹农在照拂他们的蟹圃。耳畔油然唱响古人的咏叹："江上往来人，但爱鲈鱼美。君看一叶舟，出没风波里。"而味美膏肥的大闸蟹，本也出自风波里呵！繁荣兴旺的蟹文化里，从来都浸润着蟹农的心血！美食之余，我们的咏叹中，焉能忘了对他们的眷念与祝福？

乡里的文化

近日，得友人邀，逛了趟丹阳延陵。延陵有季子庙，说是三月初六是当地一年一度的庙会，有趣得很。而现实总爱和人的期待开点儿玩笑，到了却发现，所谓庙会，热闹倒热闹，内涵全非想象中那回事。基本就是个临时性的大集市。街两边各式货物摞得山高，无非是些常见的日用品和大红大紫的廉价衣物。汹汹人潮中，除开烧香许愿做买卖的，多为像我一样凑热闹的。至于祭祀、巡游或唱戏卖艺之类"文化"，至少我在时没见到。就是见到也不会带给我太多乐趣。毕竟时代、环境大不同了。如同今天的相声，如不彻底革新，老拿传统路数说事，恐怕只能越益式微。许多人疾呼弘扬传统文化甚至还要恢复私塾，依我看也只能是强按牛头饮水。不同时代自有不同的文化内涵或娱乐方式，你怎能要求一个痴迷手机或电玩的青年人去对三字经感兴趣？所以文化的发展顺其自然也罢。何况，我们眼里的传统其实从来都是随社会历史之嬗而变的，其中到底有多少玩意是打三皇五帝那儿沿袭到今的？恐怕找不出几件的。

不过，风俗这东西倒是长寿得很。比如在当地，哪儿逢庙会就习惯由靠近的几个村子上的人家做东，呼朋引类，大聚一场的风俗就依然循例。友人家村子距延陵不足一公里，那天就开了三桌。而我在村里闲逛，发现人家的空地几乎都被四乡八村涌来的摩托、电瓶车和小汽车挤爆了。到了中午，差不多家家都"开轩面场圃，把酒话桑麻"。这让我颇觉有趣，也真切感受到了孟浩然诗的传神。乡里人吃饭，的确都喜欢门户大敞，直面场圃。只不过，孟老夫子料不到的是，如今乡间酒席上，谈论的几无桑麻，而是股票、CPI、某某峰会甚至普金与奥巴马的角逐。这恐怕又和时代变迁有关。新的生活方式给传统文化形式注入了新的内涵与期待。如今的乡人尤其青年男女，有多少还纯粹在村里窝着呢？而庙会依然保有生命力的深层原因，恐怕就在它也如春节一般，又一次让清寂的村庄聚拢人气，让空巢家庭多一个团聚的理由。这倒不无新意，又何尝不是一种与时俱进的新型文化呢？我们桌上就有在印刷厂搞经营和在外包工、做漆匠和开洗染店的各色人等。所以他们的谈吐常常也文化得很。

不过最有趣的，还是轩外那满目黄绿的田野，那水一般漾满胸臆的菜花香息。忍不住溜开去，在比酒更醇的熏风里溜达。阡陌上菜花炫目、麦浪翻绿、蚕豆花满眼妩媚且静悄悄。只有蜜蜂在快乐地哼哼，鱼儿在唼喋。唉！这世上最迷人的"文化"，惟有大自然呵！而真正亘古不变的，也唯有自然法则了。到了春天就全心开花，到了秋季就努力结果；先人们的，咱们还在吃着。所以，无论你如何说道，一切人为的东西，哪怕都贵为文化，焉能跟自然媲美！

海门的几个特色词

恍若自己也是一朵好奇的云，飘兮惚兮，东张西望，流连而忘返，在海门。

海门的云也委实好看。仗着那澄澈的青天，凭着那无垠的大海，纵情恣越，盈天接地。或如背负青天、各竞风流的鲲鹏，或如互不相让、扬蹄撒欢的群马，看得人目不暇接，心生羡慕。

当然，海门的好看远不止云天，根本的特色还在地上。这片由万里长江和漫漫光阴协力塑造的神奇土地，成形虽不过千年，其精气神却上贯青藏高原，下彻五洲四洋，不可小觑。便如她的方言，虽然亦属吴语，听起来却也别有韵味。比如说"面条和馄饨"，发音便成"面条搭勒馄饨"，听得北方人云里雾里，吴地长大之我，独能心领神会，颇觉亲切。

尽管地处大江之尾，黄海之滨，海门从来不是偏乡远邦。且不说海门人历来就有沿着海岸线一路西去，垦荒拓土之传统。改革开放以来、其拓展市场经济的步伐，也与全国各地不遑多让，许多方面独步天下。而其特定的"海纳百川、强毅力行"的精神之花，早已在一千多平方公里沙地上结出累累硕果。如其转战五湖，扬名四海的建筑铁军，经纬天下的家纺之都，都在全国的商品经济大潮中独领风骚。故此海门连续九年跻身于"全国县域经济百强县（市）"，并荣获"中国最具潜力十强县市""中国民营经济最具活力十强县市"等一连串桂冠，便是理所当然的事情了。

然而我最感兴趣的，却还是这样一些个桂冠，或曰名词，它未必是海门专有，然其特定的内涵，却是别处无法授予也难以比拟的。此诚可谓海门的专有词——即如"海门"之名，全国沿海城市多了去了，唯独海门以"门"名之，足见其地理位置之独特。

山　歌

打小喜听民歌，如今年过半百仍乐此不疲。尤其是极富地域风味、未经"艺术"抛光的民间小曲，碰上唱得好的主儿，那粗犷却沉郁苍凉、汁浓味醇的气韵，真似醇酒般令我心醉神迷甚而魂飞魄散。这就有点像某种发烧友了。而人的爱好缘何形成，缘何偏而又执、并无道理可言。中国地大物博，民族众多，民歌自然也丰富多彩。但也许是个性或某种民歌特有的气质使然吧，以前我更偏爱蕴蓄隽永而土味淳厚的西北民歌。像"赶牲灵""想亲亲""泪蛋蛋抛洒在沙蒿蒿林"及众多"花儿"或草原牧歌之类，都是我的最爱。遗憾的是，一些歌带中学院化的演唱虽然音质华丽，究不如贺玉堂式原汁原味的演唱来得摄人心魄。不意此去海门，第一晚就在酒席间聆听到别有风味的海门山歌。其清丽细腻的"海潮音""浪花调"，较之悠扬激越的"陇上腔、塬上韵"，听来竟也是汁浓味醇，别具情韵，不禁大为倾倒。

山歌即"山野之歌"，实亦民歌，皆源自先民的劳动和情感生活。山歌亦非海门独有，据说海门山歌的源头即出自吴歌。因滨江面海和开阔平原而形成的区域个性吧，海门山歌那饱浸着海水气息和沙地生态的音律却赋予她独具的音韵和气质，而特色本身就是一种大美。海门山歌因此也传唱千年，于今不衰。且曾唱响中南海，受到朱德和周总理褒扬，乃至被评定为国家级非物质文化遗产。

这一"曲"，无疑也是海门堪可自豪的文化名片了。而海门山歌的历史几乎与其地理形成期一样悠远。明代探花崔桐就曾在其所修海门县志赞曰："山歌幽咽闻清昼，芦笛高低吹暮烟"；清代海门厅志也载有"万籁无声孤月悬，垄畔时时赛俚曲"。足见当时山歌在海门人人唱、时时吟的繁荣景象。

最吸引我的，还在她鲜明的特色。这不仅体现在音韵和意味上，从其唱词中即可明显感知。同样咏叹情爱，西北民歌爱唱"羊肚肚手巾三道道蓝／咱们见个面容易拉话话难……"；"对坝坝的那个疙梁梁上／那是一个谁／那就是我那有名的二妹妹……"而海门山歌则明显内敛像水样纤柔："隔沟的姐妮生得水汪汪／顺风吹来么菜油香；吾想姐妮陌陌生生口难张呀／唱只山歌姐思量。""天连海，海连天／海水烧菜不用盐／杨树扁担五尺长，肩挑水桶望情郎，望郎望断大河水，丢下水桶哭一场"……

所有的民歌，多是情歌或饱蘸着命运悲欢的咏叹，其多比兴而绝少无病呻吟或扭捏之气，都是蕴抑已久之衷肠的自然喷放。如同野火烧不尽，春风吹又生的春草，仿佛穿云裂石直泻三千尺之飞瀑，直斥人心的原是那地下之坚根和石下之深泉。

说到情歌，不能不强调其动人处就在个情字上，而其核心则在于一个真字。但凡民间情歌，其曲都淳朴单纯，其词则恰恰少见那个情字，更别提那个当代人几乎说烂了的爱字！这与民族性有关，更与真正的艺术特质密不可分。"执手相看泪眼，竟无语凝噎"——正所谓无言的情，无字的爱。我不想因此而贬抑流行或时尚，它们有存在的理由和心理需求。然过于声嘶力竭的直白和网上速配的一夜情之类异曲同工，是与节奏过快、赝品泛滥而真情缺如的社会特征相吻合的。其速朽也就不足为怪了。而土地般质朴的民歌，无论是陇上腔，还是海潮音，原都是心灵的吐纳，因而才能如生命之树般直斥性灵、世代长青。

蛎蚜

"蛎蚜"也是海门特有的词汇，指的就是某种牡蛎。海门人引以为豪并已刻意加以保护的，是那片形成于东灶镇海边上的蛎蚜山——据说那是在东灶港东北方向约4海里处的一大片淤泥中出现的十分奇特的景观。系由亿万颗蛎蚜的贝壳经千万年造化之手的集聚堆积而形成的世界上独一无二的天然两栖生物岛。当地人呼之曰"山"，我去时则一片汪洋什么都看不见——这又是这片广达3.5平方公里的蛎蚜岛之另一个引人入胜之处。据说与潮汐运动有关，因而其每月有约一半时间没于海水之中，另一半时间海水退落，它又巍巍乎耸于眼前，平均高出海平面约4.5米。

想想吧，云缠雾裹之中，你"忽闻海山有仙山，山在虚无缥缈间"——听起来就觉着有趣，想起来更透着神秘不是？

据介绍，蛎蚜山这淤泥中出现的礁体不仅硬如岩石，是别处见所未见，闻所未闻，任何科学文献中也从无论述的特殊景观。其规模之大，举世罕见。经中科院有关专家考察认定，蛎蚜山这一令人费解的特殊海洋奇观，为研究近两万年来中纬度地区古海洋变化提供了可能是地球上唯一的观照体，具有显著的科考价值。故此蛎蚜山于2006年被确定为国家级海洋特别保护区，蛎蚜山的魅力无疑也因此大增，从而日益吸引着四面八方的探秘客。

可惜我所来非时，潮水汹汹而看不见蛎蚜山，只能远远地站在栈桥上，引颈遐思一番。或许正因无缘亲眼一睹其风采，心中反充满了更多的神秘与好奇。最让我疑惑的是，何以这些蛎蚜们不去别处，偏爱聚集于东灶这片海域"抱团成塔"呢？什么在召唤或驱使着它们？或者，它们的目的或曰本能又是什么？为觅食？何以又群聚不走？为生殖，何以又层层包裹，永不分离？也许这是我们以价值为生命枢纽的人类永远也无法解开的谜团。但我相信任何自然现象都有其产生与发展的必然因缘甚至目的，只是以人类的思维定势或能力尚未能破解罢了。

顺便说一句，东灶镇政府为开发海滩需要，以一镇之力，集数千万巨资修筑了一条长达 1.28 公里的壮伟栈桥，游龙般蜿蜒漫向海涛之中，也令我叹为观止。及至下到桥底，意外发现坚固的水泥桥基上，竟也密密麻麻集聚着蚕豆大的无数蛎蚜，黑乎乎的铆钉般牢牢铆住桥基，任凭风吹浪打，它自纹丝不动。我试着用手去掰，那个坚硬，那个牢固，完全就是石头呀！小小一枚蛎蚜，竟有如此定力！而且，它们从何而来？凭何能生成这般坚硬？将自己固定于此的它们，又以何为食来维系自己的生存？它们毕竟也是一种鲜活的生命呀？我不禁深深地生出种悲壮之慨：生物竟也可以以这么一种形态存活，并彰显其强韧的生命之美。自然和造化实在是太伟大、太神奇了！观之不由得更对自身及人类的生命意义充满信心与憧憬。

张　謇

知晓并崇敬张謇之人不在少数。作为一生躬奉"父实业、母教育"理想并"强毅力行"一生的晚清著名状元，张謇曾被毛泽东目为中国近代轻工业的先驱巨匠。其伟名与实绩影响至今并必将流芳百世。

然而，只有到了南通，到了海门，一般人才可能真正明白张謇对海门和南通具有何等意义，真正理解张謇的影响有多深，其现实意义又有多大。可以说，可能再没有什么地方对待自己的历史文化名人，能如海门人对张謇那样崇敬、膜拜、引以为豪甚至奉若神明。无论我们在机关还是在院校，在企业还是在乡村，所到之处，几乎言必称颂张謇，且总能看到张謇的铜像或纪念馆、陈列室、生平遗迹。毫无疑问，这首先因为张謇就是海门籍人。其次，即其根本的原因还在于，张謇的精神理念和煌煌一生的核心价值观绝非高蹈于虚空的玄思怪想，而是可触可摸，可效可行的实学。因而不仅在当时，在今天乃至后世，也毫不失其现实意义。

张謇故里海门常乐镇镇长张华，以一个朝圣者声情并茂的言说，活画了海门人对张謇那高山仰止的崇敬心态，亦是对张謇一生行状的最佳概括——

"张謇何许人也？他是闻名遐迩的清末状元，是举世无双的教育家，是独一无二的实业家，是远见卓识的参谋，是才华横溢的一代儒商，是造福于民的水利专家，是身体力行的农业专家，是高瞻远瞩的城市规划家，是见微知著的金融家，是兼济天下的慈善家，是八面来风的社会活动家，是远见卓识的政治家，是中国近代现代化的先驱者，是意气风发的诗人，是才情满怀的书法家，是底蕴浓厚的文化巨人，是一个时代的精神领袖，是公认的英雄，是林语堂所说的'不可无一，难能有二'的人间精英。拥有如此至多至尊的盛誉，翻遍中国历史，无人能出其右。"

领教了此论，关于张謇，显然再也毋庸我来置喙了。我还想说的只有两句话：其一是，张謇题存于现海门中学的两行对联："数百年人家唯有积善，第一等好事还是读书"，一入我目，便永驻于心了。

其二是：海门人对张謇的崇拜之情绝非仅发乎于言表或招摇为幌子，实乃已烙印于心而力疾于行——今日海门之教育和实业的累累硕果便是明证。想张謇地下有知，亦当为自己能有而今这班出息的后辈而掀髯开怀于九泉呢！

横　街

　　每回故乡，我总要到葑门外的横街去逛逛。在我心目中，这是苏州最有特色、最有趣味的一条街，也是我最有感情的地方。少时我住在附近的百步街8号——50年前的门廊、院落居然还一如既往——天天会到横街来买菜。多少年过去了，多少地方拆没了，这儿居然还这么"原生态"，这事实本身就让人由衷地赞叹"民生"的强悍。

　　这份强悍，首先就体现在横街那越发蓬勃的生机上，离着它还老远，它就像巷里那多如牛毛的摊档和声嘶力竭的叫卖声般，蹦着跳着吆着喊着直往你怀里钻了。自卖自夸的，挑肥拣瘦的，死缠活磨的，从早到晚，经年累月，几乎就没个消停。还有那远比一般集市更浓郁的、混沌而怪怪的气息，鲜腐杂陈，腥香并具，熏得你走出老远，襟上还散着淡淡余味。也难怪，山上采的，水里捞的，田里收的，树上摘的，五花八门的鲜菜陈果、山珍海味，还有那么多眼睛滴溜溜乱转的人头儿，全挤到一块来了。更别说还有那么些杀鸡剖鱼的，剔骨剁肉的，支起铁锅熬麻油、炸鸡腿、汆鱼丸子的、卖臭豆腐、梅花糕和阳春面的铺子，这一"锅"开得，谁还能形容得了是个什么味呀！

"民以食为天"，我爱上横街看看，就为这里强烈体现着这一哲学。何况，在灰扑扑闹哄哄竞争感剧烈的都市里，能看到这么多鲜嫩、水淋、红黄绿白又富含乡野气息的新鲜菜果，怎么着也是种感官的享受和精神的放松呀！菜市还是最具本真意义的"生活"标本。人与人的关系、买与卖的目的都简明而实际、质朴而透明，赤裸得似那满地乱堆的瓜菜，无须雕饰也无法矫情。即便是尔虞我诈，红颈粗嗓，来去的也只是三两五钱，伤不了多大和气。菜市也是窥探国民经济最生动的窗口，鲜与陈，早市与收摊，那价格有时竟差一大块。讨价还价的学问，虽只涉蝇利，那份认真及心战技巧甚至哲学，委实不小。

横街是条东西向的狭长小巷，宽处不满 10 米，窄处不过 5 米，长得却像条被人扯出去好几里的肠子。里边相对相挨的全是日用品店、蔬果店和五花八门的菜摊子，高峰时人流几乎摩肩接踵、水泄不通。而这上面居然还居住着密集的人家。真不知他们是怎么出入的，而我还常见有人骑着电瓶车在人潮中挤来挤去。巷两旁的房屋多是类似明清建筑的老楼，青砖小瓦、木格子矮窗，而且"人家尽枕河"，后门一层层石阶，通向宽宽的市河。是人都习见不惊，还是城管"法外开恩"？反正这条供需两旺的"肠道"，就这么一年年地长生下来。不管什么原因，我由衷地为它的存在和管理者而点赞——如果机械地禁绝它，未必办不到也绝对有理由。眼前这般情景虽然会让环境难堪，可人们在皱眉的同时，却又以强大的需求给它注入了顽强的生命力。因而这类菜市仿佛都生就副随遇而安又放浪不羁的脾性，只要人多的地方，任什么偏街窄巷它都能红红火火地生存。那么何妨换个角度看，某种紊乱未必不是一种美。某种无序，或许正是一种特异形态的有序。实际上，它与有序原是美的两种形式而已。而且，谁又能否认这大俗而又大不整洁之地，原是我们一切大雅与大洁之所本呢？

天下第一节

号炮响处，金鼓骤鸣。千百只群鸽急风般旋起，万千只气球雪片样曼舞；直升机隆隆飞来，在波光粼粼的溱湖上盘旋助威。大大小小千百条彩船，挤挤挨挨上万名船民，鸣动鼓乐，舞起彩龙，一艘一艘，一列一列，一队一队，一群一群，直似千军万马排云而来，恰如万人空巷，花车巡游……

一年一度的姜堰溱潼会船节，便这般有声有色地拉开了她那气势恢宏令人叹为观止的序幕。

是的，叹为观止！我的感受并无夸张。若非亲眼所见，确乎难以想象这精彩的一幕。而身处此地者，谁个不为之血涌！那一潮又一潮的船队，对你的视觉和感官造成的冲击是如此强悍，我甚至为未曾亲临这难得一遇的盛会者，感到几分遗憾。尤其是那彩船丛中蛟龙般穿梭的数百条篙子船破浪而来时，再博闻广阅者，也不由得要为那战船破浪般的雄浑气势喝一声彩，道一声壮观！那密密麻麻不下千条、万条的长篙，仿佛被同一面帅旗挥引着，在或着古代兵勇服、或穿现代战士装、或衣红、或着彩、或男队、或女营的撑船者手中，群戈劲舞般齐刷刷升起，又齐刷刷击水，将绵绵船队撑得如轻舟蹈浪般你追我赶的场面，令我视野陡然开阔，直透热浪滚滚的溱湖烟云，恍若又回到千百年前"专练会船架竹篙，一声锣响滚银涛；各争胜负分前后，不亚金焦训水操"的胜景之中。

将溱潼会船节视为天下第一节，或许有我的感情成分在。但她那非凡的气势和内涵确乎独步天下。更有意义的是，它是悠久历史和独特文化传统的自然延伸。如今天南海北五花八门的这节那节海了去，我个人有幸光临过以食品或风物为主题的此类节会也不下二三十处。总而言之，我理解这有助于经济腾飞、旅游热潮。惜乎其组织、场面、文化特色乃至内涵上堪与溱湖会船节比肩者并不多，某些节会甚至给我强行造势的印象。在姜堰，关于溱潼会船之源的版本有多种，究竟何说为准并不重要。我感兴趣的是，这以民间自发为主且绵延兴盛、持续千年之传统缘何而成？生命力又缘何如此顽盛？想来总与其得民心、合民意且切合鱼米之乡水网密、湿地多之地域特征有关。而其文化含量大且于今为盛的现状，无疑又证明了姜堰和溱潼在新时期经济文化、人民生活水准的突飞猛进。

其实在溱潼，值得叹赏的又何止会船？那古风悠悠、湖景怡然的千年古镇，那麻石铺就的曲径小巷，那终日飘拂的烹鱼饼和"湖中八鲜"之香息，都足以让人流连。而那棵目睹了千年会船古俗的穿天老槐，至今还生机盎然地向游人诉说着董永和七仙女对人间真情的向往。尤其是镇中，竟还灼灼盛放着一株江淮仅有的千年山茶。其树巨如冠，花红似血，花期长达四五个月，花繁竟至千朵！她那苍劲的虬枝，繁星般的满树嫣红，浑似溱潼古老文化与现代文明水乳交融的化身；同时，岂不也是其欣欣向荣之美好前景的鲜明昭示？

东河行

　　东河现为苏州西山镇的所在地。20多年前我在那里待过近10年。而今重游，无论我如何寻觅，还是很难找回往日的记忆了。那逼仄破旧的镇街，已被许多井字型排列的新建筑取代。狭窄的土路变成宽坦而标准的公路。昔日藏于深闺无人识的金庭山色，因太湖大桥的通车而崭露头角。过去不可思议的大酒店、超市、歌舞厅也应运而生，林林总总竟有几十家。过去瑟缩于山脚下的毛石民居，竟也变为鳞次栉比的新楼，其中还有那么多红红绿绿半中半欧的别墅式建筑，高高低低喜不自胜地散落于绿树青山之间。徜徉其间，我的感觉可想而知。却也有别一种复杂的情愫，时隐时现地盘桓。

　　变化无疑是巨大的，甚至是暴发式的。然变与不变也是相对的。新的、富丽的未必便是理想的；剧变中也有些可能是永远不会也不必大变的东西，如湖光山色；如茶园、竹林和草中的獐子；如静寂的夜晚；如散发着新稻香气息般淳朴的乡音，都一如既往地赋予我亲切而略带酸涩的美感。某种感触，则或许来自我的怀旧心理。比如那富有历史积淀的古镇的消失，那飞檐翘角、木格纸窗的老房子的毁灭，山里采石的炮声，几乎为汽车摩托和三轮小车取代的肩挑人扛的劳作画面，和那极富特色如榴花般小巧的农家桑篮的淡出，都不免让我有所失落。但这还是不难理解的。我所遗憾的是这样一些东西：似乎人们在求变的同时，对文化的延续、特色的保留乃至精神的建设方面，顾及得少了些。某些该留的破坏了，某些不该留的却顽强地活了下来。东河新镇就给我与别的新镇陈陈相因，失去特色的遗憾。而居民的新居美则美矣，富丽的门楣上却常煞风景地嵌着一面面镜子，大的竟至尺把见方，小的则品字形地一镶三面。这"照妖镜"里折射的，恰恰是富足未必能填满精神空虚的真理。禁忌源于人类对自然和人生缺憾的深层恐惧，亦可理解，但解脱的方式却未免过于原始，与现代精神的不谐也委实太尖锐。

　　入夜，远山被无际的黑暗融化成一线残墨，近树也无言地淡隐于霓虹的阴影中。漫游街头，恍若回到了都市的某个角落。唯有楼角那十五夜硕大而微红的圆月，引我到旧时的夜晚。那时，这里分明是蛙鼓和流萤交织的稻田呀！换了人间的梦幻感，又一次笼罩了我。遗憾的是新镇之夜却太过寂寥，不到 8 点，就连偶见于舞厅前的几个穿皮裙女子的身影也无影无踪了。我并不觉得日出而作日落而息是个需要变革的传统，问题是从这头逛到那头，我耳中连续着哗啦哗啦的麻将声，这就是新镇主要的文化生活吗？想起白天我几乎找不到卖报的，想起别的小镇之夜也这般岑寂凄清；麻将、纸牌或几张已不太时兴的桌球台子，再加上哼哼哈哈大播"拳头加枕头"的录像厅，似乎便是一些暴发起来的新镇最普遍的文化景观了。无怪富裕了的青年人仍会热切地挤向大城市去。文化的变革和建设显然不可能像经济般暴发，而从眼下来看，某些小镇的主人似乎还没意识到变化的必要。他们陶然其中，他们的下一代会不会也受此熏染而"轮回"其中呢？幸而，朝暾初升的时候，我在车站看到那么些朝气蓬勃的中小学生，一伙伙骑着变速车，像林间的小溪般，从湿漉漉的丛林间，从如烟的雾气里流出，汇向国旗猎猎、喇叭欢喧的学校。霞光将他们的脸庞染得红扑扑的，未来像越升越高的太阳，在他们充满希望的眼前闪烁；我的心情也被朝霞点燃一般，倏然亮丽……

壮哉，"八十一日"

阳光真好，在她温情的照抚下，宽畅的林荫大道叶片明艳。中央绿化带嫣红的石楠丛火一样流向天边。天边的油菜花镶嵌在桃花丛中，仿佛看见沾满花粉的蜜蜂在吃力地哼哼着，赞美新春的到来。

城中则别是一番景象。林立的高楼巨厦通体光鲜，如同高山大峡拱卫着光怪陆离的大街和滚滚车流。名为县级市，实际上江阴的气象和繁华度毫不逊于大中城市。而我，无论如何左顾右盼，也几乎看不到一丝旧城光景。更别说那呛人的硝烟和血火的厮杀，雷电的震颤和战马的悲鸣了。眼前这熙熙攘攘的人潮中，恐怕也没几个还如我一样，记挂那浩渺的江阴史事，和这座繁华发达的江畔古城，曾有过的几度烽火，几回浩劫，甚至是气壮山河的死而复生吧？

每到江阴来，我都会油然浮起敬慕之情，忆起那其实还不太久远的慷慨悲歌——1645 年，距今不过 360 多年。而彼时的江阴，无论哪方面都与今日不可同日而语。但就是这样不起眼的弹丸之地，在大半中国沦陷甚至望风披靡、不战而降的背景下，却高举起手中的矛戈和锄耙，面对异族侵略者的剃发令和滚滚铁骑，骄傲而不屈地喊出震天动地的"不"！同仇敌忾地宣誓：城存我存，城亡我亡！

　　结果，这弹丸小城，多数为平民的十余万人，在小小文官江阴典史阎应元、陈明遇、冯厚敦等人率领下，与数万（一说20万）清军精锐，浴血奋战长达81天之久，在史册留下号称"江阴八十一日"的光辉篇章；击毙清军数万人，亲王3名，大将18名！直到清军又抽来两百多门大炮，数万增兵，才将弹尽粮绝的江阴城攻陷。抗敌兵民"犹无一人降者"，竭力巷战到最后一个捐躯的战士！阎应元血战时身中数箭，下马投河，被清军抢起，牵到军帅之前，他犹骂不绝口，遂被杀死。陈明遇则举家自焚。清军又大肆屠城，将城内外居民一一杀尽，以至血流成河，尸积如山。共计城内死难人数9万7千余名，城外死难7万5千余名。后来确认，整个江阴城几乎土崩，幸存之遗民，仅得区区53人，因避于寺观塔上方幸免于难。

　　不屈不挠之城、悲壮大义之城！江阴，是清军入关以来与扬州、嘉定一样名震千秋的英雄之城！

　　史乘对此评曰："有明之季，士林无羞恶之心。居高官、享重名者，以蒙面乞降为得意；而封疆大帅，无不反戈内向。独阎、陈二典史乃于一城见义。向使守京口如是，则江南不至拱手献人矣。"

　　"有章服之美谓之华，有礼仪之大谓之夏"。华夏大地有宁为玉碎不为瓦全，在反侵略史上留下光彩夺目之"八十一日"的江阴，不亦幸甚！而360多年后的今天，我已无法确知当年血战和城破之际，不屈的人们之真实想法了，是绝望？是悲愤？是视死如归还是心怀不甘？可能兼而有之吧。但我能确知的是，他们包括首领阎应元，会有一种共同的基本心态，即：坦然与自信。坚信自己的死，是有价值的、是死得其所的。这份气节，从阎应元绝笔联中，便可清楚窥得——

　　八十日带发效忠，表太祖十七朝人物。

　　十万人同心死义，留大明三百里江山。

回眸阿克塞

　　阿克塞是甘肃省阿克塞哈萨克族自治县的简称。听起来，是否已给你一种遥远寂寥的感觉？实际上她不仅遥远，还是我所涉足过的最神秘离奇之处，因而好些年过去了，我仍然时不时会想起这个奇特的地方。最奇就在于，她可能是中国人均占有土地最多的一个县了——面积3万多平方公里，而人口仅有万余人！

　　这么大的地方都有些什么呢？县里领导介绍说：阿克塞紧邻青海、新疆。居民主要是1936年受军阀迫害逃难来的哈萨克人。境内有祁连山、阿尔金山及哈尔腾河、安南坝河。草原辽阔、水草丰美。以牧业为主，产马、羊、牛等，并多野骆驼、野驴、熊等野生动物。可惜，我看到的仅是公路两边无涯的戈壁和县城附近浅浅的草滩、零星的羊群。地方太大，交通不便，想到不通公路的草原牧区去没一个星期根本办不到。已来此多年的县委宣传部长告诉我，至今有几个乡他都从没去过。从最近公路处"抓马"进去，最少也要换好几次马住好几天帐篷才行。当然，这是好些年前的景观了，现在应该有所改观。但地广人稀，各乡都筑路肯定划不来。

　　阿克塞唯有一条通敦煌和青海柴达木盆地的公路。我就是从敦煌到大柴旦时小住阿克塞的。一路上真是天苍苍、地茫茫，只是风吹唯见乱沙飞，根本不见寸草。天气干燥炎热，那戈壁也绝非想象中或别处所见的模样，岂止是一川乱石大如斗？视野里尽是漫无边际如野牛似羊群的灰黑色石阵，稍平展处也只有黑褐的沙滩。苍茫暮色里，只有惨淡的夕阳无力地滑坠昏黄的沙雾里，令少见多怪如我者，面对宇宙与自然的奇观，欲惊却无言，欲悲则无泪。怪的是在这一片生命的禁区中竟仍有零星奔突的野物，不知是野驴还是野骆，活的石头般搅翻死寂的沙丘。没水，乏草，它们凭什么活着？尤令我惊异的是，偶尔也见得到一两棵不知怎么会生长起来的绿树，而有树则必有一两间孤零零的石屋。令我想起那屋的主人，在这茫茫戈壁中多像海明威笔下与大海巨鲨搏斗的老人，"不是生来要给打败的，你尽可能把他消灭，可就是打不败他！"实际上，阿克塞民众个个都是这种不畏艰险，永葆胜利者精神的强者。他们生活在这样一片似乎与世隔绝的地方，虽然有的能依水傍草，但大多数人终其一生也肯定嗅不到一丝现代文明的气息。原子弹试验时周总理曾决定搬迁此县，但居民不愿远离，仅将小小的县城挪了一下。他们为什么不愿背弃这在我们眼中可说一无是处的偏远之地？我不能完全嚼透这哑谜，却由衷地为顽强自信而坚忍的生命（包括动物）感到骄傲。

　　许多年过去了，偶尔回眸，仍然清楚地记得到离开阿克塞那天，车过海拔 3 千多米的当金山口时，胸口因缺氧而猛地一震，心泛欲吐的感觉；看得见那小小县城唯一宏伟的建筑清真寺尖尖的圆塔和那只有几间小平房的县招待所；看得见那位食堂里的阿克塞姑娘羞涩而纯朴的嫣然一笑。为我吃不惯羊肉，她特为费力地反复涮净煮羊肉的巨大铁锅，为我重做一小盆米饭和炖蛋。细密的汗珠使她的脸庞红而油亮，笑容却因之分外美丽，尽管她的牙齿也因水质欠佳令人惋惜地有些发灰。而这，几乎是所有阿克塞人的一个特征。

那拉提

什么叫美得令人窒息？什么叫绚烂得令人生疑？什么叫添之一分则腴，减之一分则瘦？什么叫得天独厚、鬼斧神工？什么叫眼前有景道不得？

那拉提是也。

我说的是新疆伊犁哈萨克自治州新源县那拉提镇，那片数十平方公里美妙绝伦（又称空中草原）的天然牧场。说其得天独厚，是因它恰好处于适宜的经纬度，四面环绕着天山山脉绵延不绝的群山，其谷底平坦辽阔，半坡则迂缓起伏，最适宜牧草和野花的生长。而周遭的群山绝顶，终年冰盖如镜，雪峰熠熠，不仅辉映着碧澄如洗的蓝天和大团大朵立体的云彩，成为那拉提绝佳的屏障和独特的背景，还为草原提供着充沛的水分。无怪那拉提的群山都是绿的，密集挺拔着云杉和树冠浓密的榆、杨；山腰和林间的花草则异常肥美，蔓延得火一般恣肆，斑斓得令人生怜。远远望去，坡上坡下都像植了层厚厚的绒毯。不像有些草原，"草色遥看近却无"。这里的"绒毯"底色自然是油润肥厚的绿，却又决不仅仅是翠绿或青黛，一片一片妖娆明黄的野油菜花，一抹一抹娇艳火红的虞美人花，一团一团赤紫生香的紫云英和星星点点叫不上名来的奇花异葩，为这张美不胜收的大绒毯点染出异常美艳而富于层次的纹饰。更别说那一朵朵、一簇簇散落在草场深处，白蘑菇般漂亮的哈萨克毡包，和一群群优哉游哉地喷着鼻息，甩着长尾怡然啃食的伊犁天马；还有静静地卧于花丛反刍的奶牛或嬉戏于毡房旁的小狗小羊……身处这处处洋溢着诗意和勃勃生机之桃源的观光客，几何能不深深陶醉而声声叹息：此境只宜天上有，且为自己的辞穷舌拙而大为遗憾？

诚然，任何人为的言词或描摹在自然的杰作面前，在浑朴天成的至美面前都是苍白无力的。所以我很少敢下笔写游记。道理很简单，见过者会觉得你尚未描摹出他所感之万一；没切身体验者又难以借你的文字想象出重撼你心窍那一份质感。但这回不同，当我卧于没膝的草丛中不忍别去之际，心中浮漾的，却还有某种淡淡的隐忧。过往我见过太多的美景，在旅游大开发的热潮中面目全非。纯朴、自然、处子般童贞的那拉提，该不会重蹈它们的覆辙吧？我想不至于，但又不敢确信。盖因我们人类在无言的自然面前往往太过自信，甚而可说是狂妄自大。比如我们过去总爱说人定胜天，后来又特别强调天人合一。却很少认真想想，天或自然的根本特质就在其绝对性情而纯真不虚。而人，尤其是社会中人，有几个敢自认是不戴面具生活，不矫情做作或纯朴无瑕的？以此面目，虽然你可自封是"万物之灵长，宇宙之精华"而意淫一把，但若真想与天合一，恐怕首先得想想我们配吗？天又乐意吗？好在庄子还是明智的，他强调："天地有大美而不言，四时有明法而不议，万物有成理而不说"。就是说，四时的序列，万物的荣枯，全仗天或宇宙的伟力所致，而天却从不妄自尊大。那么，人还有什么理由不对天多一份虔敬、膜拜和顺应，而少一点自作多情或一厢情愿？

顺便说一下，就在我离开那拉提的第九天，突闻伊犁发生了6.6级地震，而震中就在那拉提一带。我不禁为当地民众捏了把汗，衷心祈望他们都平安无恙。但我却并不为那拉提的美景担忧。"天行有常，不为尧存，不为桀亡"。地震也罢，冰雪雷暴也罢，只会让那拉提别具风采。因为其本身的魅力即来自变幻无穷的造化，天生就是大自然的骄子或不朽杰作。

细节里的台湾

恍若也化为一朵好奇的云，我飘兮惚兮，沉兮浮兮；东张而西望，流连而忘返，在台湾。

台湾的云也委实好看。仗着那澄澈的青天，凭着那无垠的大海，纵情恣越，盈天接地。或如背负青天、各竞风流的鲲鹏，或若互不相让、扬蹄撒欢的群马，看得人目不暇接，心生羡慕。

无怪乎都叫她宝岛呢。有人说台湾的地形宛如一只番薯，我看着却更像一只绿叶状的扁舟，悠悠地锚定于无边无垠的大洋间。如是，则无论你身处高峰耸峙的阿里山间，还是在静如处子而动如脱兔的日月潭边，无论是在海天一色的垦丁小镇，还是在车水马龙的台北街头，任何时候你一抬头，就会看见风姿绰约、千奇百怪、诱人遐想的绮云丽景。虽然，这不过是台湾蔚蓝的天海间最常见最普通的风景，看着却让人倍觉温馨，心头也浮荡起隐隐的憧憬与玄思。而如同云霞这般清丽、别致，看着并不起眼，想着却让人怦然心动的别样细节，在我的数日行程里，在3万多平方公里的大地上、城镇间，有如星星点点的小花絮，燃起我缕缕情思。

且让我撷几片花瓣，别在我永久的记忆里。

——这世界不会有完美的净土，大都市尤其莫存奢望。但台湾的市容和秩序却出乎我意料。我曾多次驻足观察，大街上尤其是台北和花莲等大城市里，我没见过一起汽车、摩托车甚至行人闯红灯的。偶有些烟头、纸屑，但多数街道都显得干净整洁、有条不紊。尤让我有些费解的是，红绿灯口几乎都没有监控摄像。是不是没有这个必要呢？

——无论在都市还是乡镇，无论在酒店还是旅游景点，无论是导游还是司机，亦无论他们是不是有自己的方言（我想这是一定的），我接触的人都会说一口流利或半流利（夹杂的或许就是他们的乡音吧）的"国语"。使我的交流没一点障碍。听起来有些京味，颇觉亲切。又普遍说得不紧不慢，感觉总是那么谦和而绵软。许多场合还贴着圆圆地如一张笑脸的小小招贴，印着"微笑台湾"四个字，这就是我所遇见的东道主或学者、店员，多半都会向我斯文地微笑之因吗？

——许多商店会在醒目的位置，置一只透明的玻璃小柜，上书"请将发票投入，帮助病残者"。经打听得知，台湾和大陆一样，发票可以兑奖。而投入发票则意味着你乐意将可能获得的奖金捐给病残者。我看见的小柜中往往已躺着厚厚的一大摞发票。虽然未必都会中奖，但这些美丽的善愿，却如珠玉般熠熠于其间。而另一种看不见内容却也可在许多街巷见到的柜子要大得多，就像只特大的铁皮衣柜。上书的则是"请将捐助旧衣服放入此箱"。收集者会将旧衣物分发给何人，显然是不必猜测的。

——运河边或海岸边，常看见一只红白色的救生圈，上面连着长长的绳索。有一处我见到这样的提示语："有人落水时不要冲动，请将救生圈投给溺水者，或拨打求救电话"。显然，主事者并不希望人们（更别提孩子）舍身入水式的见义勇为。拳拳之心，令我激赏。而另一个多次在水边见过的细节，栏杆上印着一行鲜红的标语："珍

爱生命，希望无限。如有想不开的心结，请电告某某某某心理咨询
电话。"噫吁！救人一命，真乃胜造七级浮屠。

　　——说到浮屠，自然会想到寺庙。想到寺庙，自然会想到宗
教。台湾的宗教之兴盛、之多元、之各展神采、各竞风流，亦出乎
我的想象。我见过雄奇壮伟而高达 30 多层的中台禅寺；亦见过信众
如织、繁荣无双的佛光山佛教博物馆。而街头巷尾也随处可见大大
小小的庙宇与祠堂，还有妈祖圣诞日抬着妈祖像盛大出游的众多信
徒。基督教的尖顶教堂则巍巍然耸立于车水马龙的街边。布道语则
一遍又一遍地滚动于现代化的电子显示屏上。无论哪种宗教或信仰，
都在满足着人所本能的精神需求，而核心的教义亦都是爱与善，这
或许就是许多人会将发票投入玻璃小柜的深层因素之一吧？

　　——另一类细节也颇值玩味。比如，在我所下榻的酒店里，好
几处都没有 4 层或 14 层的设置。电梯从 3 层直抵 5 层，甚至会从
12 层直接过渡到 15 层。似乎，台湾人比大陆更忌讳"4"这个数目。
而回避带"4"或"13"的数字，分明是西洋文化与民俗。这是否亦
能说明，台湾的文化人情，多少已有些西化呢？

　　如同人皆有个性，当今的城市或地区，在地球村时代和你追我
赶地国际化、现代化的滚滚大潮裹挟下，趋同或日渐同质化虽已是
不可避免的共性，其个性却依然会因文化、习俗、民族性等因素而
无可抹杀。如同泡沫必然反映流水的本质，细节无疑也是全貌之反
映，且往往更鲜明、更生动且更见个性。

　　此即所谓见微知著、一叶知秋呢。问题是，毕竟我只是个匆匆过
客，我之关注的角度与兴奋点，未必与别人尤其本地人相同，因而也就
未必是客观而准确的。故当我踏上返程航班的那一刻，我向着这块特殊
而多少有些神秘的土地，轻轻地抛出个飞吻。真情地寄望着来日再相会，
乃至是更方便、更快捷、更自然地常相会的那一天。

盘锦玉龙床

　　说来也是我孤陋寡闻，过去只知道辽宁的盘锦盛产好大米。到了盘锦才知道，这地方还大大的"有油水"。她紧傍渤海湾，是我国第三大油田辽河油田所在地，也是亚洲著名的湿地保护区。逾百万亩芦苇随风漫卷，其势堪比海潮。海滩上还密布一种别处罕见的碱蓬草，通体红如玫瑰，远远望去，云蒸霞蔚，美不胜收。

　　更出乎意料的是，盘锦是东北军阀张作霖的老家。因了他，盘锦又出了件恐怕是举世无双的煌煌重器——玉龙床。

　　若非在辽河博物馆亲眼见识了此宝，我真不敢相信这是一张真正的龙床，而且完全是墨绿的岫玉雕琢而成。它形体硕大，长 2.6 米，宽 1.8 米，高 2.2 米，重达 1.5 吨！通体以宫廷龙纹为饰，由 20 余件大玉件和数百件小玉件构成，造型为晚清家具小开门款式，垂挂有玉制宫灯、璎珞，并另制有一对清宫版玉香炉，置于床前方凳上。整张床看上去富丽堂皇且极富皇家气魄。难怪它一问世，就力压群雄，从 13329 件参赛藏品中脱颖而出，获得 2007 年 6 月在北京钓鱼台国宾馆颁布的"中国民间国宝"称号。

如此一张宝床，究竟曾是谁的卧榻？既是龙床，显然只有皇室才可享用。那么它又如何不在宫中，却出现在今日之盘锦？

遗憾的是，玉龙床现今的主人杨志斌对此讳莫如深。他只提供了一些相关资料及照片。其中即包括张作霖于1927年摄于北京顺城王府的一张满是沧桑的旧照。莫非张作霖就是此床的主人？而他虽然雄霸东北多年，却并非王侯。难道这竟是其狼子野心的一个佐证？

经多方考证，目前最权威的说法是，玉龙床实是张作霖当年为庆贺袁世凯复辟称帝，委托其心腹在盘锦秘密雕琢的。却因工程量巨大，还没等龙床竣工，袁世凯便在排山倒海的倒袁声中一命呜呼了。玉龙床从此成为烫手山芋。张作霖显然不敢将其留用。那么，他会托付给谁？玉龙床最终又经历了怎样一番颠沛流离，并最终由谁将其出手给杨志斌？其价又是几何？这一切，直至其于2007年1月16日在盘锦重见天日，期间近百年的种种谜团，尚无确解。

可以肯定的惟有一点，如此一件堪称世界之最的宝器，竟是诞于一个令人哭笑不得的诮念！念此不禁令人作呕。然再一想，却又有些释然。世间多少珍奇异宝，甚至江山兴亡，朝代更替，历史演变，不亦是人类种种欲念的产物吗？所幸的是不论其初衷如何、沉沦与否，也不论是玉龙床也好，紫禁城也罢，最终都将成为人类文明长河中美的结晶而还于全人类。正所谓"人面不知何处去，桃花依旧笑春风"！

只是，那雕琢玉龙床的能工巧匠，而今安在？那珍藏此宝多年却又最终售出它的神秘人物，而今安在？而假定袁世凯当年有幸享用了此床，那么，而今他又安在？

坐马上山

这题目本该叫"骑马上山"或"走马上山"，一看就透着潇洒。可我实在不好意思夸这个口——我两手紧抓的不是缰绳，而是马鞍上特制的铁环，目不斜视地绷着身板，由马夫牵着那鼻息沉重的老马，一步一颤地攀向高崖。

山是贵州铜仁的九龙洞。山势不算太险，却弯弯曲曲，陡坡众多。风景也美得可以，身后是玉带般蜿蜒的锦江，身前是青幽峭拔的奇峰怪壁。有众多山民在此牵马带客，成为又一个颇富刺激的旅游项目。说它刺激是对都市人而言，这种体验比偶尔在平地遛一圈马更新鲜有趣。此外还多少有些惊险。山道漫漫，宽不过一米多。一侧紧挨峭壁，一侧却是百丈深崖。每到弯处，尤其是石阶拐角，马儿的后蹄距路沿不过十来公分。有时简直已悬在虚空了。倘若那马儿不小心来个马失前蹄的话，我的天哪！所以我一路上无心赏景，随时警戒着如何不从马背上掉下去，如何在万一来临的刹那，能从坠崖的马背上挣脱——虽然在没处垫脚的情况下，让我从不动的马上下来都有些胆怯。

　　好在对马的同情多少转移了我的担忧。那马儿真苦！坡陡人沉，砂土路崎岖而易滑，间或还有段高高的石阶。马儿一步一挣，时时打颤且鼻息如喘，不一会就大汗淋漓。而目的地还遥遥地藏在万木丛中，影子也不见呢！不知是枣红马耍小聪明，还是它刚好闹肚子。总之它一路上不断停下，任马夫吆喝，就是不动弹。好一会，拉出点屎来，复又攀登。坏东西，又屙了！马夫为多跑几趟，扬鞭欲打，总被我制止。有一次马儿挣向崖边的滴水处欲喝口积水，马夫终于抽了它一鞭。我勃然怒吼：让它喝！吓得马夫再也没举过鞭子。而我却并没有平静，心里升腾着一种作孽感，也不知我哪来这么大的火。恨马夫太心狠太贪婪吗？是的，胯下这马，多像臧克家笔下的《老马》啊：总得叫大车装个够／它横竖不说一句话／背上的压力往肉里扣／它把头沉重地垂下！

　　而隐隐的惭愧和对自己的某种失望，恐怕是更重要的原因：早年的我，曾做过《我愿是一头毛驴》的诗，豪气冲天地吟什么：尽管我不能驮着勇士去冲锋杀敌／但我会在骡马过不去的羊肠小道上／运输分量重于我的物资／只要主人把鞭梢一指／我都愿意去啊我都愿意去——可实际上呢？还不到50岁的我，却只会在马夫的帮助下"坐"在可怜的马背上了！当然，人毕竟是人，马毕竟是马。你说马也好，道驴也罢，终究只是种比兴，当不得真的。但当年之我确也曾有过满腔豪情，是什么如此快地消磨了它？

　　目的地到了。付钱时我才刚发现似的猛省到，其实马夫也一点不比马儿轻松。浑身几无干处，红赤的脸被汗糊得睁不开眼睛。而她还是个50开外的瘦小老妇！这么艰苦的山路，让我跑起码个把小时，她和马统共才挣十块钱！而当我游完洞下山时，却见她又拽着那可怜的老马，驮着个大胖子往山上赶了！

　　如山般坚忍的马儿，如马般含辛茹苦的山民呵……

安纳西

　　我至今仍有些不相信自己到过安纳西，那快意驰骋，优哉游哉的三天，恍然是在梦中！

　　安纳西是紧邻瑞士的法国小城，通常的欧洲游、法国游，旅行社只安排到巴黎一掠，国人基本没机会欣赏法国大貌。而安纳西一向被誉为"阿尔卑斯山最美小城""阿尔卑斯山阳台"或"萨瓦省的威尼斯"。又是山，又是水的，想想就知道有多美了吧？仅仅一个大山环围的安纳西湖，就足以让你流连忘返。她山、水、禽融为一体，绿莹莹或蓝幽幽的湖水清得令人疼惜。正午的阳光下，你在湖边一伸手，就有无数湖鸥飞落你身边，甚至掌中。湖周可谓移步换景，目不暇接。山坡上，森林中，大大小小、红黄蓝褐地散落着积木般的别墅，星罗棋布，美若童话。傍晚，我们从住处散步到湖边。栈桥上站着两匹马，背上是三个头戴骑士帽、凝望湖心出神的美少女。中世纪的铁制方灯连绵地照亮远方，宛如在倾吐彼此的思绪。天空飘起了雪片，湖中雾气迷蒙。哦，空气中浮漾着宁谧的感伤，令人无端遐想却并不消极……

我们得以探赏安纳西，得益于在巴黎就业的儿子小两口的安排。我们自驾穿越广阔的法兰西腹地，插到日内瓦再拐回到安纳西。而为了更深度抚触法国的民情，我们租住在安纳西的农民家中。可这是什么样的乡村呵！一座参天大山的脚下，坡谷间高低散落着数十幢形态色彩各异的别墅和宽大的花园。若无那一块块错杂于房前屋后的斑斓田地、葡萄树和邻舍家小草场上，据说是养着玩的那三匹好奇地注视着我们（这儿恐怕没来过一个中国人）的肥壮的矮脚马，你真会将这个村子视为市郊的高档小区。而房东家的别墅是三层的，他们提供的住处在一楼。虽只一卧一厅，却颇宽敞。长餐桌可容六人用餐，洗衣机、洗碗机、电磁炉、暖气、锅碗瓢盆甚至中国酱油都一应俱全。更可亲的是房东夫妇。次日安纳西下起雪来，他俩早早将门前通道的雪铲净，还送来几副手套、雪杖、防滑鞋给我们。一交谈方知道，法国乡村也有些类似我们的乡村，不少人都外出"打工"了。比如男房东长年在伦敦一家银行工作，妻子则留守家中，每周末开一小时车到日内瓦机场，将飞来的丈夫接回……令我唏嘘的是，自驾使我们自由参观过许多小村小镇，可任何村镇都没因人少而凋敝，居民也没有一点儿"乡气"或猥琐贫寒之态。他们多是衣冠楚楚，举止得体甚而儒雅，至少从外貌上我是分不出他们是"乡下人"还是巴黎人的。因为他们土地等历来私有，家家有房地产、葡萄园等恒产，或奶牛及各种作坊，其生活质量远比巴黎的工薪族要高。因为长期的富足生活吧，农耕形式也早为机械所替代，而受教育程度又普遍较高，许多东西尤其是文化、信仰和教养积淀之自然流露，农民的气质也就不俗了……

三天倏忽而过。惜别之际，天上又飘起雪花，眼前的阿尔卑斯山脉和安纳西的山水田园，一夜之间又白了头。我依依不舍地一唤，远处那三匹披着雪花的马儿居然向我跑了过来，喷着清亮的鼻息，定定地瞅着我。哦，可爱的马儿！可爱的安纳西！何日再重逢？

哦！因特拉肯

我也算是见过些世面的人了，但到了因特拉肯（包括附近的格林瓦德小镇和需坐高山火车登临的少女峰），老实说，就只剩下目瞪口呆的份了。可以说，这是我此生见过的最绝美最奇异最迷人的地方。到此者个个啧啧嘘叹，大呼人间仙境、童话世界或移步换景、美不胜收之类，除此似乎就再也说不出什么来了。无怪当年朱自清先生也只是这样赞美因特拉肯："起初以为有些好风景而已，到了那里，才知无处不是好风景"。我也很想借此小文将自己的见闻与感受描述给别人分享，却泄气地感到词干笔枯而力不从心。万千意象纷至沓来，更让我不知从何下笔。事实上，即便我有生花妙笔，也不可能描摹因特拉肯之万一，而对于没有亲历亲睹的人来说，即便你说得如泣如诉，描绘得天花乱坠，也无法唤起他相似的感受。你说那白皑皑的雪山和千姿百态的峰峦如何奇崛，苍黛如被的森林和漫山遍野绿茵如毯的草场如何梦幻，云天与山水如何融洽，坡上连片镶嵌的红褐色坡顶木屋和随处可见的花斑奶牛如何和谐，他又如何想象得出那份色彩添之一份则嫌多，风情减之一份则嫌少的幽绝意境，从而与你共鸣呢？

　　至于少女峰，其终年积雪，广袤浩瀚，如波峰似浪谷的冰川风光，也绝非言词可尽。即便你亲身领略，也顶多识其壮美之皮相。尤令我赞叹的则是登上这海拔 3460 多米峰巅的途径——爬山铁路。领教过盘山公路的人也难以想象盘山铁路是怎么回事。尤其这是条世上独一无二的齿轮铁路，即两轨之间还嵌着条漫长的齿链咬住列车，以确保行车的安全性。而这条极富创意和想象力的爬山铁道始建于 1896 年，费时 16 年才完成，且付出了许多人的生命。总工程师没看到通车就去世了。山顶火车站塑有纪念他的铜像。真难以想象是依凭着何等的意志和技术，瑞士人才最终完成这——有的坡度超过 45 度的绝世壮举！我不禁联想到那些至今雄踞欧洲各地的大教堂、古城堡等建筑瑰宝，如科隆、米兰、百花大教堂等许多胜迹，前后竟经历 200 年以上的接力修建！人类这份坚忍意志和严谨执着的创造力，亦岂是语言能穷尽其壮伟的？而今，且不说我们乘坐两小时齿轮火车上山时，沿途欣赏到的阿尔卑斯魅人的冰雪仙境，单就领略这条铁路的风姿，便是一种难得的人生体验；而这条伟大的铁路本身，岂不就是一长行至为动人的壮丽人性的赞美诗！

　　如果有可能，你一定要去因特拉肯。她就在瑞士，阿尔卑斯山脉下，湛蓝醉人的图恩湖与布里恩茨湖之间。因特拉肯，原意即两湖之城。作为瑞士著名的度假胜地，以一年四季都风情万种而著称。到此你绝对会人呼不虚此行。

诺夫哥罗德

恐怕你未必知道"诺夫哥罗德"是何意吧?

她是介于莫斯科和圣彼得堡之间一个州的名称。许多俄罗斯旅游团不去那儿,而我们去了,结果人人大呼不虚此行。可见外出旅游,现实与想象常常不是一回事。比如莫斯科,除了红场周边和新圣女公墓,几乎全然不是吮着苏俄文学乳汁长大之我想象的模样。而做梦也不知系何物的诺夫哥罗德,其景致,其风土人情,活生生就是胸臆中那隐隐飘逸着伏尔加船夫曲、辽阔而秀美的"前苏联"风貌呀!

车到诺夫哥罗德,首先长了个小知识:原来"克里姆林宫"并非莫斯科专利。凡是旧日王公们"带城墙的城堡",都叫克里姆林宫。而诺夫哥罗德的克里姆林宫,由于完全保留了原始样貌,那红土城墙,那巍峨的尖顶城堡,那城堡内高耸的圣索菲亚教堂(这座东正教堂共有六个洋葱形的穹顶,正中明显更高,且是金色的),这一切,和那在多情的阳光下展颜欢笑的丁香花树,构成的恰是一幅浪漫的中世纪风情画!难怪,诺夫哥罗德州,被联合国整体评为世界文化遗产。

　　诺夫哥罗德原为古罗斯国家的发祥地。在罗斯封建分裂时期，她是最重要的公国之一，并在1136年完全脱离基辅大公控制，成为诺夫哥罗德封建共和国。300多年后，又并入统一的俄罗斯国。

　　位于俄罗斯最北端的诺夫哥罗德，蓝天白云、河湖纵横，森林参天且多辽阔的大草原。车行一路，常见蘑菇般成团成簇的纯木屋组成的村落。这些木屋高低错落、红黄褐黑，煞是抢眼，只是有些相当旧了，也极少看见人畜，原来多半是都市人用以度假的小别墅。因为有此传统吧，这里设了专门陈列传统木结构建筑的野外博物馆。这些木质建筑以高大的16世纪教堂为代表，还有大户人家的居所、磨房和谷仓等，多达数十幢。而且，这些建筑都是原封不动保存下来的。徜徉其间，恍如走进悠远的俄罗斯古镇。在此欣赏身着民族盛装的当地人的传统婚礼，听着热情的"苦哇、苦哇"（幸福之意）的赞叹，再坐进木质教堂，听几位诺夫哥罗德小伙合唱传统民谣；忽又想到自己是身处近万公里外的异国他乡，真是别有一番滋味在心头！

　　我最着迷的，还是"古镇"的外围。踏着细绒毯般厚而绵软的绿草地，嗅着不知名却成球怒放的野花气息，我在白桦林后寂静的大河畔流连忘返。说起河流，人们当然首先想到俄罗斯的母亲河伏尔加河。其实由于国土分外广袤，俄罗斯到处看得到河床平坦、流域宽阔的河流。眼前这条河，也不知道是从哪里来，又打算流向哪里。但她流得从容而优哉游哉，简直就是一条凝滞的光带。目力所及处，时间却似乎在倒流，地平线上几乎只有缕缕烟雾在情意绵绵地思索着什么。

　　显然是土地太富余了，你在俄罗斯到处看得到旷无人烟的荒野。令我们这些视土地为生命的人看着心疼。而或许正值当季吧，此时占领它们的，几乎全是摇着金黄色小脑袋、挤挤挨挨地牵手挽臂、纵情飘向天边的蒲公英。哦，那一派自由浪漫、欢欣不羁的黄哟！

　　我不禁心里泛潮，不知为何有一种想要流泪的感觉……

陨落的 "太阳"

　　来到俄罗斯，各人有各人的兴奋点。我当然也对红场等充满好奇，但真正的兴奋点，却在那些从小就以其盛誉和名著俘获我心的苏俄文学巨匠那里。流着悠远历史的伏尔加河，闪着生命光泽的白桦树林，蕴含着无尽宝藏的草原和荒野，都让我感觉亲切，因为它们早就在我青少年时期的阅读中呈现。而那些光闪闪的名字：高尔基、契诃夫、托尔斯泰、果戈理、屠格涅夫、陀思妥耶夫斯基、索尔仁尼琴、帕斯捷尔纳克……我都与他们神交过。可以这么说，我此生的文学养分，至少有三分之一来自苏俄文学。其中对我影响最深的，首推同样影响了几乎一代国人的奥斯特洛夫斯基及其《钢铁是怎样炼成的》。而普希金，这位举世闻名的天之骄子，则在我初学写诗时，成为我最重要的精神导师。那时我不仅崇拜他的诗，还崇拜他的死。在当时的我看来，一个为爱而献身的诗人，才是真正的诗人，真正的人。

　　普希金的作品我最初倾心的是两卷本的普希金抒情诗选，后来爱屋及乌，喜欢上了他的小说《上尉的女儿》等。再后来，则无可

救药地为其长篇诗体小说《欧根·奥涅金》所俘。作品魅力首在其
人物之典型，以至有"文学情人中，英国有唐璜，俄国有奥涅金"
之说。"他很早学会虚情假意，把心事掩藏。能叫人信赖，再叫人失
望。他写的情书一泻如注，找到挚爱时连自己也不放在心上。"普希
金写活了一个"忙于生活、又忙于感受"的贵族青年，和一位可爱
的少女达吉亚娜。当年他拒绝她的爱，再遇才知真情谁属。奈何心
上人已另有所爱——我至今仍清楚地记得，奥涅金在重见达吉亚娜
后，在冰封的窗玻璃上一遍又一遍用手指写着：达吉亚娜、达吉亚
娜……

　　普希金之所以获得世界性的重大影响，关键在于他的作品富于
人文精神和浪漫主义情怀，是思想性和艺术性的完美结合。他的作
品还鲜明地表达了对自由和生活的热爱，对光明必能战胜黑暗、理
智必能战胜偏见的坚定信仰。只要提及他，一连串诗句就会在我脑
海中翻腾："假如生活欺骗了你，不要悲伤，不要心急！忧郁的日子
里须要镇静：相信吧，快乐的日子将会来临……"

　　圣彼得堡有多处普希金的纪念铜像。涅瓦大街边还有他和妻子
"俄罗斯第一美女"娜塔丽莎的双人铜像。久久凝望着他们，仿佛看
见普希金挺身决斗前，在与爱妻依依诀别，并深情吟咏着："我爱过
你，也许这爱的火焰还没有在心头止息……我默默地、无望地爱着
你，但愿别人爱你，像我一样……"

　　遗憾的是，而今的人们，尤其是电脑时代的年轻人，许多已淡
忘甚至不知道普希金的名字！还有些写作者，吮吸的营养似乎只有几
本当今的杂志和当红作品，很少再关注早有定评的中外文学经典。窃
以为，长此以往，他们的文学之路恐难走远。而被誉为"俄罗斯诗歌
的太阳"的普希金，虽已陨落，但陨落的太阳尽管不再那么红艳，但
却依然存在。在那地平线的尽头，熊熊燃烧；在那无边无际的大洋深
处，向着人类未来的无穷世纪，抛射着永远不竭的光与热！

谷山中学

　　都说日本清洁，甚至有导游说，他们厕所里都只有香味。我的实际感受，此言失之夸张，但基本属实。印象尤深的是，无论我在哪里如厕，都有洗手液、擦手纸和卫生纸。街头的垃圾箱，分类多达 7、8 种，这要怎样的管理手段和"遵纪守法"的民众才做得到？

　　更没想到的是，考察鹿儿岛市立谷山中学时，作为"外国嘉宾"，我们也被要求进校换上拖鞋。原来这所师生逾千人、呈回字形的六层楼校园内，竟是全员换鞋的。每个教室后墙下通排是鞋柜，师生在校内统一着一种舞鞋般的布鞋。上厕所和进体育馆则另换鞋。学校食堂不仅换鞋，员工还个个白衣白帽白口罩。体育馆是该校最气派的场所了。一座很标准的球类馆，一座技击馆。所有学生都要修剑术、武术、篮球和排球课。怪不得日本的体育水准亚洲占先。有意思的是，这所中学的学生还须学习木工课。美术、音乐课也是必修的。其他课目，我看他们发的课程表，什么数学、英语、社会和史地，与国内并无多少差异。上课也是老师在讲台上灌输加板书，学生在下面听讲和笔记。只是他们学生在课桌上东倚西靠，好像很自由。不过，据说日本的升学竞争也相当酷烈。

随着校长上下转了一圈后，我对这所学校的印象变成了三个词：简朴、务实、优质。课堂上书声朗朗，下课则几乎听不到学生的喧哗。经过走廊的孩子们嬉笑顾盼都明显是训练有素的低抑。见到老师和访客会先站下，哈腰道好，那笑容却是低眉敛目而略含羞涩的。校舍虽有年头了，墙壁、地面、教室却无不窗明几净。校内不见奢华与虚荣，也没见一幅标语和碑牌之类。校长、副校长缩在教职员会议室办公，角落里三张很小的桌子上，一台电脑和书本已占去大半。他们身后是一块通墙大黑板，标着老师分工、课目安排。黑板上方手写着三个巴掌大的词：自主、向学、友爱。校长说，那是他们的校训。感觉有些寒酸的是，他们在学校换鞋处竖着的"热烈欢迎南京市对外文化交流中心访日团"字样的标语，是用多张 A4 打印纸打印拼凑的。发给我们的校情介绍，既非我在国内常见的豪华影册，亦非铜版纸宣传册，仅仅是一张双面利用的 A4 打印纸。正面打印着谷山中学及校长等简介和校训。令我羡慕的是，日本教师都属公务员。简介的反面分两栏，都是黑白的。左侧是学校交通示意和建筑图，右侧是校歌五线谱和歌词。我看不懂日文歌词，然而看懂了校方那崇俭务实而不事张扬的基本理念。其实，教育者也，"传道授业解惑"是也。只要能切实有效实现这根本目标，其他硬件固然重要，但未必非要有富丽堂皇的校园校舍。至于高大上的纲领、校训、荣誉室等等，我看都可有可无。

离去时正值大雨，但三个西服革履、一丝不苟的校领导坚持要到校外送别。车已行出，我扭头回顾，他们犹一副典型的日式礼节，手擎雨伞，哈着腰，伫立于疾雨中。

海上观豚记

"山重水复疑无路，柳暗花明又一村"——生活中果然不乏这般戏剧性境遇。此去日本九州，原旅程中有个最具特色的在天草外海乘玻璃船观鱼的内容。结果连日大雨，当地取消了这类节目。正沮丧间，又说可以改成出海近观海豚。许多人仍不满，说海豚谁没看过？水族馆的海豚还会表演种种节目，海里没受训的海豚，有啥看头？

一出海才知道，正因为是在海上自然观豚，不确定性才令人备生想象。正因为它们没受过训，才让人领略到海豚的自然性情。而且，因为充满期待，充满意外，充满奇趣和神秘感的满足，此行在我看来，应该比在玻璃船中看鱼有过之而无不及。

妙的是，出海前雨消风歇。日本海上的天空真个是刚刚洗过，比蔚蓝的海水还要澄澈。船是那种中型游艇，人人须穿救生衣。而天海一体的水面上也出奇地平静。只是航出快半小时了，四面哪有什么海豚的踪影？连只飞鸟如海鸥也没看见。

然而正失望间，船速忽然慢了下来，仅仅几分钟后，便有人惊声尖叫："看见了看见了！我看见海豚了！"所有人都冲上甲板，但见船前碧波中，果然沉浮着两头海豚。方欲照相，它们已划了道优雅的弧线，没入水中。然而与此同时，满船人都大呼小叫开来："啊哟，这边也有海豚！""这边！这边也有两条！啊，是三条！""我这边更多，好几条呢，快看快看，还有小的呢，海豚妈妈领着它们"……

船前，船后，舷左，舷右，这里那里，四面八方，甚至是船肚底下，也时不时地、越来越多地浮沉、出没着大大小小的海豚。仿佛有心和我们逗趣，这些个海上的骄子和主人，真个是"万类霜天竞自由"，一个个如此自在、从容，如此悠游、潇洒。它们表演欲十足地不断出没于风波中，给观者带来一连串的刺激和满足！

到底是近距离观看，我发现这里的海豚远比印象中来得活泼、健壮而肥大。小海豚约有我一人长，大的则超出我两三倍身长。船主说，海豚好群居，这一片海域中是个 300 多头的小家族。而我知道，海豚是富有智慧的海洋生物，有着相当人三四岁的智商及情商。因为成年海豚的脑均重为 1.6 公斤，而且沟回很多。而人的大脑均重仅为约 1.5 公斤。美国海豚研究专家罗莉甚至认为海豚能够辨认镜中的自我，这意味着它们具有自我感知能力，当然会有情商了。

"嘤其鸣矣，求其友声"。没准它们看见船只就欢呼腾跃，追逐撒欢，也是因孤寂而向我们示好和求取沟通吧？而我们看见它们倍觉亲切，欢喜不置，恨不得跳下去与他们相拥相戏，岂非也缘于生命与生命间友爱与相怜相惜的本能？毕竟，我们同是地球村的子民哪！